권능의 반지

권능의 반지 5

초판 1쇄 인쇄일 2016년 1월 26일 | **초판 1쇄 발행일** 2016년 1월 28일

지은이 김종혁 | **펴낸이** 곽중열 | **담당편집 팀장** 이범수
편집부 신연제 이윤아 김은경 홍현주

펴낸곳 (주)조은세상 | 출판등록 제 2002-23호
주소 경기도 연천군 미산면 청정로1355
TEL 편집부 02)587-2966 | FAX 02)587-2922
e-mail bukdu@comics21c.co.kr

권능의 반지

김종혁 현대판타지 장편소설

NEO MODERN FANTASY STORY

5

북두
(주)좋은세상

NEO MODERN FANTASY STORY

98화. 겁 없으면 죽어야지 ·····7

99화. 오빠 · 우리 얘기 좀 해 ·····19

100화. 미안하다, 사랑한다 ·····31

101화. 언녀 파이팅 관람 (1) ·····48

102화. 언녀 파이팅 관람 (2) ·····59

103화. 지구로 ·····72

104화. 과거와는 닮이 달라진 강남대로 ·····84

105화. 마음에 들지 않는 사람 ·····97

106화. 생각 외로 좋은 결과 ·····109

107화. 그러면 그렇지 ·····121

108화. 사건은 생각보다 복잡하게 엮이는 법 ·····133

109화. 위험한 진실에 가까워지다 ·····145

110화. 상황 끝. 그리고 탈출 ·····158

111화. 도망치는 건 성미에 안 맞아서 말이지 (금) ·····172

112화. 새 장비를 구입하다 ·····185

113화. 덩치 큰 상대에 대한 대비 ·····198

114화. 헌팅은 좋지만 이동은 지루하다 ·····210

115화. 장씨를 찾아가다 ·····223

116화. 저 그냥 좀 들여보내 주지? ·····237

117화. 이걸 어디다 어떻게 넣는다고? ·····249

118화. 군상 그리고 정글 ·····261

119화. 폐품 줍기 (1) ·····274

120화. 폐품 줍기 (2) ·····287

121화. 야오과이? ·····298

122화. 원흉 ·····311

123화. 뒤처지면 죽는다! ·····325

권능의 반지

98화. 겁 없으면 죽어야지

NEO MODERN FANTASY STORY

취객은 당황하며 재장전을 하려고 했다.

물론 기다려 줄 생각은 없었다.

총알이 없다는 건 곧 위험할 거 없다는 뜻.

바로 달려들었다!

발가락에 온 힘을 집중해서 땅을 부서 버릴 듯 밀었다.

온 몸이 중력을 무시하고 튀어나갔다.

표범 같은 날쌘 움직임!

타타타탓!

가속 이능으로 1.5배 이상 빨라진 육체가 엄청난 속도로 취객에게 가까워졌다.

이내 사정거리 내에 들어왔고, 지훈은 손날로 취객의 목을 내려 칠 준비를 했다.

짧은 찰나 생각 하나가 스쳤다.

이블 포인트.

지훈의 근력과 민첩 능력치는 차례로 23, 20으로 둘 다 D 등급 이었다. 만약 상대가 일반인 혹은 저등급 각성자라면 맞는 순간 사망 혹은 전신마비였다.

술로 인한 단순 시비였다.

과연 이게 사람 조질 만큼 나쁜 일일까?

'술이 무슨 면죄부도 아니고, 좆이나 까라지.'

어차피 단순 시비로 총 난사하려던 놈이었다.

이블 포인트 올라봐야 1~3 이었다.

그 정도야 올라도 상관없으니, 저 죽어 마땅한 놈을 조지는 게 먼저였다.

손날이 무슨 칼처럼 날아가 취객의 목이 틀어박혔다.

퍽 하는 소리에 뼈 작살나는 소리가 섞였다.

털썩.

총을 든 취객이 나무토막마냥 바닥에 쓰러졌다.

아마 정신을 차려도 다시는 몸을 일으킬 수 없으리라.

제 주제도 모르고 아무한테나 시비를 건 놈의 최후였다.

'오만한데 겁까지 없는 놈은 죽어야지.'

탕!

타탕, 탕!

탕!

하나를 처리해 놓으니 등 뒤에서 총 소리가 들렸다.

민우와 권총을 든 취객이 서로에게 총을 쏘고 있었다.

자세히 보니 민우는 나무로 만든 술 박스 뒤에 엄폐하고 있었고, 취객은 교묘하게 움직이며 칼콘을 사선에 뒀다.

'하, 저 새끼가 감히 칼콘을 방패로 써?'

그렇지 않아도 칼콘 다쳐서 개고생 한 게 방금이었다.

화가 버럭 났기에 바로 달려가서 드롭킥으로 응징했다.

투다다다다, 휙!

뻐- 억!

말을 드롭킥이라고 하니 어감이 웃기지만, 가속 이능 쓰고 전속력으로 달려서 틀어박는 발차기였다.

소형차가 시속 60km로 들이 받은 거랑 비슷했다.

그 증거로 남자가 바닥에 쑥 꺼지듯 넘어지더니, 역동적으로 다시 튀어 올라 3바퀴 정도 데굴데굴 굴렀다.

민우에게 눈짓해서 마무리 하라는 사인을 보냈지만, 민우는 고개를 휘휘 저었다.

- 죽이라고요? 단순 시비인데?

하는 것 같았다.

"에라 병신아, 그러는 쟤는 너 안 죽이려고 총 쐈냐? 너는 씨발 총 살살 맞으면 안 돼져?"

당연히 아니었다.

저 쪽도 민우를 죽일 생각으로 총을 쐈다.

탕! 탕!

탕, 탕, 탕!

민우가 넘어진 취객에게 총알을 박아 넣었다.

권총 사격에 익숙하질 않은지라 처음 몇 발은 빗나갔지만, 이내 3발 연속으로 명중시켰다.

이제 남은 적은 둘이었다.

단검을 든 녀석과 쇠파이프를 든 녀석. 각각 가벡과 칼콘이 상대하고 있었다.

훅! 훅!

챙!

가벡은 오른손에는 오류기기 파괴용 곤봉을 들고 있었고, 왼손은 단검을 들고 있었다. 왼손으로 공격을 흘린 뒤 오른손 으로 마무리 하는 스타일인 것 같았다.

가벡의 단검과 취객의 식칼이 부딪치자마자 단검이 수수깡 부러지듯 쨍 하고 깨져버렸다.

"하, 어디 각성자한테 개겨! 죽어라 이 몬스터 새끼야!"

취객은 기고만장해서 곤봉도 잘라버릴 듯 단검을 휘둘렀 다. 가벡 역시 이를 피하지 않고 받아줬다.

쨍!

이번에는 취객의 단검이 박살났다. 당연한 결과였다.

곤봉, 소위 말하는 몽둥이었다.

사람들은 보통 날붙이로는 도끼나 검, 둔기로는 메이스나 모닝스타를 쓰는 게 보통이었다.

곤봉 아티펙트는 흔하지 않기에 당연히 일반 물품이라고

생각한 모양이었다.

"아, 아니 어떻게…."

대답 대신 곤봉이 날아들었다.

훅!

뻑 하는 소리와 함께 취객의 어깨에 곤봉에 쑥 들어갔다.

"아, 아악! 내, 내가 잘못…! 잠…!"

훅!

잘못을 빌었지만 가벡은 듣지 않았다. 애초에 삶과 죽음의 경계를 항상 밟으며 살아온 녀석이었다.

용서, 자비 따위와는 거리가 멀었다.

가벡은 취객의 양 어깨를 작살낸 뒤 팔과 다리의 뼈를 모조리 부숴버렸다. 마음 같아서는 죽이고 싶은 것처럼 보였으나, 이 쪽 눈치를 봐서 일단은 살려둔 것 같았다.

- 인간 세상에 있다는 걸 잊지 마라, 가벡.

아마 저 말을 염두에 뒀던 모양이다.

"그냥 죽여."

"그래도 괜찮나?"

가벡이 되물었지만 가볍게 긍정했다.

저 정도 부상이면 재생 마법이라도 받지 않는 한은 평생 개 고생하며 살아야 했다.

가격만 1억이었다. 그럴 돈 있어 보이지 않으니, 그냥 죽여 주는 게 더 깔끔해 보였다.

본인은 살고 싶어서 몸부림을 칠 테지만 알 바 뭘까.

저런 쓰레기 살려둬 봐야 좋을 거 하나 없거니와, 저 녀석 가족도 뒷바라지 하느라 개고생 할 게 분명했다.

고기 터지는 소리가 나며 시야 구석에 빨간 게 튀었다.

'칼콘은 잘 하고 있나?'

몸을 고친 뒤 겪는 첫 전투였다.

겨우 20일 남짓한 시간이었지만, 매일매일 단련을 하던 칼콘이었기에 아마 그 공백이 좀 클 것 같았다.

깡!

물론 그건 착각이었다.

"어, 어… 어…!"

취객이 들고 있는 쇠파이프는 구부러지다 못해 이미 소용돌이 모양으로 둘둘 말리고 있었다.

"다 했어? 어서 더 쳐봐! 어서! 나랑 놀자!"

칼콘이 오른손으로 제 가슴을 팡팡 때렸다. 도발이었다.

"으아아아!"

취객이 겁에 질려 쇠파이프를 휘둘렀다. 하지만 칼콘은 씩 웃으며 왼손으로 방어할 뿐이었다.

깡!

쇠파이프가 다시 한 번 구부러졌다.

이미 길이가 반 이상 짧아졌다. 더 이상은 쇠파이프가 아닌 기괴한 금속 공예물처럼 보였다.

"이제 내 차례네! 크콰!"

칼콘이 소리를 지르며 순식간에 달려들었다.

그대로 왼발로 취객을 걷어찼는데, 힘이 얼마나 셌는지 그
냥 말 그대로 발이 취객의 다리를 먹어버렸다.

마지막 취객이 쓰러졌다.

일행의 승리였다.

– 과도한 정당방위입니다. 이블 포인트가 1 올랐습니다.

– 현재 이블 포인트는 59입니다.

예상했던 바였기에 딱히 별 타격은 없었다.

저번에 5포인트 깎인 탓에, 현재 이블 포인트는 59로 매우
낮은 수치였다.

"칼콘, 마무리 안 할 거면 내가 해도 되나?"

가벡이 어느새 다가와 허공에 곤봉을 휘둘렀다.

피가 훅 하고 떨어져 나갔고, 취객이 비명을 질렀다.

"마음대로 해. 난 죽이는 건 관심 없거든."

"고맙다. 아직 분이 풀리질 않았거든."

가벡이 곤봉을 휘두르려는 찰나, 주인이 제지했다.

"한 놈은 살려두는 게 어때? 저기 너희 막내가 엄폐물로 쓴
술 박스 다 깨졌잖아. 그거 변상하게 내버려둬야지. 죽이면
지훈이 변상해야 한다고?"

갑자기 본인 이름이 나오자 얼척 없는 지훈이었다.

"깬 건 저 새끼가 깼는데, 그걸 내가 왜 갚아?"

"죽은 사람한테는 돈 못 받잖아. 게다가 난 너네 막내보다
는, 지훈이 더 좋은 걸?"

"꺼져, 새끼야. 꺼져!"

말로 엉겨 붙는 주인을 떼어냈다.

대신 가벡이 물었다.

"저건 얼마지?"

"어디보자… 일반 맥주로 5박스니까 한 120만 원?"

5박스 맞았다지만, 개 중 깨진 건 얼마 되지도 않을 텐데 죄다 손해배상에 넣는 주인이었다.

가벡은 이후 민우에게 120만 원의 가치를 물었고, 이에 민우가 별 거 아닌 가격이라 대답해 줬다.

"내가 대신 갚지. 그럼 이 녀석 죽여도 되나?"

지훈, 칼콘, 주인 순서대로 슥 훑는 가벡이었다.

"꼴리는 대로 해라. 누가 야만인 아니랄까봐, 에휴."

고기 다지는 소리를 배경으로 담배를 한 대 태웠다.

"술 맛 떨어지네, 쯧."

이제 뭐 할까 싶은 찰나 주인이 붙들어 맸다.

"아, 맞다. 나 깜빡하고 말 안 한 거 있어."

"뭔데?"

주인이 헤죽 웃었다.

불쾌한 기분이 들었다.

"쟤네 사실 내 격투장에서 일하는 애들이거든? 근데 방금 지훈 일행이 죄다 죽여 버려서 자리가 비네?"

대신 와서 일하라는 얘기였다.

"아이, 씨발. 그걸 왜 지금 말 해!"

"누구 하나 죽일 기세로 살기등등하게 서있는데, 오줌 지릴 것 같아서 얘기 못 했지~"

능글맞은 개소리였다.

"개좆같은 소리 집어치워. 우리가 그걸 왜 해."

돈을 안 주거나 하진 않을 테고, 안면이 있는 사이였으니 죽을 경기에 억지로 밀어 넣지도 않을 건 알았다.

단지 귀찮았을 뿐이었다.

그깟 파이팅 머니 몇 번 받는 거 보다 쉬운 일거리 찾아서 헌팅 나가는 쪽이 경험, 돈 어느 쪽이든 월등했다.

하지만 칼콘에게는 아니었는지, 눈을 반짝반짝 빛냈다.

"그거, 크라토스 같은 거야?"

주인이 얼쑤 싶어서 고개를 끄덕였다.

"맞아. 정확해. 규모는 좀 작지만, 우리도 각자의 룰을 정해놓고 싸우지!"

시체 구덩이 언더 파이팅 룰은 간단했다.

무슨 수를 써도 상관없으니, 상대방을 쓰러뜨려라.

그 과정에서 상대방이 병신이 되던, 죽어 나가던 아무것도 신경을 쓰지 않았다.

"지훈, 나 저거 하고 싶어!"

"그냥 크라토스 나가지 그래?"

"내가 알아 봤는데, 이종족은 어느 국가에 망명한 거 아니면 받아주질 않는데."

그 말은 곧 국적이 없다면 할 수 없다는 뜻이었다.

현재 가백, 칼콘은 거주증도 없는 불법거주 상태.

당연히 양지 격투인 크라토스에 참가할 수 없었다.

"지훈, 응?"

칼콘이 과자 사달라고 조르는 것 마냥 눈을 빛냈다.

'말려봐야 할 눈치다.'

결국 손을 들었다.

"맘대로 해. 대신 나는 안 한다. 너희도 똑같아, 가벡, 민우 너희도 하고 싶으면 해라."

될 수 있으면 민우는 끄집어 넣고라도 싶었다. 조금 위험할 수도 있었지만, 전투 경험이 너무 부족한 민우였다.

주인에게 살짝 귀띔을 줘서 안전한 경기만 할 수 있다면 아마 대인전투 경험을 쌓을 수 있겠지.

"좋아! 나는 할 거야!"

칼콘은 바로 주인의 제안을 승낙했다.

"흠… 경기 중 상대를 죽여도 되나?"

"그렇게 할 수 있는 경기도 있어."

"그거 참 재미있는 소리군. 좋군, 나도 한다."

가벡 역시 헌팅보다는 전투 쪽이 마음에 드는지 제안을 덜컥 승낙했다.

"저는… 그냥 안 할게요. 운동이나 하죠."

반면 민우는 살짝 뒤로 뺐다. 아쉽지만 어쩔 수 없었다.

쟤가 짐승도 아니고, 본인이 싫다는 데 어떻게 강요한단 말인가?

"그래."

가벡과 칼콘은 주인과 가벼운 얘기를 나눈 뒤 돌아왔다. 아마 언더 파이팅에 대한 얘기를 나눈 것 같았다.

두 팀 간 시비 붙었다가 한 팀만 돌아왔기 때문일까?

이후 아무도 지훈 일행을 건드리지 않았기에 가벼운 마음으로 술을 들이킬 수 있었다.

⟡

칼콘은 병원이 아닌 집으로,

가벡은 민우와 다시 동거를 시작했는지 민우와 함께,

민우는 개 산책 시키는 심정으로 걸어서 아파트로,

지훈은 술이 기분 좋게 올라 터덜터덜 걸어왔다.

집에 도착해서 가볍게 씻은 뒤 거울을 쳐다봤다. 수염이 생각보다 길게 자라 있었다. 최근 들어 저항이 올라가면서 생긴 애로가 하나 있었는데, 바로 면도였다.

저항 능력치는 편리한 물건이 아니었다.

총, 칼만 막아주는 게 아니라 등급이 높아질수록 손톱, 발톱, 심지어 털 까지 단단해졌다.

손톱깎이야 질 좋은 녀석으로 하나 마련하면 오래 쓴다지만, 문제는 바로 면도기였다.

일주일 마다 날이 나가버렸다.

'그냥 기를까.'

조금 더 고민했지만, 이내 죄다 밀어버렸다.

침대에 누우니 편안함이 몰려왔다.

아마 취객을 상대로 몸을 움직인 까닭이리라.

대충 시간을 확인하고 잘 생각으로 핸드폰을 열었다.

- 새로운 메시지 1통.

- 내일 우리 얘기 좀 해.

시연이었다.

권능의 반지

99화. 오빠 우리 얘기 좀 해

NEO MODERN  FANTASY STORY

새벽 3시.

가라앉은 가을 안개보다 더 싸늘한 메시지는, 마치 일종의 사형선고 내지는 결투 신청처럼 무겁게 느껴졌다.

하지만 즉답하지는 않았다.

이성보다는 감정이 앞서는 늦은 시각, 이런 상황에서 얘기해 봐야 좋은 결과를 끌어내기 어렵다는 걸 알기 때문이다.

적당한 피로와, 적당한 취기.

평소라면 바로 잠들었을 조건이었음에도 쉬이 잠들지 못하고 밤잠을 설쳤다.

다음날 아침.

전화를 해봤지만 받지 않았다.

대신 냉기가 담긴 문자가 돌아왔다.

– 우리가 처음 만났던 카페로 12시 까지 나와.

평소 같은 친절함이나 배려 따위는 없었다.

짧은 단문에, 명령하듯 툭 끊긴 어미는 꼭 얘기하기 싫은 사람과 억지로 대화하듯 날카롭기 그지없다.

기분이 오묘하다.

'얘가 원래 이렇게 차가웠나?'

아니다.

평상시엔 따듯하다 못해 말투에서, 목소리에서, 얼굴에서 사랑이 잔뜩 묻어나는 사람이었다. 하지만 기나 긴 기다림과 불안 속에서 그 따뜻함은 모조리 식어 없어졌겠지.

저번 헌팅 끝나고 지훈은 병원에 입원했다.

지훈이야 어차피 재생 될 걸 알았기에 어디가 어떻게 아픈지 따위 전혀 관심 없었지만, 시연은 아니었다.

뇌출혈, 측두엽 손상, 근육 파열, 심근경색, 전신 2도 화상.

지훈이 입은 부상이었다.

저 중 하나만 걸려도 사람 반병신 되는 증상. 그게 겹치고 또 겹쳐, 언제 죽어도 이상하지 않을 빈사였다.

시연은 겁에 질렸다.

'죽으면 어떡하지?'

재생 변이를 모르니 당연한 생각이었다. 게다가 같이 돌아온 칼콘은 아예 팔, 다리가 없어져 있었다.

드문드문 칼콘을 들여다보며 혹시라도 지훈이 저렇게 되면 어떡하지 생각하며 매일 밤 한 숨도 못 잤던 시연이었다.

결과적만 보자면 지훈은 다행히 눈을 떴다.

엄청난 재생력으로 후유증 하나 없이 완치됐다. 하지만 다행이라고 안심할 틈도 없었다.

– 나 헌팅 가야 돼.

시연은 이참에 건강 검진 쭉 하고, 푹 쉬자고 말렸지만 지훈은 전혀 듣질 않았다.

나름 칼콘을 치료하기 위한 의로운 행동이었지만, 시연 입장에서 봤을 때는 아무런 설명 없는 독단이었다.

그리고 의리나 우정 따위 알 게 뭐란 말인가?

시연에게 있어서 제일 중요한 사람은 지훈이었다.

목숨이 오가는 위험 속, 아무리 마음이 따뜻한 시연이라 할지라도 차갑게 굴었다.

차갑게 식은 심장은 뜨거운 이성을 잡아먹었다.

– 친구 따위 알 게 뭐야! 그냥, 그냥 나랑 살자… 응?

당연히 입에 담지는 않았다. 저 말을 했다가는 다시는 지훈을 보지 못 할 것임을 알았기 때문이다.

그리고 말 해 봐야 듣지도 않을 걸 알았다.

– 안 돼. 당장 해야 할 일이 있어.

시연의 마음이 타들어갔다.

어떻게 말려도 소용없었다.

결국 얼마나 걸린다는 말도 없이 지훈이 떠났다.

그리고 10일 후 돌아왔다.

여기까지가 대충 시연과의 사이가 틀어진 계기였다.

지훈은 뭐라고 말을 해야 할 지 전혀 알 수 없었다. 입이 바싹 타들어갔다.

사실 내가 이 반지를 사용하는 대가로, 어떤 미친 마법사랑 계약을 했어. 그래서 걔 말은 꼭 들어야 돼. 그리고 내가 다쳤는데도 신경을 안 쓴 건, 내가 재생 변이를 가지고 있어서 그랬던 거야.

될 수 있으면 나도 쉬고 싶었는데 이번에는 칼콘이 너무 다쳐버려서 쟤를 치료해 달라고 그 마법사랑 거래를 했어. 근데 그 거래가 생각보다 어려운 일이라 시간이 너무 오래 걸려 버렸지 뭐야.

'씨발, 저걸 믿겠냐?'

일반인이면 모를까, 시연은 연구원이었다.

그것도 세드에 대한 온갖 정보 및 민간에는 나돌지도 않는 고급 정보를 잔뜩 들고 있는 BOSA의 연구원.

당연히 어물쩍 넘어갈 수 있을 리 없다.

만약 반지와 아쵸프무자의 정체를 묻는다면?

사실대로 말 하면 그것도 그것대로 문제이거니와, 믿는다고 해도 또 문제였다.

믿음에는 증거가 필요하다.

예전 같이 사랑이 넘칠 때야 증거 없이 무슨 말을 해도 일단 믿었겠지만, 지금은 아니었다. 냉기 풀풀 흐르는데 저판 얘기 해봐야 나올 말은 딱 하나였다.

- 그 말을 어떻게 믿어. 내가 그 반지 한 번 껴볼게. 아니면 그 아쵸 어쩌고 하는 여자를 내가 직접 만나보던가.

둘 중 어느 쪽이든 파멸이다.

반지는 끼자마자 바로 각성을 시작하는데 그 부작용은 가히 어마어마하다.

- 도덕성 상실, 영혼 발화, 심정지, 혈액 역류, 강제 변이.

지훈, 칼콘이야 운이 좋아 부작용 없이 넘겼다고는 하지만 만약 시연은 넘지 못한다면?

- 겨우 이런 일로 날 부른 거야? süüde(발화).

아쵸프무자는 첫 만남에서 지훈에게 불을 붙였었다.

만약 시연에게도 그렇게 한다면?

'사실대로 말 할 순 없다.'

결국 거짓말을 해야 한다는 얘기였다.

살기 위해 몇 번 해본 적은 있었지만 선호하진 않았다. 이상하게 거짓말을 할 때 마다 꼭 일이 틀어졌기 때문이었다.

'모르겠다. 일단 보고 얘기하자.'

어차피 혼자서 고민해 봐야 해결 될 문제도 아니었다.

환복하고 약속 장소로 향했다.

✛

서구 카페.

시연은 지훈과 처음 만났던 자리에 앉아 있었다.

청초하게 꾸민 평소와는 퍽 다른 모습이었다.

옷은 노출이 심한 검은 원피스를 입고 있었고, 그 위에 안에 비치는 회색 가디건을 걸쳤다.

화장 또한 평소와는 거리가 멀었는데, 눈은 검은 색 아이쉐도우와 라이너를 이용해 꼬리를 길게 올렸으며, 얼굴을 톤을 전체적으로 다운시켜 날카로운 인상을 만들었다.

그녀는 아무 말 없이 자리에 앉아 있었다.

다리를 꼬고 있는 모습에서 모든 남자를 끌어들일 것 같은 요염함과, 베일 듯 한 날카로움이 동시에 묻어났다.

그 강력한 매력에 끌렸는지 남자 하나가 다가왔다.

"저기요, 잠시만요."

"……?"

시연은 대답도 안 하고 눈만 돌려 쳐다봤다.

"…괜찮아 보여서 그런데, 연락처 좀 알려주세요."

남자가 머뭇거리며 물었다. 시연은 짜증난다는 듯 얼굴을 찌푸리곤 남자를 눈 밖으로 밀어냈다.

명백한 무시.

"저기요?"

서지도, 앉지도 못한 어정쩡한 자세.

남자가 애절히 불렀지만, 시연은 그를 투명인간 취급했다.

결국 남자는 모욕감을 이기지 못하고 자리에서 벗어났다.

이후 시연에게 다가오는 남자는 아무도 없었다.

온 몸으로 검은 아우라를 잔뜩 뿜어내니, 다들 모욕당할 게 무서웠던 까닭이었다.

그렇게 얼마나 기다렸을까?

정오 5분 전.

카페 앞에 벤츠 한 대가 멈춰 섰다.

익숙한 벤츠에 시연의 얼굴이 가볍게 흔들렸다.

반가움, 애절함, 걱정, 사랑.

하지만 그런 감정들은 이내 사라져 버렸다.

대신 그 자리에 외로움, 그리움, 분노 같은 부정적인 감정들이 들어섰다.

시연은 결정적인 순간에 대비하듯, 가볍게 심호흡을 했다.

그녀의 가슴이 작게 올라갔다 내려갔다.

✥

짤랑.

단순히 카페 문을 열었을 뿐인데도, 손에 땀이 들어찼다.

꽤 오래간만에 느끼는 감정. 긴장이었다.

최상위 관리자와 싸웠을 때도 이렇게 긴장하진 않았었다.

단지 어떻게 싸워야 할까 하는 생각만 있었을 뿐.

하지만 지금은 그저 미친 듯이 긴장됐다.

손에 잔뜩 묻은 땀을 허벅지에 닦았다.

가만히 뒀다간 손이 축축하게 젖을 것 같았다.

'진정하자. 아무 일도 없을 거다.'

결국 거짓말을 하지 않는 방향으로 정했다.

동시에 진실 또한 말하지 않을 생각이었다.

아직 지훈도 제대로 된 정보를 모르는 상황에서, 섣불리 진실을 말했다가는 일이 틀어질 가능성이 있었다.

그렇기에 단지 아무런 변명 없이 사과할 생각이었다.

숨을 정리하고는 카페를 슥 훑었다.

시연으로 보이는 사람이 없다고 느끼기도 잠시.

그녀와 처음으로 만났던 자리에, 한 여자가 보였다.

먹물처럼 까만 머리와 대조되는 하얀 얼굴. 그리고 포인트처럼 찍힌 피처럼 붉은 입술.

시연이었다.

평소 모습이 백합처럼 청소했다면, 지금은 마치 검은 장미처럼 톡 쏠 것 같은 모습이었다.

화장 좀 바꾸고, 옷 좀 평소와 다르게 입은 것뿐인데도 마치 다른 사람처럼 보였다.

사람은 인지의 80%를 시각에 의존하는 동물이었다.

초두효과나, 첫인상, 5초의 법칙이 두고두고 회자되는 게 괜히 그런 게 아니었다.

뚜벅, 뚜벅.

걸어가는 내내 온갖 부정적인 생각이 떠나질 않았다.

마치 집중 이능을 쓴 것 마냥 이동하는 몇 초의 시간이 길게 늘어지는 것 같은 착각이 들었다.

"오랜만이네."

"어."

인사하며 자리에 앉았다.

짧은 대답이 돌아왔다.

첫 만남. 마법을 연습했을 때와는 퍽 다른 모습이었다.

그 때는 지훈이 저렇게 냉소적인 태도였다면, 지금은 시연이 그랬다.

둘 다 품은 말은 많았음에도, 먼저 입을 여는 사람은 없었다. 그 모습이 마치 맹수들이 기 싸움을 하고 있는 것 같아 보였다.

결국 지훈이 먼저 말 했다.

"뭐 마실래?"

"됐어."

싫다는 시연을 내버려 두고, 커피 한 잔을 주문했다.

음료가 나올 때 까지 계속 침묵이 이어졌다.

좌불안석.

침묵이 마치 목이라도 조르는 것 같다.

속이 타서 커피를 쭉 들이킨다.

뜨겁다. 하지만 애써 무시한다.

"우리 무슨 사이야?"

시연이 물었다.

"애인."

짧게 대답했다.

"…그래."

안도? 체념?

알 수 없었다.

"왜 전화 안 받았어?"

이번엔 이쪽이 물었다.

"그냥."

시연이 짧게 대답했다.

다시 대화가 끊긴다.

슬슬 짜증이 났다.

하지만 딱히 뭐라고 하지 않고 기다렸다. 잘못 된 말을 꺼
냈다간 꼬리가 잡힐 걸 알기 때문이었다.

마치 서로 총 겨눈 체 발포 명령 기다리는 기분이었다.

다시 5분이 지났다.

"나 사랑해?"

"어."

"근데 왜 그랬어?"

아마 '왜 무시하고 헌팅 나갔어?' 라는 물음이겠지.

"어쩔 수 없는 선택이었어."

"그게 나보다 더 중요해?"

양자택일.

애초에 선택할 수 없는 대답이었다. 비슷한 예로 엄마가 좋
아, 아빠가 좋아와 친구야, 나야 정도가 있었다.

"미안하다."

진심을 담아 사과했다.

칼콘을 위해 어쩔 수 없이 헌팅을 나갔지만, 그 과정에서 시연은 아마 속이 문드러졌을 것이다.

지현에게 들어보니 기절해 있었을 때에도 24시간 동안 옆에 붙어서 병간호를 했던 시연이었다.

사랑하지 않았다면 절대 할 수 없는 행동이었다.

실제로 칼콘의 연인이던 톨퐁은 칼콘이 다치자마자 바로 이별통보를 하지 않았던가.

의도치 않은 상처라고 한들 상관없었다.

시연이 상처를 받은 건 사실이고, 그녀는 사과를 받을 자격이 있었다.

물론 권리는 아니다.

하지 않아도 된다.

하지만 했다.

의도치 않은 일이라고 해서 그 일이 무죄가 된다면, 이 세상에 유죄인 사람은 단 하나도 없을 걸 알기 때문이다.

"뭘 잘못했는데?"

남자 돌게 만드는 진형적인 질문이 돌아왔다. 확실히 남자 많이 못 만나본 티가 나는 질문이 아닐 수 없었다.

많은 남자들을 돌게 만드는 질문.

뭘 잘못했는데?

하지만 지훈은 전형적인 질문에 속으로 안도의 미소를 지었다. 시연이 무슨 생각을 하고 있는지 파악했기 때문이었다.

또한, 이 상황이 파국으로 치닫지 않을 거라 내심 확신할
수 있었다.

권능의 반지

100화. 미안하다, 사랑한다

NEO MODERN FANTASY STORY

- 뭘 잘못했는데?

본디 저런 질문은 무슨 대답을 하든 '그래? 그리고?' 라며 꼬리를 물며, 추궁하듯 감정 소모가 계속 된다.

실제로 남자들은 저런 질문을 받는 것 자체를 불쾌하게 생각하며, 속으로 짜증을 내지만 티는 내지 않는다.

자칫 잘못하면 관계가 깨질 수도 있다는 걸 알기 때문이다.

어찌 보면 일종의 협박이었다. 네가 미안하다고 말하지 않으면, 나는 여기서 헤어지자고 말을 할 거라는.

보통 저런 질문은 연애 권력이 몰려있는 쪽이 상대방을 짓누르고 연애의 주도권을 다지거나, 상대방과 언제 헤어져도 상관없을 사람이 했다.

물론 시연은 양자 어느 쪽도 아니었다.

단지 남자 만나본 적이 없었기에 어떻게 해야 할지 몰라 홧김에 던진 말로 봐야 옳겠지.

시연 성격에 전자 같은 기 싸움을 할 것 같지도 않았고, 후자 같았다면 애초에 연락을 하지 않았으리라.

그 말은 곧…

여기 있다는 것 자체가 지훈을 사랑한다는 뜻이었다.

지훈도 여자를 안 만나보진 않았다.

연애 권력 잡고 여자 휘두르듯 못된 연애를 많이 해서 그렇지, 도리어 횟수만 따지자면 평균보다 많았다.

특히 하룻밤 인연 및 한 달 인연만 따지자면 더더욱.

애초에 나쁜 남자로써 사뭇 많은 여자들 눈에 눈물 흘리게 만들고 다녔으니, 이런 연애 권력 싸움 따위야 이미 손바닥 안이었다.

당연히 이 상황을 전부 파악할 수밖에 없었다.

이 상황, 저 사람, 그 말투.

이를 바탕으로 해석하면 시연의 말 속에 담긴 뜻은 이랬다.

제발 나를 떠나지 마.

다시는 그렇게 안 하면 안 돼?

빨리 제대로 사과해 줘, 나 속상해.

너무 걱정 되서 그래 이렇게라도 잡고 싶어.

그냥 미안하다고 하고 예전처럼 잘 지내면 안 돼?

나 자기가 너무 좋지만, 무서워. 확신할 수 있게 해 줘.

사실 솔직하게 말하는 쪽이 감정 소모도 없고, 인간 대 인간의 커뮤니케이션 효율도 훨씬 뛰어났다.

하지만 모든 인간은 효율적이지 않았다.

아마 솔직히 말했다가는 영원히 연애 권력(주도권)을 뺏겨 항상 휘둘릴 것만 같은 공포에 사로잡혔으리라.

그 공포가 시연을 저런 말을 하게 만들었고, 옳지 않은 대화 방법을 선택하게 만들었다.

시연의 실수다.

시연의 잘못이다.

평소 지훈이었다면 저런 말 나오자마자 '잘못은 씨발. 좆이나 까 잡숴, 쌍년아!' 하고 자리를 박찼을 테지만 이번엔 아니었다.

지훈은 시연이 좋았다.

게다가 원인은 이쪽에 있었다.

본인이 원하든, 원하지 않았든 상처를 준 건 사실이다.

잡고 싶었다.

애초에 연인 사이에서 누가 잘못됐네, 누가 못됐네 하는 게 웃긴 얘기였다.

사랑의 주체가 누군가?

나라인가, 사회인가, 대중인가, 집단인가?

아니다. 전혀 아니다.

나랑 너.

지훈과 시현.

남자와 여자.

단 둘이다.

단 둘이서 하는 깊은 감정 교류, 사랑.

이에 나라의 잣대를, 사회의 잣대를, 대중의 잣대를, 집단의 잣대를 들먹여 봐야 애초에 대상이 다르다.

결국 누가 뭘 잘못했든 그딴 건 아무 소용없었다.

지훈이 시연을 사랑하는가?

시연이 지훈을 사랑하는가?

둘은 계속 만남을 지속하고 싶은가?

단지 이 세 질문이면 됐다.

그리고 당연히 세 질문 다 대답은 '예.'였다.

지훈은 마음을 다 잡고 깊게 심호흡을 했다.

뭘 잘못했는지 조목조목 짚어가며 사과 할 필요는 없었다.

남자와 여자는 같은 인간 내 하위 종족이 달랐다.

남자가 논리적이라면, 여자는 감정적이다.

무슨 말을 하던 다 필요 없다.

단지 '진심으로 미안하다.'는 마음 단 하나면 됐다.

"뭘 잘못했냐고 물었던가?"

"어."

"네가 이런 말 하게 만들어서 미안해. 다 내가 잘못했다."

지훈은 이 세상에 남자로 태어나, 남자로 살면서 져줘야 할 곳이 딱 두 곳이 있다고 생각했다.

가족과 평생을 같이 갈 동반자.

변명이나 설명 따위 하지 않았다.

그저 마음속에 있는 말을 그대로 담았다.

어떻게 해석했을지는 알 수 없었다.

가끔은 화려한 웅변보다, 진심을 담은 한 마디가 사람의 마음을 더 쉽게 움직이는 법이었다.

저 말이, 저 마음이 전해졌는지는 알 수 없었다.

단지 시연은 대답하지 않고 눈을 파르르 떨었다.

지훈은 그 모습을 보자 마음이 아려왔다.

혼자서 얼마나 속이 상했을까.

처음엔 그저 속이 상해서 토라졌겠지.

하지만 시간이 지날수록 마음이 타들어 갔으리라.

사랑하는 이가 영원히 돌아오지 않는다면?

사랑하는 이가 외딴 오지에서 죽어 버렸다면?

혹시라도 연락이 왔을까 매일 밤 전화기를 확인하고, 서구 터미널을 왕복하며 전쟁나간 남편 기다리는 미망인처럼 기다렸으리라.

혹시라도 내가 잘못한 건 아닐까, 마지막일 수도 있었을 텐데 내가 너무 이기적인 건 아니었을까?

10일 이후.

처음 문자 메시지를 받고 뛸 듯이 기쁜 시연이었다.

하지만 티를 내지는 않았다.

무서웠기 때문이다.

만약에 이대로 계속 지훈이 사지로 나간다면?

이렇게 연락이 끊어지는 일이 길어진다면?

그래서 이런 연기를 한 것이었다.

무리한 수를 둬서라도 사랑하는 이를 잡고 싶었다.

새장 속에 가둬서라도, 안전하게 보호하고 싶었다.

하지만 사랑하는 사람 입에서 진심이 담긴 사과를 받자, 아무것도 알 수 없게 되어버렸다.

그저 짙은 화장, 강해 보이는 옷차림으로 애써 숨겨왔던 약한 감정들이 화산처럼 터져 나왔다.

지훈이 시연의 손을 잡았다.

시연은 손을 쳐내려 버둥거렸지만, 놓아주지 않았다.

"미안하다. 목숨 빚이라 어쩔 수 없었어."

결국 시연은 한동안 어깨를 들썩이더니, 소리 없는 눈물을 토해냈다. 애써 강한 척, 센 척 하려 했지만 한 번 터져버린 감정을 억누를 수는 없었던 모양이다.

"미워… 진짜 미워….."

"그래. 내가 다 잘못했어."

손을 쓰다듬었다.

더 이상 저항 따위는 없었다.

자리에서 일어나 그녀의 옆자리에 앉았다.

시연은 지훈이 가까워지자 눈물이 그렁그렁 달린 큰 눈으로 쳐다봤다. 그리고 이내…

뚝, 뚜둑, 뚝.

울음을 터트렸다.

다시 이렇게 같은 자리에 있을 수 있다는 게, 다시 이렇게 가까이서 얼굴을 볼 수 있다는 게 너무나도 좋았다.

"진짜… 못 됐어, 진짜… 내가 얼마나 걱정했는지 알아?"

"많이 걱정했지. 미안하다."

"정말, 자기 어떻게 될까봐 너무 무서워서… 매일 잠도 못 자고, 일도 못 하고… 미친 사람처럼 서구 터미널에서 멍 하니 서있고…."

"앞으로 기다리게 만들지 않을게."

저 말을 마지막으로, 시연은 대성통곡을 시작했다. 마음속에 품어둔 말을 모조리 쏟아냈다.

울먹임과 딸꾹질에 섞여 못 알아듣는 말도 있었지만 신경 쓰지 않았다.

그저 어디 가지 않는다고 증명하듯, 시연을 꽉 안아줬다.

차갑게 꾸민 그녀의 외모와 달리 그녀는 여전히 따뜻했다.

그 온기는 시연이 지훈을 사랑한다고 말해주는 것 같아, 지훈도 마음이 안정됐다.

'앞으로 상처주지 말자.'

이번에는 어쩔 수 없는 경우였지만, 앞으로는 절대 그러지 않겠노라 다짐했다.

'그 어떤 일이든 전부 이겨내 주마.'

어느 정도 시간이 지나자 시연이 진정했다.

그녀는 다 번져버린 화장을 휴지로 닦으며 투덜거렸다.

"나 오늘 진짜… 각오하고 나왔는데…."

잘 하지도 않는 짙은 화장에, 보란 듯이 노출도 높은 의상. 게다가 힐은 13cm짜리 킬힐이다.

아마 여자 기준 중무장이겠지.

하지만 저 중무장은 지훈의 진심담긴 한 마디에 모조리 벗겨져 버렸다.

"진짜… 못됐어. 미워….'"

시연은 입술을 깨물며 억울하다는 듯 쳐다봤다.

"그래. 내가 못됐어."

픽 웃으며 머리를 쓰다듬어 줬다.

반항하지 않고 얌전히 있는 모습이, 길들여진 맹수 같아 묘하게 귀여웠다.

"나 화장 다 지워져서 이상하지 않아?"

슬쩍 얼굴을 훑었다.

워터 프루프(방수) 화장품은 없었는지, 검은색 아이 라이너가 죄다 눈물을 따라 궤적을 남겼다.

덤으로 눈물을 닦은 과정에서 가로로 죽 늘어나 무슨 어린애가 위장 크림 가지고 장난한 것처럼 보이기까지 했다.

당연히 이상하다.

"예뻐."

거짓말이다.

여기서 사실대로 얘기했다간 제 2라운드가 시작된다는 걸 지훈도, 시연도 잘 알고 있기 때문이다.

"진짜?"

시연은 믿지 못하겠다는 듯 되물었다.

이에 대답 따위는 해주지 않았다.

단지 어깨를 붙잡고, 그녀를 이쪽으로 당긴 뒤…

그녀의 입에 입맞춤을 했다.

눈물 섞인 화장품 맛이 났다.

❖

화해한 이후, 지훈은 일주일 간 시연과 함께 지냈다.

처음 며칠은 지현이 집에 안 오냐며 바가지를 긁었지만, 머잖아 그것도 사라졌다.

"집에만 있어도 돼?"

아무리 출퇴근이 자유라지만, 7일 중 6일을 빠졌다.

BOSA같은 근무 여건이 자유로운 회사들이 특징이 몇 가지 있는데, 그건 바로 인사관리였다.

직원들을 많이 풀어주고, 연봉도 많이 주는 대신 실적이 떨어지면 그 즉시 패널티를 먹인다는 거였다.

출퇴근 자유라고 정신 놓고 놀다가는 바로 잘린다.

"누구 때문에 집에서 잠도 못 자고 연구만 해서 괜찮아."

시연이 지훈의 몸을 쿡 찔렀다.

알몸으로 있던 터라, 손톱이 콕 찔러 들어왔다.

간지러워서 살짝 웃음이 났다.

"그러게, 누군지는 모르겠지만 진짜 못된 놈이네."

"맞아. 찾아서 때려 줘."

실없는 장난도 잠시.

지훈이 시연을 빤히 쳐다봤다.

그녀 역시 알몸이다. 이미 일주일 중 이틀을 같이 지냈을 때부터, 옷 따위는 입고 있지도 않았다.

그저 같은 시간이 영원히 가지 않기를 바라며 행복을 즐겼고, 틈이 날 때 마다 서로의 사랑을 확인했다.

"왜 그렇게 쳐다 봐?"

"예뻐서."

어두운 실내.

그녀의 몸 뒤쪽에 붙은 창 사이로 밝은 아침 햇빛이 쏟아져 내렸다. 그 모습이 마치 시연에게서 빛이 나는 것만 같았다.

마르지도, 통통하지도 않게 적당히 살이 오른 몸은 마치 콕 찌르면 탄력 있게 손가락을 튕겨낼 것 같았고,

빛으로 강조 된 몸 실루엣은 르네상스 시대의 조각가들이 왜 시체까지 훔쳐가며 해부학과 인체 곡선을 연구했는지 조금이나마 이해할 수 있게 만들었으며,

특히 가슴, 허리, 골반으로 이어지는 굴곡은 수컷의 DNA 속에 있는 본능을 자극하기라도 한 것 마냥 요염하면서도, 유려한 매력을 풍겼다.

"너무 뚫어지게 쳐다보면 부끄러워…."

시연이 가볍게 몸을 꼬았다.

미술관에 있는 조각상이 움직이는 것 같은 착각.

'이게 행복인가.'

이대로 시간이 멈췄으면 좋겠다는 생각이 들었다.

"시연아."

"응, 왜?"

슬쩍 대답하는 그녀의 실루엣.

"나랑 결혼할래?"

홀린 듯이 말했다.

그렇다고 아무 생각 없이 말한 건 아니었다.

시간이 지속될수록, 어렴풋이 느낀 감정이었다.

이 여자라면 평생을 함께해도 되겠다.

만난 지 반년도 안 된 관계.

감정에 휘둘려 이성이 흔들린 선택일 수도 있었다.

덜컥 결혼했다간 나중에 후회할 수도 있겠지.

하지만…

머뭇거리다 놓친 뒤 후회할 바에는, 적어도 본인이 직접 선택하고 난 뒤 후회하고 싶었다.

"아…?"

시연은 믿지 못하겠다는 듯 멍한 표정을 지었다.

"지금 당장 하자는 건 아냐. 지금으로서는 지현이도 치료해야 하고, 여유 자금도 벌어놔야 해. 단지 나중에 내가 만약 결혼을 한다면, 내 옆에는 네가 있었으면 좋겠다."

어려운 생활에 쫓겨 결혼은 꿈도 못 꿨던 지훈이었다. 단지 내일 먹을 음식과, 지현을 치료할 돈만이 인생의 목표였다.

하지만 지금은 달랐다.

헌팅을 통해 큰돈을 벌었고, 지현은 조금씩 병이 낫고 있었으며, 차곡차곡 미래를 향한 문이 열리고 있었다.

더 이상 불투명한 현재에 묶여있을 필요가 없었다.

앞으로 있을 찬란한 미래를 준비하고 싶었다.

그녀와 함께.

"고마워… 나를… 그렇게 까지….

시연은 눈에 눈물을 그렁그렁 달고는, 양팔을 벌리고 다가와 폭신하게 안겼다.

무언의 승낙.

이미 둘의 마음은 미래를 함께 걸을 준비가 되어 있었다.

비록 당장은 결혼을, 가시적인 증명을 하진 않겠지만 이미 둘의 마음은 정해져 있었다.

단지 생활이 좀 더 안정될 때를 기다릴 뿐이었다.

시연이 눈물로 촉촉이 젖은 눈으로 올려다봤다.

"사랑해, 그리고 고마워. 나랑 함께 있어줘서….

눈에 수증기라도 맺힌 걸까?

볼을 따라 물이 한 방울 흘러내렸다.

불투명한 미래를 밝혀주는 한 줄기 희망과 함께 영원한 안식처를 얻은 것 같아 너무나도 행복했다.

미쳐버린 세상.

이상보다는 현실이 가깝고, 꿈보다는 절망이 손짓하며, 삶보다는 죽음이 함께하는 세상이었다.

지훈 역시 그 미쳐버린 세상의 주민 중 하나였다.

지금이 되서야 헌팅을 통해 큰 부를 축적해, 이제야 정상적인 세상으로 들어올 수 있었다.

하지만 아직 부족했다.

아직 한 발은 미쳐버린 세계를 밟고 있었다.

그 모습이 꼭 언제 균형이 무너질지 몰라 위태로웠다.

인간 세상 속에 적응했지만, 뭔가 사연이 있는 칼콘.

야만성을 토대로 언제 터질지 모르는 폭탄, 가벡.

지훈과 함께하지 않으면 생존하기 어려워 보이는 민우.

언제나 지훈을 뒷골목으로 손짓하는 존재, 석중.

지훈을 노리는 매이자, 언더 다크의 스토커. 주인.

언더 다크의 집행자이자, 지훈을 죽이려는 존재. 파이로.

정체를 알 수 없는 아쵸프무자와, 그녀의 부탁.

펼쳐진 길이 가시밭인지, 탄탄대로인지는 몰랐다.

단지 지훈은 지금 이 행복을 즐기고 싶었을 뿐이었다.

✦

현재 일행의 능력치

[지훈]

종족 : 인간

이블 포인트 : 59 - 4

성향 : 뉴트럴(중립)

성향 보너스 : 회색 인간

개괄 : 아쵸프무자의 사자, 회색 인간, 해결사, 베레랑 용병, 미친 사냥개, 로맨티스트

등급 : B 등급 2티어 + 5

미사용 이능 포인트 (2) (!!)

근력 : D 등급 (23)

민첩 : D 등급 (20)

저항 : D 등급 (23)

마력 : E 등급 (16)

이능 : F 등급 (15) +5(티어업), +1(경험)

잠재 : S 등급 (?)

신체 변이 – 약한 재생, 화염 속성.

이능력 – 집중 F등급, 가속 E등급

[칼콘]

종족 : 오크

이블 포인트 : 60

성향 : 뉴트럴 (중립)

등급 : E등급 1티어

개괄 : 카즈가쉬 클래너, 숙련된 방패병, 전직 인간 사냥꾼,

이방인

근력 : E 등급 (19)
민첩 : E 등급 (15)
저항 : E 등급 (10)
잠재 : E 등급 (17)
이능 : F 등급 (00)
마력 : 감지 불가

신체 변이, 이능력 – 없음

[가벡]
종족 : 버그베어
이블 포인트 : 73
성향 : 이블 (악)
등급 : E등급 3티어
개괄 : 야만인, 덫 사냥꾼, 투사, 광신도, 이방인,

근력 : E 등급 (15)
민첩 : E 등급 (17)
저항 : D 등급 (09)
잠재 : E 등급 (17)
이능 : F 등급 (06)

마력 : 감지 불가

신체 변이, 이능력 – 없음

[민우]
종족 : 인간
이블 포인트 : 64 (첫 만남 당시 87)
성향 : 뉴트럴 (중립)
등급 : 감지 불가
개괄 : 길잡이, 정보꾼, 지원 사수, 일반인,

근력 : F 등급 (07)
민첩 : F 등급 (05)
저항 : 논 외 (–1)
이능 : F 등급 (01) (!!)
마력 : 감지 불가

잠재 : F 등급 (02) (!!)
마력 : 감지 불가
신체 변이.

종족 변화 진행 중 – FS 유적에서 음식을 먹음에 따라, 신체가 변이했습니다. 각성하기 쉬운 육체를 얻은 대신, DNA 재배열이 이루어졌습니다. 기존 인간과 다른 종이 되었으므로, 번식 시 난임(!) 및 불임(!!)의 가능성이 있습니다. 그 외 수명 단축 및 신체 이상은 없습니다.

이능력 – 없음.

❖

[아쵸프무자가 말한 다음 '부탁' 까지 615시간 (약 20일)]
[파이로 완치까지 42일]

권능의 반지

101화. 언더 파이팅 관람 (1)

NEO MODERN FANTASY STORY

한편, 민우는 유적 관련으로 전화를 한 통 받았다.

"각성 전 증후군 없었습니까?"

무슨 얘기냐며 되묻자, 연구원은 얼버무려버렸다.

아마 FS 유적에서 가져 온 음식 때문에 전화한 것 같았는데, 각성이라니?

'에이, 음식 몇 개 집어 먹었다고 각성하겠어?'

병에 걸리면 모를까, 각성은 조금 먼 얘기 같았다.

그 외 연구원은 유적 위치에 대해 자세하게 물었다.

이에 대해서는 잘 모르는 사안이라 지훈에게 연락할까 고민하기도 잠시. 가벡이 길을 외워뒀다고 말했다.

"내가 안다."

이로 인해 민우와 가벡은 연구 자문 역으로 다시 한 번 FS 유적을 찾았다. 하지만 이상하게도 문, 터렛 그 어느 것도 전혀 반응하지 않았다.

아마 최상위 관리자의 부재 및 기록 전달이 끝난 까닭에 모든 프로토콜이 정지 된 모양이었다.

생각과 다른 전개에 민우는 살짝 당황했다.

안에 있는 물건들 죄다 가져다 판다고 가정하고, 그 가격 1%만 받아도 평생을 놀고먹어도 될 조 단위 돈이 들어온다.

정산 당시 받은 돈 10억은 겨우 '계약금' 명목으로 받은 정보 판매비용이었다.

"으아아아, 내, 내 돈!"

민우는 그 때 반드시 건설로봇을 타고 나왔어야 했다며 땅을 치고 후회했지만, 울고불고 보채 보아도 어쩔 수 없었다.

❖

BOSA는 무슨 수를 써서든 유적 내로 진입하려 했지만 실패했다. 하지만 FS유적이라는 건 분명했기에, 정보료로 받은 10억을 다시 돌려줘야 하거나 하는 일은 발생하지 않았다.

이 소식에 지훈이 남몰래 반지로 열어보려고 했으나, 역시 승강기는 침묵할 뿐이었다.

'임무 끝났다고 전원 내려버린 모양이군.'

뭐 어떻게 하겠는가.

많이 아깝긴 했지만 어쩔 수 없는 건 없는 거였다.

아마 현재 인류의 기술로는 무슨 짓을 해도 해당 유적의 입구를 열 수 없을 터였다.

최상위 관리자만 해도 B등급 아티펙트로 때리고, 유탄을 직격으로 먹였는데도 상처 하나 나지 않았다.

아마 외벽에 핵을 때려 박아도 열리지 않겠지.

'물건이나 좀 더 챙길 걸 그랬나.'

작은 욕심이 남았지만 흘려버렸다.

1초 차이로 살아남았다.

물건 챙겨봤어야 전부 버렸거나, 시간 못 맞추고 죽기밖에 더 했겠는가.

소화할 수 없는 욕심은 죽음으로 가는 지름길이었다.

⊕

병원에서 보냈던 지루한 생활에 대한 반작용일까?

칼콘은 굉장히 바쁘게 움직였다.

시간이 날 때 마다 판크라테온 체육관을 들락날락 거리며 운동 및 스파링을 하는 건 물론, 시체 구덩이 언더 파이팅도 항상 놓치지 않고 참가했다.

지훈은 참가하지 않았기에 그러려니, 하며 즐거운 일상을 즐기기도 잠시. 칼콘이 초대권을 한 장 건넸다.

– 나 이 날 경기해!

표정이 꼭 칭찬 받고 싶어 하는 아이 같았기에, 어쩔 수 없이 참석했다.

"여기에 진짜 칼콘 나와?"

"예, 아마 가벡이랑 같이 메인매치에 나올 거예요.'

"올~ 칼콘 출세했네."

지현의 물음에 민우가 대답했다.

조금 잔인할 수도 있는 경기인지라 지현은 떼놓고 오려고 했지만, 민우 얘기 듣고 온다고 발광을 한 터라 데려왔다.

당연히 시연은 떼놓고 왔다.

온실 속 화초 같은 여잔데 사람이 진짜로 죽어 나가는 살인 경기를 보여줬다가는 속이 뒤집힐 게 분명했다.

'아니 둘이 뭐라도 있나, 왜 저렇게 민우에 환장해.'

빨대로 맥주를 쪼옥 들이키며, 눈만 굴려 둘을 훑었다.

민우는 처음 봤을 때 보다 살이 많이 빠져 있었다.

헌팅 다니며 격한 운동은 물론, 틈날 때 마다 체육관 끌고 다니며 운동 시켰으니 당연한 결과였다.

'슬슬 남자 냄새 나네.'

그래봐야 아직 애송이지만 말이다.

지현과 민우는 마치 소개팅 한지 얼마 안 된 남녀처럼 어색하게 대화를 주고받았다.

적극적인 여자와, 수동적인 남자.

TV 시트콤 같아 묘하게 우스웠다.

'슬슬 샷건 하나 준비해 놓을까.'

하지만 그 모습을 보며 미소보다는 샷건이 먼저 떠오르는 지훈이었다.

첫 경기는 맹수전이었다.

보통 무투 경기하면 사람과 사람이 싸울 거라는 생각과 달리, 사람과 사람의 싸움은 많지 않았다.

이유야 간단하다.

한 번 싸우면 부상 및 휴식기간이 생기는데, 그걸 무시하고 선수들을 무한 뺑뺑이 돌릴 순 없었기 때문이었다.

까닭에 보통 사람과 사람의 싸움은 매인 매치나 들러리 매치로만 제한했다.

그 나머지는 희귀한 동물들로 사파리 및 서커스를 열거나, 전투 연극 및 뮤지컬, 혹은 심지어 개그맨이 나와 만담을 하기도 했다.

전부 무투 경기와는 거리가 먼 쇼였지만, 딱히 불만을 토로하는 사람은 없었다.

모로 가도 서울만 가면 된다고 했다.

어차피 즐기자고 온 쇼인데, 재미만 있으면 되지 않던가.

역시 지훈 앞에도 여러 흥 달구기용 쇼를 준비하지만, 지훈은 그런 거 관심 없었기에 깔끔하게 자버렸다.

"싸움 시작하면 깨워라."

"예, 형님."

민우가 끄덕이자, 지현이 투덜거렸다.

"아니 지가 무슨 왕이야? 왜 이래라 저래라야."

좋아하는 남자 부려먹자 화가 난 모양이다.

물론 그걸 모르는 지훈 입장에선 어처구니가 없었다.

"뭐, 이년아? 밖에 나가고 싶지?"

티켓 값은 당연히 지훈이 냈다.

당장이라도 쫓아 낼 기세로 말하니 지현이 깨갱했다.

"아뇨, 오라버니. 제가 깨워드릴 테니 편히 주무시지요."

◈

– 자자, 오래들 기다리셨습니다! 오늘의 들러리 매치는 바로 맹수전입니다!

와아아아!

사람들의 환성과 함께 청코너에서 한 무리의 사람들이 튀어나왔다.

– 청코너, 오늘의 베스티아리(맹수잡이)들입니다! 원래는 제각기 사연이 있지만, 한 가지 공통점이 있습니다! 언더 다크에 커다란 빚을 지고 있다는 것이죠!

보통 들러리 매치는 두 가지로 진행됐다.

첫 번째는 언더 다크에 실수를 했거나, 빚을 갚지 못한 사람들을 우겨넣어 죄다 갈아버리는 살육전.

언더 파이팅의 특징은 크라토스와 달리, 진짜 피와 살이 튄다는 데에 있었다.

당연한 얘기겠지만 같은 조건으로 승부하면 언더 파이팅이

크라토스를 이길 수 있을 리 없었다.

양, 질 어느 면으로 비교해도 부족했다.

이에 언더 파이팅은 잔인함으로 승부했다.

사람이 실제로 죽고 나뒹구는 잔인한 경기. 그리고 그 경기를 바탕으로 진행되는 배팅과 도박!

이게 바로 언더 파이팅의 묘미이자, 차별화였다.

당연히 불법이었지만 아무래도 등 뒤에 언더 다크를 업고 있는 터라 정부도 쉽사리 건들 생각을 하지 않았다.

두 번째는 메인 급 검투사가 되기에는 조금 부족한, 하지만 충분히 쇼가 될 수 있을법한 실력을 갖춘 견습 검투사들의 매치였다.

이 경우 첫 번째보다는 아니었지만 그래도 인기가 좋았다.

본디 싸움 구경도 바보들이 싸워야 재밌지, 너무 강한 녀석들이 싸워봐야 눈으로 쫓기도 힘들었다.

저번에 도와줬던 서곽수가 아마 이 경기를 하는 들러리 검투사로 일을 하고 있으리라.

- 오늘의 홍코너. 아실 분들은 알고, 모르실 분은 모르는 신비의 동물! 다이어 울프입니다!

홍코너의 쇠창살이 열리며 거대한 늑대가 갇힌 우리 3개가 튀어나왔다.

'미친 새끼들, 다이어 울프라고? 그것도 세 마리?'

다이어 울프는 세드에 사는 강력한 늑대로, 먹이사슬의

최상위권에 위치한 포식자였다.

보통 10마리 이상 무리 생활을 하는데, 지구의 호랑이나 사자 따위와는 비교도 안 될 정도로 크고 민첩했다.

길이 3M에 몸무게 500KG.

크기, 무게로만 보면 페커리와 비슷했지만 괜히 '다이어'가 붙은 게 아니었다.

녀석들은 가죽에 두꺼운 천연 장갑이 붙어있었다.

웬만한 맹수의 이빨은 물론, 일반 탄환으로는 절대 뚫지 못할 정도로 두껍고 질겼다.

– 자, 그럼 시작합니다!

철창이 열리자마자 지현을 불렀다.

아무리 왈가닥이라지만, 여자였다.

뒷골목에서 멀찍이 사람 죽는 거 여러 번 봤다지만, 그건 말 그대로 간접적인 경험이다. 실제로 사람 갈려나가는 걸 보면 비위가 상할 수 있었다.

"야, 너 진짜 볼 수 있겠냐? 엄청 잔인할 텐데."

"그냥 고어 영화 같은 거 아냐? 난 괜찮아."

민우를 의식했는지 강하게 나오는 지현이었다.

멋지게 보이고 싶기라도 한 걸까?

나발이고 귀찮아졌다.

본인이 괜찮다는데 뭐라겠는가. 내버려뒀다.

말하는 사이 늑대 짖는 소리가 들렸다.

컹! 그르르르!

고개를 돌려보니, 시작한 지 5초 만에 사람 하나가 늑대 입에 물려있는 걸 볼 수 있었다.

이후 늑대가 도리질을 치자 하반신이 뚝 떨어졌다.

'아니 무슨 레고도 아니고, 사람이 저렇게…'

현실감 없는 모습이 꼭 영화 같아 보였다.

불쾌한 장면이었으나, 사람들은 그걸 보고 열광했다.

우와아아아아! 죽여라! 죽여!

'또라이 새끼들.'

유쾌한 장면은 아니었기에, 담배를 물고 관람했다. 병아리 농장에 들어온 족제비를 보는 느낌이었다.

대충 5분쯤 보고 있자니 옆에서 토하는 소리가 났다.

"우어어어억!"

민우였다.

의자에 하나씩 비치 된 비닐봉지에 대고 쏟아내고 있었다.

반면 지현은 아무렇지도 않은 듯 난처한 표정을 지었다.

"야, 야. 괜찮아?"

"안 괜찮아 보이니까 등이나 두드려, 지지배야."

턱, 턱, 턱, 턱.

지현이야 사람 죽는 거 본 적이 없으니 그냥 영화려니 하는 모양이었다.

반면 민우는 실제로 사람 죽는 걸 봤으니, 아마 저게 현실이라는 걸 알고 있어서 저런 반응이 나온 모양이었다.

경기 결과는 일방적이었다.

30명도 넘던 사람들이 5분도 안돼서 반으로 줄었고, 제한 시간 10분 동안 살아남은 사람은 겨우 3명이었다.

한 명은 육편을 덮고 죽은 척을 하고 있었고,

다른 한 명은 아티펙트로 보이는 방패와 갑옷으로 농성을,

마지막 한 명은 이능으로 하늘에 올라가 있었다.

- 마지막 생존자는 3명입니다! 의외로 적군요!

다이어 울프 따위를 3마리나 집어 넣어놓고 생존자가 적다고 해설하는 꼴이 우스웠다.

지훈 일행 넷도, 엄폐물 하나 없는 저런 원형 경기장에서 다이어 울프 3마리랑 싸웠다가는 생존을 장담하기 어려웠다.

"어우… 이런 거 뭐가 재미있다고 봐요?"

민우는 다 게워내고는 이해할 수 없다는 표정을 지었다.

"가끔 뭔가 터질 것 같은 마음을 진정시킬 때 보겠지. 아니면 배팅으로 한 몫 잡고 싶거나."

밑바닥 인생을 경험해 본 까닭에 아주 조금이나마 이해할 수 있었다.

- 오래 기다리셨습니다, 곧 있어 오늘의 메인 매치가 시작됩니다! 파죽지세로 올라오는 칼콘과 가벡. 그리고 언더 파이팅의 악동, 김경훈과 우민석입니다!

해설은 이후 뭐라저라 떠들었다.

그 사이 청소부들이 다가와 열심히 시체를 치웠다.

여전히 바닥 모래가 피로 물들어 있었지만, 신경 쓰지 않는 듯싶었다.

- 선수 소개 시작하겠습니다. 먼저 청코너, 가벡과 칼콘입니다. 각각 버그베어와, 오크입니다. 보기 드문 몬스터 듀오로군요!

몬스터라는 단어에 지훈이 눈을 찌푸렸다.

'이종족이라는 좋은 단어 내버려 두고 몬스터가 뭐야, 몬스터가. 쯧. 짐승도 아니고.'

보통 인간과 동맹이 맺어진 종족은 공식적으로 '이종족'이라 부르며 존중했다. 서로 죽고 죽이는 관계가 아닌, 공존을 도모하는 의미에서 붙은 명칭이었다.

몬스터는 그 외 인간에게 적대적인 종족과 짐승들을 싸잡아 부르는 단어였다.

예를 들자면 엘프는 이종족, 포미시드는 몬스터였다.

오크와 버그베어 역시 엘프처럼 현재 대한민국과 종족 동맹이 체결된 상태였다.

물론 그런 거 다 상관없이, 지훈은 단지 제 동료가 '몬스터'라고 불린 게 기분 나빴을 뿐이었다.

권능의 반지

102화. 언더 파이팅 관람 (2)

NEO MODERN FANTASY STORY

　- 가벡은 저 멀리 가시 산맥에서 온 버그베어 투사입니다! 저번 경기에서 상대방의 두 팔을 잘라버려서 유명해졌죠! 영상 보겠습니다!

　전광판에 가벡이 사람 팔 잘라내는 장면이 방송됐다. 관객들은 열광했지만, 반면 민우는 얼굴을 찌푸렸다.

　동거인이 사람 조지는 걸 봤다.

　마음이 편하면 그게 더 이상하겠지.

　- 칼콘은 싸우는 걸 좋아하는 오크입니다. 독특하게 주 무기가 방패로 되어 있군요! 영상 보시겠습니다!

　칼콘의 영상은 별 거 없었다.

　단순히 막고, 막고, 막고, 또 막았다. 문제가 하나 있다면…

'미친 새끼. 무슨 페커리 돌진을 방패로 막아?'

막는 것들이 다 하나같이 장난이 아니었다.

소총부터 기관총까지 온갖 총기류는 물론이오, 수류탄이나 RPG같은 폭발물, 심지어 페커리 돌진까지 막았다.

드문드문 밀려나거나, 갈아가긴 했지만 딱히 별 피해를 입은 것 같아 보이진 않았다.

'확실히 아군으로 있을 때는 든든하지만, 적으로 만난다고 생각하면 정말 짜증나겠군.'

칼콘의 전투 스타일은 간단했다.

버티기. 오로지 버틴다. 그게 다다.

공격 거리, 공격력 모두 소소했지만, 매우 높은 방어력과 생존력을 바탕으로 전투 내내 서서히 적을 압박한다.

당연히 엄폐물 역할도 하기 때문에 아군이 쉴 동안 막아줌은 물론, 조금씩 적과의 거리를 좁혀 상대방을 심리적으로 압박했다.

인간들도 가끔 방패를 들긴 했지만, 말 그대로 가끔이었다.

비각성자, 아티펙트 유저 같은 경우 들어봐야 충격 및 우악스러운 운동 에너지를 버틸 수 없었다.

그럼 각성자는 어떨까?

들 수는 있겠지만, 차라리 총이나 무기를 들지 방패는 웬만해선 들고 싶어 하지 않았다.

게임만 해도 다들 딜러하지, 탱커는 안 하지 않던가.

실제로 방패를 들면 폭발물 및 마법 공격의 우선순위가

되기 때문에 될 수 있으면 기피하는 직종이었다.

'친구 하나는 잘 됐군.'

이어서 상대방의 설명이 이어졌다.

관심 없었기에 듣지 않고 시연과 문자를 주고받았다.

– 자기야, 뭐해?

– 칼콘 경기 구경 왔어.

– 나도 보고 싶다! 지금 가면 안 돼?

– 안 돼.

– 왜! 나도 칼콘씨 좋은데!

온실 속 화초한테 만드라고라가 먹을 육편이랑 정액을 비료로 뿌리는 격이었다.

설명도 해주지 않고 안 된다고 못을 박았다.

– 각 선수 입장합니다! 전광판을 보십시오, 장비 현황을 보여 드리겠습니다!

[장비 현황]
[가벡, 칼콘]
가벡 (이도류) – 롱소드, 곤봉, 가죽 갑옷으로 무장
칼콘 (방패병) – 가시 방패, 쇠사슬, 갑옷으로 무장.

[김경훈, 우민석]
김경훈 (총꾼) – K2, 군용 대검, 섬광탄, 방검복
우민석 (마법 사용자) – 마법 스태프

– 언더 파이팅에서 자주 볼 수 없는 경기입니다! 특히 가벡, 칼콘 선수 같은 경우 총기류를 아예 사용하지 않습니다!

경기장 넓이만 해도 직경 4km였다.

'다가가면 이긴다. 하지만 접근 방법이 문제군.'

– 반면 김경훈 선수와 우민석 선수는 원거리 특화입니다. 김경훈 선수는 K2를, 우민석 선수는 마법 사용자거든요!

상성으로만 보자면 칼콘 쪽이 훨씬 불리했다.

총꾼만 있으면 모를까, 마법사도 껴있었다.

정신계나 상태 이상 계통 마법만 써도 강력한데 어떤 마법으로 공격해 올 지 전혀 알 수 없었다.

– 파이트! 앞으로 배팅 마감까지 5분 남았습니다!

경기 시작과 함께 칼콘과 가벡의 모습이 전광판에 들어왔다. 칼콘은 IED에 날아간 갑옷을 그대로 입고 있었는데, 왼팔과 왼 다리 부분만 갑옷이 없었다.

'저걸 그대로?'

경악스러울 정도였으나 딱히 상관은 없어 보였다.

사실 저 D등급 갑옷보다, 의수로 달은 팔과 다리가 훨씬 단단하기 때문이었다.

게다가 B등급 의수 덕분인지, 그 무거운 양손용 가시 방패를 한 손으로 들고 있었다.

'미친놈. 50Kg짜리 방패를 한 손으로 들었다고?'

저 거대한 방패만 들고 있어도, 거의 완벽한 방어를 할 수 있었다. 근데 저기다 무기까지 든다?

걸어 다니는 전차였다.

- 두 팀, 각자에게 접근합니다!

처음부터 딱히 주목할 만 한 건 없었다.

칼콘 일행은 당연히 방패 뒤에 숨어서 천천히 전진했다. 피가 끓어서 돌진할 것 같은 가벡 역시, 어이없게 총 맞고 죽고 싶지는 않은지 얌전하게 기다렸다.

타타타타타탕!

K2에서 탄피가 와르르 쏟아져 내렸고, 옆에 있던 마법사는 뭐라 뭐라 마법을 영창했다.

"Terrain variatsioonid(지형 변이)!"

영창이 끝나자마자 칼콘 일행이 서있는 땅이 울렁거렸다.

'일단 넘어뜨리고 보겠다?'

현명한 선택이었다.

총과 방패는 상성이 좋지 않았다.

뚫리지 않는다는 가정 하에, 운동에너지가 적은 소총으로는 방패를 든 적을 밀어낼 수 없었던 것.

할 수 있는 거라곤 가만히 있다가 죽거나, 도망치는 것 밖에 할 수 없다.

하지만 방패를 든 상대를 넘어뜨린다면?

혹은 방패를 돌려 틈을 만든다면?

치명적인 약점이 노출된다.

아니나 다를까 칼콘이 비틀거렸다.

그 사이 총꾼이 탄환을 발사했지만…

팅!

갑옷을 뚫지 못했다. 비싼 돈 주고 산 D등급 갑옷이 제 값을 발휘하는 순간이었다.

'OTN탄인 것 같은데, 안타깝군. 저걸론 못 뚫어.'

뚫을 수 있는 탄환이 있긴 했지만, 안타깝게도 그건 한 발당 가격이 입이 쩍 벌어질 정도로 비쌌다.

총격이 막히자 바로 마법사가 추가 마법을 부렸다.

"Dim(몽롱)."

개인 대상인지, 범위 대상인지 알 수 없었다.

단지 가벡이 비틀거리다 쓰러졌을 뿐이었다.

'쓸모없는 놈. 저것도 못 버티나.'

지훈이 이죽거렸지만, 지극히 자연스러운 현상이었다.

인간은 그나마 모든 능력치가 평이해 마법 저항도 평균이었지만, 오크나 버그베어 같은 전투 종족은 아니었다.

거기다 마법 저항 아티펙트까지 없으니, 맞는 족족 풀썩 쓰러질 수밖에.

'막아. 저대로 쓰러져 있으면 죽는다.'

칼콘 역시 그렇게 생각했는지, 가벡 앞을 막아섰다.

타타타탕!

티티티팅!

칼콘의 방패에서 미친 듯이 불이 튀었다.

"Magic nooled(마법 화살)."

방패를 돌리지 못하는 상황에서 마법사의 기습 영창!

슈우우우웅 – !

화살 모양을 한 보라색 빛덩이가 칼콘으로 날아갔다.

슝!

그러다 방패에 부딪치기 직전 방향을 틀더니, 방패를 우회해서 칼콘의 머리에 부딪쳤다.

쩡!

커다란 소리가 나며 칼콘이 비틀거렸지만, 절대 방패를 놓치지 않았다. 그리고 이내 가벡도 일어났다.

'끝났네. 이겼어.'

마법사는 급히 여러 마법을 영창 했지만, 칼콘 일행의 전진을 막을 수 없었다.

촤라라라락!

칼콘이 쇠사슬을 던져 총꾼의 다리를 옭아매고는…

철컹, 철컹, 철컹, 철컹!

그대로 감아 당겼다.

"으아아악!"

총꾼이 바닥에 엎어지더니 칼콘 쪽으로 질질 끌려왔다.

타타타타탕!

티티티티팅!

저항하려 총을 난사했지만, 이미 날개가 잘린 새였다. 결국 총꾼은 방패 바로 앞까지 끌려와…

콰직!

"아아아악!"

방패에 다리를 찍혀 버렸다. 칼콘은 총꾼의 총을 멀리 차버린 뒤 마법사에게 시선을 옮겼다.

"kaitse(보호)."

우으으응 –

마법사의 몸에 반투명한 푸른 막이 생겼다. 물리적인 방어력을 제공하는 보호막이었다. 어떤 마법으로 어떻게 상대해야 할 지 계산할 시간을 벌려는 모양이었다.

가벡이 다가가 두드렸으나 안타깝게도 깰 수 없었다.

– 아, 비겁합니다. 시간 끌기라니요!

'비겁하긴 뭐가 비겁해. 현명한 선택이구만.'

칼콘과 가벡은 숙련 된 군인이자, 전사였다.

전투 경험이 적은 마법사가 임기응변으로 상대해 봐야 압도적인 경험과 노하우에 짓눌린다. 그럴 바에는 아예 완벽하게 계산해서 한 방에 끝내는 게 나았다.

마법사는 약 2분 정도 보호막을 유지하다 끝냈다.

"그르르…."

"pääs(탈추)…."

이내 거리를 벌리기 위한 단거리 도약 마법을 시전 했으나 가벡은 놓아줄 생각이 없던 모양이었다.

퉤!

침이었다.

가벡이 머금고 있던 가래침이 마법사의 입에 들어갔다.

"…꺽!"

덕분에 마지막 음절이 비틀어져 버렸고, 마법은 실패요, 날아오는 가벡의 곤봉이었다.

뻑!

마법사가 바닥에 쓰러졌다.

─ 아, 경기 끝났습니다. 크락과 가벡의 승리입니다! 하지만 숨통을 끊지는 않았네요. 과연 어떻게 할까요!

죽여! 죽여! 죽여! 죽여!

죽여! 죽여! 죽여! 죽여!

관객들이 미친 사람들 마냥 죽이라고 고함을 질렀다. 그 모습이 피에 굶주린 짐승 같아 묘하게 섬뜩했다.

지훈은 아무 말 하지 않고 칼콘과 가벡을 살펴봤다.

'칼콘, 적당히 해라. 그런 거 함부러 죽였다가는 이블 포인트 올라서 다시는 반지 못 낀다.'

가벡이야 뭔 짓거리를 하고 다녀도 상관없었지만, 칼콘은 문제가 됐다. 추후 각성 제어를 위해 반지를 몇 번 정도 껴야 할 때가 있을 터였다.

특히 D에서 C등급 올라갈 때, 즉 이능 포인트를 얻을 때가 중요했다. 이능을 선택 가능했기 때문이었다.

근데 만약 이블포인트를 잔뜩 올려놓는다면?

이능 선택은 개뿔, 끼자마자 죽을 수도 있었다.

죽여! 죽여! 죽여!

관중들의 고함에 칼콘과 가벡이 뭐라 얘기를 주고받았다.

– 뭐라고 하는 걸까요? 궁금하군요. 어떻게 죽을지를 상의하고 있는 걸가요? 몬스터가 절대로 인간을 살려 줄 리가 없을 텐데 말이죠!

가벡과 칼콘이 이내 손을 크게 들었다.

전광판이 그 둘의 손을 클로즈 업 했다.

주먹을 쥐고 가운데 손가락만 핀 모양이… 꼭….

엿이나 먹으라는 것처럼 보였다.

특이한 전개에 진행 요원이 급히 달려와 칼콘과 가벡에게 마이크를 건네줬다.

– 예, 칼콘 선수. 왜 죽이지 않은 겁니까?

– 그냥. 재밌자고 싸웠는데 죽이고 싶지 않았어. 안 죽이면 쟤네랑 또 싸울 수 있잖아. 그리고 숙련 된 전사는 훈련 상대를 죽이지 않아!

우우우우~ 시시하다~

계집애 같은 놈!

관객들의 야우가 쏟아져 내렸다.

해설은 이번에 가벡에게 물었다.

– 가벡 선수는 왜 상대를 죽이지 않았나요?

– 내 힘으로 얻은 목숨이다. 너희들이 뭔데 죽여라 살려라지? 원래 죽일 생각이었지만, 너희가 시키니 하기 싫군. 좆이나 까라, 개새끼들아!

푸하하하! 저 몬스터 봐!

신선한 놈이다!

관객들 사이에서 웃음이 터져 나왔다

－벌레 같은 놈들, 죽일 가치도 없다! 가서 살 좀 붙이고 오면 그 때 친히 잡아먹어 주마! 꺼져!

가벡은 그 말을 마지막으로 마법사를 발로 퍽 차고는, 대기실로 향했다. 마이크는 다시 칼콘에게 주어졌다.

－지훈, 보고 있지? 나 이겼다? 내기대로 진짜 소고기 사주는 거다? 소고기!

민우와 지현의 눈이 나란히 이쪽으로 향했다.

"진짜요? 쟤를요? 소고기?"

"대박… 오빠, 저번에 칼콘 고기 먹는 거 못 봤어?"

봤다. 눈앞에서 직접 봤다. 아마 한우로 먹으면 하루 밤 식비로 천만 원 가까이 깨지겠지.

'아, 또라이 새끼… 좀 조용히 좀 있지.'

부끄러움에 조용히 양 손으로 얼굴을 쓸어내렸다.

❖

뒤풀이는 약속대로 소고기로 했다.

밥 먹는데 잔인할 건 없었기에 시연도 불러 함께했다.

치이이익 －

문득 고기를 굽고 있자니 칼콘, 가벡, 민우가 앉은 테이블이 시끄러워졌다.

"가벡, 이리 줘. 고기는 원래 우두머리가 굽는 거야."

"그래서 지금 내가 굽고 있지 않나?"

"품, 네가 우두머리라고? 재미있다! 그치?"

칼콘이 민우에게 묻자, 가벡도 쳐다봤다.

누가 우두머리인지 대답하라는 강요였다.

그 모습이 꼭 병장 둘이서 이병에게 '누가 더 잘생겼냐?' 라고 묻는 것 같아 묘하게 우스웠다.

"그냥 아무나 우두머리 하고 빨리 고기나 구워."

관심 없는 민우였다.

"우리 테이블은 자기가 우두머리니까 굽는 거야?"

시연이 싱글벙글 웃으며 고개를 갸웃거렸다. 그 모습에 픽 웃음이 나왔다. 딱 지현이 말하기 전까지만.

"아~이고, 당연히 우리 오라방이 우두머리입지요. 그러니 빨리 고기를 구워서 대령해라. 태우면 죽는다?"

"뜨거운 고기로 처맞아봐야 정신 차릴래?"

집게로 한 점 집자, 지현이 바로 고개를 숙였다.

"죄송함돠."

와구와구.

냠냠냠냠.

벌컥벌컥.

맛 좋은 고기와 함께 맥주를 들이켰다.

"프-하!"

3000cc 쯤 들이 붓자, 가벼운 취기가 올라왔다.

몽롱한 기분으로 일행을 죽 훑으니, 그 모습이 꼭 페커리

고기를 다 같이 구워먹었던 추억이 떠올랐다.

'앞으로도 계속 이랬으면 좋겠다.'

누구 다치는 사람 없이, 누구 죽는 사람 없이.

나중에 우리 아들이 어떠네, 우리 손녀는 어떠네 하며 서로 제 자식이 잘났다고 멱살잡이라도 하면 얼마나 좋을까?

'나도 늙었나, 참 별 생각을 다….'

감상을 날려버리고 맥주를 마시고 있자니, 문득 핸드폰이 울렸다. 진동이 짧은 걸 봤을때, 문자다.

'누구지?'

지훈의 번호를 알고 있는 사람은 얼마 없다.

누군가 싶어 내용을 확인했다.

─ 김지훈님, 정철수 교수입니다. 금속 제련 건으로 연락드렸습니다. 문자로 얘기하기는 긴 얘기가 될 것 같으니, 약속을 잡고 싶습니다.

103화. 지구로

NEO MODERN FANTASY STORY

현재 정철수 교수가 준 금속 덩어리는 TV 아래에 꿔다놓은 보릿자루마냥 놓인 상태였다. 얼마나 관심 없이 내버려 뒀는지 위에는 뽀얀 먼지가 올라와 있었다.

호위 임무 이후 병원에 있으랴, 아쵸프무자와의 거래로 유적 다녀오랴, 근 20일간 신경도 쓰지 못했었다.

솔직히 말하자면 틈틈이 TV볼 때 마다 보이긴 했지만, 그냥 머리 내에서 쭈~욱 밀어버렸다.

– 발표 끝난 뒤 상용화 시작되면 정련해 드리겠습니다.

솔직히 저 '상용화'가 언제 시작될지 어떻게 안단 말인가?

국가 연구는 기본 1~3년 까지 질질 끄는 게 보통이었다.

BOSA야 사기업이니 돈 때려 박아서 빨리 연구해 보고 상품성 혹은 보관가치 없으면 바로 그만둔다.

하지만 국가는 일단 기술을 가지고 있으면 어떤 방향으로든 써먹을 일이 생기기에 느긋느긋 연구를 하는 편이었다.

까닭에 연구가 2년 쯤 걸릴 거라고 예상했다.

근데 빗나갔다. 이렇게 빨리 끝날 줄은 꿈에도 몰랐다.

"그거 장식 아니었어? 누르딩딩한 게 예쁘잖아."

"예쁘다는 년이 먼지 쌓이게 그냥 내버려뒀냐?"

청소 및 가사는 모두 지현의 몫이었다.

아무래도 외출을 잘 하지 않고 TV 혹은 인터넷만 가지고 노는 집순이인지라 가사를 모두 맡겨버린 것.

전업주부 혹은 가사도우미 만큼은 아니었지만 그럭저럭 봐줄 만 했다. 도리어 가사도우미 고용했다가 귀중품 혹은 아티펙트라도 들고 덜컥 도망가면 그게 더 큰일이었다.

"아이고~ 그런 건 모르겠고, 빨리 비켜. TV 안 보여."

"에라이 쌍년아."

지현은 모르겠다는 듯 거드름을 피웠다.

어차피 사소한 거 가지고 뭐라고 할 생각도 없었기에, 픽 웃고 말았다.

원석을 집어 들었다.

윙 –

두근, 두근, 두근.

기이한 이명이 들리는 것 같은 착각.

동시에 심박이 아주 조금 빨라졌다.

TV 노이즈인가 싶어 고개를 돌려봤지만, 아니었다.

'이 금속 때문인가?'

라디오로 얼핏 듣기에 어떤 효과가 있다고 했었다. 아마 그 이유에서리라.

호기심이 생겼지만 넣어뒀다.

어차피 교수에게 가면 모두 알 수 있을 터였다.

"맞다. 나 지구로 갈 건데 같이 갈 생각 있냐?"

"뭐, 지구!?"

TV를 보던 지현이 벌떡 몸을 일으켰다. 그리운 고향 땅이 자, 떠나온 지 한참 된 모성이었다.

당연히 가고 싶을 수밖에 없다.

사실 지구에 가는 것 자체는 엄청나게 쉬웠다. 그냥 포탈을 넘기만 하면 된다. 하지만 문제가 하나 있었으니…

포탈 통과 가격이 오라질 나게 비쌌다.

몬스터 아웃브레이크 이후 정부는 모든 포탈을 국유화해 버렸다. 까닭에 처음에는 군이 관리했기 때문에 이동 자체가 매우 어려운 행동이었다.

이후 개척시대에 들어서는 자원한 개척자들(지훈과 지현도 이 때 이주했다.)만이 간간히 포탈을 넘었고, 종족 전쟁이 터 지자마자 포탈은 다시 군이 관리하기 시작했다.

그리고 종족 전쟁이 지나간 지금.

몇 년 정도 평화가 지속되자 정부는 포탈을 민영화했다.

— 이제부터 원하는 이는 누구나 포탈을 건널 수 있습니다!

더 좋은 서비스, 안전한 이동을 할 수 있게 된 거죠!

맞는 말이었다.

단지 서비스가 개미만큼 좋아지고, 이용규제가 손톱만큼 풀린 대신 가격이 집채만큼 올랐을 뿐이었다.

이후 포탈에 대한 권리를 가진 회사는 통행인과 그 짐의 무게, 부피에 따라 살인적인 가격을 매겼고, 이에 더해 국가는 세금 명목으로 일정량을 더 떼어갔다.

미친 폭리였다.

정부가 앞장서서 민영화를 추진한 뒤, 어느 기업을 꼭두각시로 엄청난 돈을 끌어 모으고 있다는 소문이 떠돌았다.

당시 포탈의 권리를 가진 기업이 당시 유명 정치인의 사촌이라는 걸 봤을 때, 소문이라기보다는 거의 확실한 얘기였지만 이용자들은 딱히 별 불만을 가지지 않았다.

강력한 언론 규제 때문이다.

뉴스에서는 매일 영화, 스포츠, 섹스 등 온갖 자극적인 매체가 쏟아졌기 때문에 저런 얘기는 신문에도 오르지 않았다.

대중은 단지 가격이 비싸졌거니 하고 말았을 뿐이다.

물론 지훈 역시 저 사실을 몰랐다.

관심도 없었고.

"나, 나! 갈래! 나도 브입스 가서 고기 썰어 볼래!"

브입스.

TV에서 광고하는 유명한 음식 체인이었다.

세드에 사는 만큼, 윤택한 문화생활과는 거리가 있을 수밖에 없었다. 아마 TV만 보며 입맛을 다셨겠지.

그 모습이 불쌍했지만…

"싫은데?"

거절했다. 애초에 데려 갈 생각도 없었다.

그냥 심심해서 놀려보려고 떡밥을 던진 것뿐이었다.

물론 지현은 발광했다.

"으아아아! 미친놈아, 왜 물어봤어!"

소파에 올려놓은 쿠션이 날아왔기에, 가볍게 받아다 되돌려줬다.

퍽!

지현 얼굴에 쿠션이 틀어박혔다.

"아아악!"

공격이 먹히지 않자 미쳐 날뛰는 지현이었지만, 그저 고소하기만 했다.

"달달하지? 나 다녀올 동안 엿이나 많이 까 잡수고 계셔."

⊕

이후 시연, 칼콘, 민우에게 차례로 연락했다.

- 잘 다녀와!

어째 시연 반응이 시큰둥했다.

부모님 만난다고 격 달에 한 번 씩은 지구를 들락날락 거리는 시연이었기에 그러려니 하는 모양이다.

워낙 세드가 막장이라 그렇지, 서울은 여전히 치안이 안정된 장소였다.

위험할 게 없으니 걱정할 것도 없겠지.

사실 지구에서 세드 수준으로 위험한 장소는 딱 3곳 밖에 없었다.

소말리아 및 북 아프리카 주변.

강대국 공해에서 먼 바다.

공항 주변을 제외한 모든 대륙권.

소말리아는 현재 몬스터들의 국가 드 휼라에게 점령 된 상태였다. 그렇지 않아도 무정부 상태였던 소말리아에 포탈이 열리면서, 순식간에 나라를 뺏겼다.

이후 몬스터들은 바로 이집트를 침공, 핵무기를 얻었고…

이스라엘 및 기타 주변국에 바로 미사일을 발사했다.

여기까지가 몬스터 브레이크 아웃 터지고 딱 7일 걸렸다.

소위 헬레이저(지옥 면도날)라고 불리는 오우거 강습부대의 힘이었다. 모두 각성자로 이루어진 헬레이저는 그렇지 않아도 강력한 종족을 살육병기로 만들었다.

전차 포탄을 피격 전에 손으로 잡아버리고 핵이 떨어지면 대동한 주술사 부대를 통해 방어했다.

거기다 인간들의 자동차 및 기차 같은 이동수단까지 노획해 버리니 말 그대로 소말리아 주변은 헬게이트가 열렸고, 그 주변은 24시간 전쟁이 끊이질 않았다.

주변국은 동맹 및 휴전제의를 했지만, 모두 무시했다.

– 우리는 약한 녀석들의 말을 듣지 않는다.

결국 모조리 때려죽인다는 말이었다.

다음으로 하늘과 바다였다.

인간이 육지생물은 만큼 거주 공간(영토)은 안전하게 유지할 수 있었지만, 바다와 하늘은 예외였다.

공룡을 닮은 온갖 괴생명체와, 크라켄을 필두로 한 거대 해양 생물은 인간들의 물류를 마비시켰다.

게다가 포탈은 하늘 및 깊은 바다에서도 열렸기 때문에, 처음부터 인간이 손도 댈 수 없었다.

실제로 배 한 번 띄우려면 전투함과 온갖 수중 전투가 가능한 이종족 용병들을 고용해야했다.

그러기엔 수지가 맞지 않으니 당연히 선박 산업과 항공 산업은 개박살이 났고, 세계 경제도 동시에 작살이 났다.

덤으로 하늘에서 열린 포탈의 경우, 수위 '시체들의 산'이라는 지형으로 확인할 수 있었다.

도대체 왜 저런 현상이 발생했는지는 모르겠지만, 몇몇 포탈은 세드의 지상과 지구의 공중이 연결되어 있었다.

까닭에 세드에서 살던 육지 생물이 포탈을 넘는 순간…

……퍽!

거의 하루에 하나 꼴로 뭔가가 떨어지니 포탈 아래에 시체들의 산이 생길 수밖에 없었다.

이러한 공중 포탈으로는 영국 제 3포탈이 있었다.

당연히 주변은 사람 살 수 없는 황무지로 변했고, 이에 영국은 아예 거대한 돔 형태의 방어벽을 건설해 해당 포탈을 봉쇄해 버렸다.

저 세 곳을 제외하고는 사람 사는 곳은 대부분 세드보다는 안전했다.

다음으로 민우에게 연락했다.

"여보세요?"

"나다."

"예, 형님."

"지구 갈 건데 볼일 있냐?"

"지구요?"

민우는 잠시 생각하듯 말을 멈췄다.

"저 자퇴신청 해야 됐는데 잘 됐네요. 같이 가요."

– 뭐야, 지구? 이방인의 땅 말인가? 나도! 간다!

뒤에서 가벡이 끼어들었다.

세드에서만 살던지라, 인간들의 본진인 지구에 꼭 한 번 가 보고 싶었던 모양이다.

"될 수 있으면 똥개는 놓고 와라. 거기는 이종족 보기 힘들어서 사고치는 순간 바로 즉결처분 될 수도 있다."

"어… 될 수 있으면 안 데려가긴 할 텐데, 만약 데려가게 되면 목줄 잘 채워다 데려갈게요. 걱정하지 마세요."

– 뭐? 목줄? 짐승이라도 하나 살 생각인가?

제 얘기 하는지도 모르고 가벡이 신나게 떠들었다.

이에 민우는 '아냐, 그냥 하는 말이야.' 했다.

대충 약속시간을 잡고 끊었다.

칼콘에게 전화했다.

"헉, 헉… 여보세요!"

"어, 나다."

"응, 헉… 너야!"

전화기 너머로 여자 신음소리 비슷한 게 들렸다.

"뭐야, 야한 거 보냐?"

"아니!"

"에라이 또라이 새끼야… 너는 어째 종일 발정이 나있냐."

매체를 통한 소리가 아니었다면, 답은 하나였기에 그냥 바로 욕부터 싸질렀다.

"술, 섹스, 전투! 이 세 개가 오크의 삶이라구! 하나라도 빼놓을 수 없어!"

"물어보지도 않은 거 질질 싸재끼지 말고, 나 지구 갈 건데 볼 일 있냐?"

"거기 가면 뭐가 좋아?"

다 필요 없고 일단 성매매는 불법이었다.

세드야 어차피 잡지도 못하니 반 포기하는 심정으로 놔버린 거지, 서울 및 한국 영토 전체는 전부 법으로 금지해 놓은 상태였다.

"일단 여자는 없다. 그냥 구경 정도. 뭐 지구에서 나는 음식 정도는 먹어볼 수 있겠네."

"응! 갈래! 언제 어디로 가면 돼?"

헉헉 거리는 배경음이 좋지 않았기에, 빠르게 약속 장소를 전하고는 전화를 끊었다.

'저 새끼는 어째 아프고 나서 더 저러는 것 같냐. 무슨 고 간에 아티펙트라도 처박았나.'

실없는 생각. 푸르게 번쩍이는 칼콘의 고간이 상상됐다.

비위가 상했다.

⬦

다음날 새벽 4시.

일행은 포탈 터미널로 향했다. 아무래도 지구와 세드, 둘은 다른 행성인 탓에 약간의 시차가 있기 때문이었다.

'지금 들어가면 대충 오전 8시인가.'

그나마 서울 개척지는 시차가 심하지 않았지만, 기타 몇몇 개척지들은 시차가 12시간씩 나는 곳도 심심찮게 있었다.

"이방인의 땅은 처음이야. 설렌다!"

지구의 또 다른 이름. 이방인의 땅.

세드 주민들은 지구를 '이방인의 땅'이라 불렀다.

"가봐야 머리 검은 인간들만 가득하겠지. 흥."

가벡은 말은 그렇게 하면서도 기분은 좋은 듯 짝다리를 집은 체 다리를 연신 떨어대고 있었다.

터미널 안은 의외로 한적했다.

보부상, 사업차 왔다가 돌아오는 샐러리맨, 기타 관광객들 정도밖에 보이질 않았다.

- 이봐, 자네들. 물건 운송 도와줄 생각 없어? 포탈 대금을 우리가 내 주지! 그냥 들고 지나만 가면 돼!

물론 개중에는 위험한 물건을 운반하는 사람도 있었다.

지훈은 짧게 찌푸린 뒤 말했다.

"꺼져."

"흥, 자네들 실수하는 거야. 큰 돈 벌이를 날리는 거라고."

으슥한 곳이라면 머리에 글록을 들이밀었을 테지만, 지금은 비무장인지라 그냥 말로만 밀어냈다.

약 5분 정도 기다리자 방송이 나왔다.

- 포탈이 활성화 됩니다. 잠시 진동 및 이명이 있을 수 있으니 당황하지 마시고 기다려 주십시오.

드드드드드…. 위이이이-잉!

마치 지진이라도 난 것 마냥 주변이 작게 떨리더니, 이내 작은 이명이 지나갔다. 포탈이 작동되는 소리였다.

소리가 끝나자 눈앞에 커다란 빛 덩어리가 나타났다.

원래대로라면 건물 3층 높이 만큼 큰 타원형이었지만, 지근거리에 있는 일행에게는 그냥 크게 밖에 보이질 않았다.

- 달리지 마시고 차례대로 천천히 이동해 주십시오. 광원에 민감한 분들은 시력에 손상이 갈 수도 있으니, 눈을 감아

주십시오. 이동시 가벼운 메스꺼움을 동반한 현기증이 날 수 있습니다. 자연스러운 현상이니 안심해 주십시오. 그럼 안녕히 가십시오.

저벅, 저벅.

방송이 끝나자마자 일행은 포탈 안으로 걸어 들어갔다.

'오래간만에 가는 고향이군.'

기쁘거나, 들뜨지는 않았다.

도리어 별 생각이 안 났다고 하는 게 옳을지도 모르겠다.

권능의 반지

104화. 과거와는 많이 달라진 강남대로

NEO MODERN FANTASY STORY

위이이이이잉―

커다란 이명과 함께 눈꺼풀을 뚫어버릴 정도로 밝은 빛이 일행을 감쌌다. 1분 이상 있다가는 시, 청각 모두 박살나 버릴 것 같을 정도로 지독했다.

그 가운데 온 몸이 간질거리는 기분이 들었다.

온 몸이 분해됐다가 재조립 되는 것 같은 기분도 잠시.

눈을 뜨고 나니 지구에 도착해 있었다.

― 서울에 오신 것을 환영합니다!

방송이 끝남과 동시에 익숙하지 않은 풍경이 펼쳐졌다.

서구 중심가에서나 볼 수 있을 정도로 많은 인파와 더불어, 깨끗하고 안전해 보이는 외관이 특징이었다.

"뭐지, 무장한 인간들이 많다. 불안하군."

물론 이방인인 가벡과 칼콘 입장에서는, 무장경비가 잔뜩 있으니 그 모습이 도리어 불안한 모양이었다.

"힘 풀어, 새끼야. 네가 사고만 안치면 부딪칠 일 없다."

잔뜩 힘이 들어간 가벡의 어깨를 두드렸다.

승모근이 긴장으로 터질 듯 부풀어 오른 상태였다.

터미널 수속은 별 거 없었다.

일단 차례로 금속 탐지기를 지나, 신원 확인 후 터미널 밖으로 나가면 끝이었다.

가벡이 신경 쓰이긴 했지만, 민우가 같이 왔으니 단단히 언질을 해 뒀으리라 생각했다.

'안심해도 되겠지.'

– 목줄 잘 채워다 데려갈게요. 걱정하지 마세요.

안심은 개뿔.

마음 놓은 지 5분 만에 사건이 터져버렸다.

삐삐삐삐삐삐!

가벡이 금속 탐지기를 지나자 커다란 소리가 울린 것

그와 동시에 초긴장 상태였던 가벡이 무슨 일이라도 생긴 줄 알고, 벨트에서 손바닥만 한 단도를 하나 꺼내 들었다.

"크워! 뭐지, 적습인가!"

"꺄아아악! 모, 몬스터다!"

바로 옆에 있던 여성이 기겁을 하고 도망가기 시작했고, 동시에 아수라장이 펼쳐졌다.

'이런 미친…!'

이대로 뒀다가는 경비에게 실탄 내지는 테이저 맞을 것 같았기에 바로 행동을 취했다.

"이 미친 새끼야. 적습은 지랄이 적습이야!"

빠악!

온 힘을 다해 뒤통수를 때렸다.

가벡이 거의 폴더 인사하듯 허리를 푹 숙였다.

"꺽!?"

이후 주변을 진정시켰다.

"이 친구가 지구는 처음이라 서요. 사과해, 새끼야."

민우와 가벡을 차례로 쳐다보자, '내가(저는) 왜?'라는 표정을 지었다.

"내가 뭘!"

이에 한 대씩 더 때렸다.

빡, 빡!

"소동, 새끼야. 소동! 그냥 하라면 해!"

몇 대 쥐어박자 가벡은 못이기는 척 사과했다.

"미안하다. 뭘 잘못했는지는 모르겠지만."

가벡이 양 손바닥을 보여주며 적의가 없다는 걸 표시했다.

빠른 대처를 한 까닭에 소동이 크게 번지지는 않았다.

"저거 괜찮은 거 맞습니까?"

경비가 K2와 테이저를 이쪽으로 겨누며 물었다.

"금속 물품 가져오지 말라고 언질 했는데도, 애가 불안했나

보오. 별 문제 없으니 그거부터 치우쇼."

이후 가벡 옆에는 경비가 찰싹 달라붙었다.

가벡은 불편한 듯 지훈을 쳐다봤으나 자업자득이었다.

"뭘 봐, 새끼야."

"불편하다. 꼭 개라도 된 기분이군."

목 언저리까지 '개? 개소리 하네. 넌 개보다 훨씬 위험한 놈이야, 새끼야.' 라는 말이 올라왔다 내려갔다.

이후 도끼눈으로 민우를 쳐다보자, 녀석이 깨갱했다.

"잘못한 건 알아?"

"어… 네, 네?"

"목줄, 새끼야. 목줄!"

빡!

민우의 등짝을 때리자 민우가 찔끔 눈물을 흘렸다.

그 모습을 보며 칼콘이 잔뜩 비웃었지만, 녀석도 불법 거주 때문에 신원 수속 절차에서 걸려버렸다.

"거주증 없으시네요?"

"아… 어, 그게… 집에 두고 왔어. 진짜 있어. 그러니까 그, 그냥 가면 안 돼? 나 위험한 오크 아니야!"

딴다고 한 게 언젠데 어떻게 아직까지 없단 말인가?

정말 아무것도 모르는 부시맨들을 데리고 온 기분이었다.

한숨을 쉬며 양 손으로 얼굴을 쓸어내렸다.

결국 인당 500만 원이라는 거금 내고 일일 거주권을 발급했다. 그나마도 옆에 보호자(지훈 혹은 민우)가 없으면 강제 구급되는 반쪽짜리 거주권이었다.

"이 개 또라이 새끼들아. 개척지 온 게 언젠데 아직까지 거주권이 없어?"

칼콘과 가벡을 날카롭게 쳐다봤다.

"헤헤, 그게… 자꾸 까먹네."

"너 떡만 안쳤어도 세 번은 발급했겠다, 이 새끼야."

웃는 얼굴에 침 못 뱉는다고, 칼콘은 헤실헤실 웃으며 넘어가려 했다. 물론 지훈은 거기다 가래를 뱉어줬다.

"너 그러다 알몸으로 쫓겨나 봐야 정신 차릴래?"

"날 쫓아내기 전에 그 녀석들이 죽을 걸."

가벡은 아직 정신 못 차린 듯 으스대고 있었다.

말로 해서 들을 놈 같지가 않았기에, 간단하게 가까운 경비를 불렀다.

"거 경비양반. 저기 저 놈 테이저 한 방만 꽂아줘."

"예? 버그베어는 동맹이 맺어져 있는…."

"저 새끼가 내 이빨을 뽑는다고 하더군?"

당연히 거짓말이다. 가벡이 어이가 없다는 듯, 공격적인 제스처를 취하며 경비를 쳐다봤다.

"뭐, 어디 인간 새끼가 감히 날 그렇게 쳐다보는 거지!"

"경고합니다. 물러서세요."

"싫다! 내가 왜 네 명령을 들어야 하지?"

경비는 두 번째 경고 없이 바로 테이저를 꽂았다.

핑!

파지지지지직!

"으거거거거거거걱!"

가벡이 덜덜 떨다가 바닥에 엎어졌다.

약 테이저로 10초 정도 지지고 있기에 끼어들었다.

"사실 동료야, 그만 해."

"예? 동료요? 방금 때리려고 했다고⋯."

경비는 별 이상한 놈 다 보겠다는 표정으로 쳐다봤다.

"말 안 듣는 개는 말보다는 매가 약이지. 거 매 대신 너 쓴 거니까, 너무 기분 나빠하지 말고. 이거 받고 친구들이랑 술 이나 한 잔 해."

지훈은 경비의 등을 두들기고는, 지갑에서 10만 원 짜리 수표를 두 장 건네줬다.

본디 서울에서는 뇌물을 잘 건네지 않았지만, 세드에 있던 터라 뇌물에 익숙해진 지훈이었다.

돈이 들어가자 경비 얼굴에 불만이 싹 사라졌다.

익숙하지 않은 상황이더라도, 20만 원이면 적당히 좋게 좋게 넘어 갈 정도는 됐나보다.

"수고하십쇼."

"그래, 너도 수고."

경비를 보내고 나니 가벡이 부들거리며 일어섰다.

"이 망할 놈이! 지금 네가 날 엿 먹인 건가!"

가벡이 지훈에게 달려들 태세를 하자, 지훈이 박수를 두 번 쳤다.

짝, 짝.

경비가 뒤로 돌아 이쪽을 쳐다봤다.

가벡이 사색이 됐다.

"짜릿하니 쾌감이 죽여주지? 한 번 더 갈까?"

"뭐… 내가 잘못한 것 같기도 하고…."

효과 직빵이었다.

"알면 됐다. 가자."

지훈은 정철수 교수를 만나야 했기에 바로 관악구 낙삼대학교로 가야했다.

반면 나머지 셋은 교육 및 연구기관에 가봐야 할 것 하나도 없었기에 서로 떨어지기로 했다.

"형님, 저 혼자 둘 다 보라고요?"

"감당 못 할 거면 데려오지 말라고 했냐, 안 했냐."

민우가 울상을 지었지만 무시했다.

"고기 먹으러 가자, 고기!"

"어디 싸울 곳 없나? 인간을 보니 피가 끓는 군!"

결국 민우는 커다란 개 두 마리한테 끌려 다니는 어린 아이마냥 질질 끌려갔다.

혼자 남자 미묘한 기분이 들었다.

태어나고 자란 땅. 하지만 동시에 상처만 남겨준 땅.

'많이 변했군.'

처음 세드로 넘어왔을 때만 해도 포탈 주변, 특히 강남 일대는 거의 쑥대밭이 된 상태였다.

커다란 빌딩들은 전부 이가 상한 과일처럼 어디 하나 망가져 있었고, 도로 위에는 채 치우지 못한 차량과 바리케이드가 가득했었다. 디스토피아 영화에서나 볼 법한 환경이랄까?

하지만 지금은 달랐다.

터미널에서 나오자마자 가장 먼저 보인 건, 빌딩 숲 너머로 보이는 거대한 격벽이었다.

높이 20M, 두께 2M짜리 거대한 방벽.

그 방벽은 제 2의 몬스터 아웃 브레이크, 혹은 그에 준하는 사태가 생길 시 얼마든지 포탈 주변을 봉쇄할 수 있음을 뜻했다.

그 모습에서 세드 냄새가 살짝 났으나, 그게 다였다.

제앙이 다시는 찾아오지 않을 것 마냥 강남에는 다시 거대한 빌딩들이 지어졌고 온갖 사람들이 모였다.

격벽만 제외하면 모든 게 포탈이 열리기 전과 똑같았다.

'적응이 되질 않는다.'

세드에선 누가 언제 습격해도 반응할 수 있게끔 항상 무기를 휴대함은 물론 경계를 늦추지 않고 다녔다.

하지만 서울 내에서 헌팅용 장비로 등록하지 않으면 그 어떤 무기류도 들고 다닐 수 없었다.

그 만큼 안전하다는 뜻이었지만, 지훈은 아마 온 몸이 곤두서는 것 같은 느낌이 들었다.

일종의 PTSD(외상 후 스트레스 장애)였다. 하지만 심각할 정도는 아니었기에, 심호흡과 함께 모조리 털어버렸다.

'오래간만에 빌어먹을 고향에 왔는데, 이렇게 좌불안석하며 시간을 낭비할 수는 없지. 기분은 더럽지만, 온 이상 즐겁게 놀다 가자.'

가벼운 마음으로 걸음을 옮겼다.

강남대로.

과거 경제 중심지구로 차와 직장인들이 가득했지만, 지금은 조금 다른 풍경이 펼쳐졌다.

제일 먼저 차가 거의 보이질 않았다.

아무래도 바다가 막히면서 해양 시추선들이 죄다 작살이 난 터라, 기름 값이 하늘 높은 줄 모르고 치솟았기 때문이다. 까닭에 돈 좀 번다하는 사람 말고는 차를 몰지 않았다.

물론 대체 에너지로 에탄올과 가스차가 유행을 타긴 했지만, 비싸기는 매한가지였다. 물론 세드보다는 아니었지만.

그 외에는 바로 행인들이었다.

예전에는 직장인과 쇼핑객으로 가득했다면, 지금은 나돌아

다니는 사람의 1/3 이상이 헌팅 혹은 각성 관련 사업에 종사하는 사람들로 변했다.

그도 그럴 게 서울의 각성자 물품 거래소 및 식별소, 아이덴티티 가맹 아티펙트 상점은 죄다 관악구에 몰려있으니 그럴 수밖에 없었다.

터벅, 터벅.

턱!

택시를 잡아탔다.

"어서 오십쇼."

세드와 달리 방탄유리가 없다.

이게 정상인데도 어딘가 이상해 보였다.

"낙삼대, 금속공학과."

택시가 출발했다.

동시에 미터기 속 말도 신나게 달렸다.

창밖으로 개척지와는 다른 본토의 풍경이 지나갔다.

안전 걱정 없이 편하게 나돌아 다니는 사람들은, 그 누구도 무장을 하지 않은 상태였다. 간혹 보이는 가디언 및 경찰들만 권총류로 무장을 했을 뿐이었다.

문득 지나가다 닭 염통 꼬치를 파는 노점이 보였다.

"기사양반, 잠깐만."

"예."

"미터기 켜놓고 조금만 멈췄다 갑시다."

내리자마자 바로 닭 염통 꼬치를 여러 개 주문했다.

'어렸을 때 참 많이 먹었는데 말이지'

중학교, 고등학교 시절 학교 앞 분식집에서 천 원 한 장만 있으면 그렇게 행복할 수가 없었다.

떡볶이, 오뎅, 떡꼬치, 닭 염통, 핫도그.

매일 뭘 먹을까 행복한 고민에 빠졌던 기억이 났다.

치이이익– 치직…

닭꼬치가 전기스토브 위에서 기분 좋은 소리를 내며 향긋한 냄새를 내뿜었다.

세드에 닭꼬치가 없던 건 아니었지만, 맛이 달랐다.

척박한 땅에서 뭘 먹여 기르든 생존할 수 있어야 했기에, 고기가 연하고 얌전한 종 보다는 사납고 억척스러운 품종을 키웠다.

까닭에 고기가 질겨서 무슨 고무 씹는 느낌이었다.

물론 맛도 별로였다.

"여기 있습니다. 일단 이거 먼저 드시죠. 나머지는 익는 대로 바로 드리겠습니다."

택시 기사가 멀찍이서 담배만 태우고 있었기에, 불러서 같이 먹자고 권했다.

"아이고, 고기라 두 사람이 먹으면 꽤 비쌀 텐데… 같이 먹어도 되겠습니까?"

"서서 혼자 먹기도 그러네. 맘껏 드쇼."

택시 기사는 가볍게 목례하고는 닭꼬치를 집었다.

지훈 닭꼬치를 들어 슥 당기며 냄새를 맡았다.

맛있게 잘 배인 불 냄새와, 적당한 기름. 그리고 간장, 소금, 설탕, 고춧가루 등으로 이루어진 톡 쏘는 냄새가 났다.

각성의 여파로 날카로워진 후각이, 마치 냄새를 혀로 핥기라도 하는 것 마냥 풍성한 즐거움을 전달해줬다.

뇌 깊숙이까지 향이 퍼지는 느낌.

기분이 좋아져서 한 입 물었다.

턱!

이빨과 잇몸, 입술로 고기를 고정하고, 머리를 살짝 뒤로 빼며 팔을 당겼다.

쑥 하고 파, 고기 등 맛있는 것들이 입 안에 쏟아졌다.

오물, 오물, 오물.

친구들과 술 마시고 하나 뜯는 닭꼬치의 맛.

학교 끝나고 천 원 한 장 쥐고 뜯은 닭꼬치의 맛.

점심시간에 몰래 튀어나와, 닭 물고 도망가는 족제비마냥 허겁지겁 먹어치운 닭꼬치의 맛.

천하 일미처럼 맛있지는 않지만, 억척스러운 개척민 출신인 지훈에게는 그 어느 것보다 맛있을 수밖에 없는 맛.

소위 말하는 거리의 쌈마이한 맛이었다.

거기에 추억이라는 향신료가 더해지자 더 좋았다.

턱, 턱.

오물오물.

그렇게 닭꼬치만 약 20개 정도 먹어 치웠다.

원래 후불이던 계산도, 양이 많아지자 무전취식이 걱정스러

웄는지 주인이 선불을 요구했다.

"20개, 30만 원입니다."

개당 만 오천 원이라는 정신 나간 가격이었지만, 지훈은 되려 싸다고 생각했다. 세드에 오는 물품은 포탈 세금이 붙는지라 배는 비쌌기 때문이었다.

"많이 파쇼."

식사를 마친 지훈은 다시 택시에 올랐다.

부르르릉―

거리와 풍경이 빠른 속도로 멀어졌다.

지훈은 그걸 지켜보며, 포만감과 함께 옛 추억에 잠겼다.

낙삼대학교까지 약 20분 남짓한 짧은 추억이겠지만, 그래도 불만은 없었다.

어차피 부모님이 돌아가신 빌어먹을 땅이었고, 이미 친지도 정도 남아있지 않은 낯선 고향이었다.

'딱 이 정도가 적당하겠지.'

권능의 반지

105화. 마음에 들지 않는 사람

NEO MODERN FANTASY STORY

낙삼대학교는 관악산 중턱에 위치한 대학교였다.

본디 몬스터 아웃브레이크와 함께 산악지대라는 이유로 주요 방어 지점으로 선정, 이에 따라 대규모 몬스터 침공에 의해 쑥대밭이 됐었지만…

지금은 서울에 3개 밖에 없는 대학 및 연구단지로서 제 2의 전성기를 누리고 있었다.

지훈은 택시에서 내려 대학교 주변을 슥 둘러봤다.

만약 차원 왜곡이 몬스터 브레이크 아웃이 없었다면?

아마 지훈 역시 고등학교에서 야간 자율학습이나 하며 이 학교에 올 꿈을 꿨으리라.

'그래봐야 모두 지난 얘기지.'

초가을 바람에 부서지듯 흩어지는 담배 연기와 함께, 쓸 대
없는 감상을 모조리 날려버렸다. 이제는 다시 헌터이자, 세드
의 주민으로 돌아 올 때였다.

담배를 끄자 멀리서 검은 양복 한 명이 다가왔다.

"김지훈씨?"

누군가 제 이름을 알고 있다고 생각하니, 갑자기 경계부터
하는 지훈이었다.

"그렇게 묻는 당신은 누구고, 뭐하는 놈인데?"

딱 봐도 사설 경비로 보이는 복장에, 무장은 소총과 아티펙
트로 보이는 삼단봉, 그리고 정장 아래에 얇은 조끼형 방탄복
을 입고 있었다.

"NM연구 경비 2팀 소속, 송지훈입니다."

이름이 똑같았다.

흔한 이름이니 그러려니 했다.

"가시죠, 정교수님께서 기다리고 계십니다."

여차하면 방아쇠 당길 것 같은 놈하고 딱히 하하호호 잡담
이나 나눌 일 없었기에, 이동 중에는 침묵했다.

위이이이잉–

승강기 전 까지 4명, 내려서 5명을 더 지나서야 교수와 조
교를 만날 수 있었다. 구출한 조교는 3명인데, 어째 보이는
얼굴은 하나다.

'골골거렸던 남자 놈인가. 여자 둘은 어디 갔어?'

"반갑습니다, 교수님. 어찌 잘 계셨습니까? 근데 다른 분들

은 아닌가 아는 얼굴이 둘 없네."

교수는 활짝 인사하다 살짝 머뭇거렸다.

"저번 습격 때… 뭐, 좋은 날에 이런 얘기 하자고 만난 건 아니잖습니까. 다시 만나서 반갑습니다, 김지훈님."

교수가 손을 내밀었기에, 대강 잡고 손만 휘적거렸다.

"낯 뜨거운 인사 그만하고, 본론만 합시다."

진심이었다.

아무리 교수가 호의를 가지고 있다고 한들, 지훈은 저 교수가 정말 마음에 들지 않았다.

항상 이상한 일을 엮어왔기 때문이다.

그가쉬 클랜에서 빌어먹을 새끼랑 어이 없는 거래를 한 것도 그렇고, 괴상망측한 놈들한테 습격당한 것도 그랬다.

특히 칼콘 부상 건은 더더욱.

"예, 귀중한 시간을 낭비할 순 없죠."

반면 교수는 아무렇지도 않게 활짝 웃었다.

의뢰 받을 때부터 고압적인 자세는 물론, 딱 봐도 성격 모나 보일 법한 언행 많이 보였으니 그러려니 하는 모양이다.

옆에 있던 조교가 살짝 목례하며 손을 내밀었다.

원석을 건네주자 너무 무거웠던지 휘청거렸다.

금속 연구실에서 나가 교수의 개인 공간으로 이동했다.

딱 봐도 졸려 보이는 두꺼운 책들이 잔뜩 꽂혀 있음은 물론, 군데군데 온갖 이상한 원석들이 장식물처럼 놓여있었다.

"아, 그거 말입니까? 오스테나이트입니다. 총알로 많이 쏴보셔서 아마 익숙한 금속일 것 같군요."

"아아."

대충 고개만 까닥여 아는 척을 했다. 그러자 교수는 제 전공 얘기에 신이 났는지, OTN에 대한 설명을 이어갔다.

대충 요약하자면 어떤 치과 의사가 관광 중 발견했는데, 대충 보니 임플란트로 쓰기 좋을 것 같아서 실존하는 금속인 오스테나이트라는 이름을 그대로 붙였다고 했다.

"그 사람 지금은 돈 잔뜩 벌고 은퇴해서 즐거운 노후를 보내고 있다고 하더군요. 하하."

교수는 곧 자기도 그렇게 될 거라는 듯 헤죽 웃어보였다.

"좋겠군요. 그래서 금속 뽑아내는 데 얼마나 걸립니까?"

"제런 말씀하시는 거군요. 뭐 이 경우에는 추출이라고 해야 할지, 어쨌든 금방이면 됩니다. 커피라도 한 잔?"

고개를 까닥였다.

원두로 만든 커피를 홀짝이고 있자니, 교수가 그제야 본론을 꺼내기 시작했다.

"라디오 방송에서 들으셔서 알겠지만, 저 금속. 현재 제가 명명한 앰플리파이어, AMP는 각성자들의 이능을 증폭시키는 기능이 있습니다."

이능의 증폭.

달콤해 보이는 말이었지만 딱히 대단해 보이지는 않았다.

본디 이능은 양날의 검이었다.

마력계 이능은 마나 소모 가속 및 증발을,

방출계 이능은 극심한 신진대사 가속을,

강화계 이능은 신체에 커다란 부담을,

변이계 이능은 큰 고통을 가져온다.

이능이 약하다면 저 부작용 역시 무시할 수 있지만, 보통 위력이 커지면 커질수록 부작용도 같이 커진다.

몇몇 독특한 이능은 등급에 따라 부작용이 적어지는 것도 있었지만, 그 숫자가 적었다.

지금도 불안전한 힘을 인위적인 물건으로 증폭한다?

영 신통치 않았다. 게다가 지금은 임상실험도 통과되지 않은 상태 아니던가.

과거 모 과학자도 본인이 인간의 병을 완치할 수 있는 줄기세포를 발견했다며, 전 세계를 상대로 사기를 쳤었다.

입증되지 않은 과학.

사기 치기 딱 좋은 소재 아니던가.

켕기는 게 많을 수밖에 없었다.

"임상실험은 끝내고 뉴스 발표한 거요?"

교수는 살짝 난처한 표정을 지었다.

"아직입니다. 하지만 안전합니다. 단지 자금 지원 문제로 발표를 먼저 했을 뿐이죠."

돈 때문에 성과를 부풀렸을 수도 있다는 말이었다.

문득 노벨상을 탐하던 교수의 모습이 떠올랐다.

'구린 냄새가 나는 군.'

"여기까지 오는 데 교통비만 600 정도 들었습니다. 뿐만 아니라 내 시간도 많이 잡아먹었지. 날 가지고 장난질 치려는 생각이면, 아—주 재미있는 선물로 보답하겠다고 약속하지."

교통비 600만 원.

푼돈이었지만, 저기엔 중요한 의미가 담겨있었다.

정부 지원 사업인데 교통비 지원이 안 된다.

물론 교수 개인적인 일으로 볼 수도 있었지만, 지금 상황으로 보건데 임상실험을 같이 할 생각으로 보였다.

그 상황에서 지원금이 안 나왔다?

어디 덜컥 막힌 구석이 있다는 얘기였다.

교수는 대답하지 않고 쓴웃음만 지었다.

"예, 날카로우시군요."

아무리 교수고, 중요 연구 담당자라고 해봐야 책상머리에 앉아있던 사람이었다. 뒷골목에서 목숨 걸고 외줄타기 딜을 하던 지훈의 감을 피해갈 수 있을 리 없었다.

"같잖은 예의 집어 치우고, 빠르게 갑시다. 그래서 원하는 게 뭔데?"

"정부 사업이라, 임상실험 단계에서 부딪쳤습니다. 시간이 더 걸리더라도 안전성을 확보하라는 군요."

보통 이런 경우 임상실험에 앞서 동물 실험을 먼저 했지만, 중요한 건 저 금속이 '이능을 증폭'한다는 거였다.

당연히 지구에 이능을 쓰는 동물이 있을 리 없었다.

세드에는 칵톨레므, 점멸견, 흉내쟁이 등 몇몇 초자연적인 능력을 가진 동물들이 있긴 했으나, 아직 그 녀석들이 '이능'을 쓴다고 확신할 수 없는 상황이었다.

실제로도 이능력자와 마법사 둘 다 불꽃을 만들 수 있지만, 그 힘의 근원은 다르지 않던가.

결국 써보지도 않고 안정성을 연구하라는 얘기였는데, 그게 가능할 리 없었다. 현장 일을 모르는 소위 높으신 분이 '까라면 까.' 마인드가 만든 폐해였다.

'고민되는 군.'

지금 이 원석을 처리하지 않는다면, 제대로 쓸 수 있을 때까지 최소 2년 길게는 4년 까지 기다릴 수도 있었다.

하지만 만약 교수의 확신대로 안전하다면?

이능 증폭이라는 강력한 힘을 얻을 수 있었다.

사용할 때 오는 반작용을 커지겠지만, 단기간 동안은 확실하게 힘을 강화할 수 있었다.

선택의 순간이었다.

현상유지를 할 수 있지만, 기회를 포기하는 것과

이상이 생길 수 있는 확률을 감수하고 도전하는 것.

'어차피 재생 이능 있는데, 별 거 있겠나.'

가속 이능을 쓰다가 심장에 무리가 오면, 느리게나마 재생하면 됐다. 아마 심정지가 온다고 한들 대동한 의료진이 재세동기를 이용하겠지.

그렇다면 어차피 잃을 것도 얼마 없었다.

'얻는 게 크고, 잃을 건 없는 배팅이다. 가자.'

슬쩍 고민하는 척 턱을 쓸어내렸다.

교수가 애가 타는 듯 설명을 이었다.

"정말 안전합니다. 확신할 수 있습니다."

"해 보쇼."

교수가 믿을 수 없다는 듯 되물었다?

"네?"

"하라고. 시간 아까우니까 일단 이동부터 합시다. 어째 똥 구덩이에 있으니 냄새를 참을 수가 없네."

대놓고 비꼬았지만, 알아듣지 못한 듯 고개만 갸웃거리는 교수였다.

아마 본인이 똑똑한 줄 알지만, 다른 사람 역시 그만큼은 똑똑할 수 있다는 사실은 모르는 사람인 것 같았다.

추출실로 향하며 한 마디 했다.

"장난질은 딱 여기까지만 치쇼. 좋게 넘어가 주는 것도 한 번이오."

"하하…."

교수는 머쓱하게 웃기만 했다.

추출실에 도착하니 마법사로 보이는 사람 몇 몇이 마법으로 원석에서 금속을 추출해 내고 있었다.

그 모습이 말 그대로 '뽑는' 것 같아 교수가 제련이라는 말 대신 추출이라는 단어를 쓴 모양이다.

우우우우웅— 콰직!

이내 사람 머리통만한 원석에서 모든 금속이 추출됐다. 그 양이 대충 사람 손가락 2개 정도였다.

"실험은 저희 측 물건으로 하겠습니다. 실험이 끝난 뒤 저 금속은 원하는 형태로 가공해 드리도록 하겠습니다."

"그러시던가."

자기들도 제대로 된 정보를 원한다면 금속에 장난질을 치지는 않을 터.

고개만 까닥여 긍정했다.

"실험에 앞서서, 정밀 상태 검사를 해도 되겠습니까?"

아마 정확한 데이터를 위해 각성 등급, 능력치, 이능과 변이 상태까지 모조리 기록하려는 생각으로 보였다.

병원에서나 보던 각성자 정밀 검사 기계가 보였다.

"약물 쭉 들이키시고, 기계 안으로 들어가시면 됩니다."

검사원이 건넨 물약을 입에 털어놓고 그대로 삼켰다.

말로 형용하기 힘든 괴상한 맛이 났다. 마법이 관련 된 약은 아니었는지, 저항하겠냐는 말은 들려오질 않았다.

터벅, 터벅.

검사기 위로 맨 몸으로 올라갔다.

등에 느껴지는 차가운 느낌에 도마 위의 생선이 된 것 같아 불쾌감이 스쳤다.

위이이잉- 잉- 위이이잉- 잉-

기계가 위아래로 왕복하길 몇 분.

검사기에서 내려오자 속이 매슥거렸다.

'두 번 할 건 못 되네.'

벗어뒀던 옷을 입고 기다리니 검사 직원이 A4용지를 몇 장 들고 다가왔다.

[정보]
등급 : B 등급 2티어

근력 : D 등급 (23)
민첩 : D 등급 (20)
저항 : D 등급 (23)
마력 : E 등급 (16)
이능 : F 등급 (15)
잠재 : S 등급 (?)

신체 변이 – 약한 재생, 화염 속성, 날카로운 감각
이능력 – 집중 F등급, 가속 E등급

"이야… 등급이 B등급 이시군요. 게다가 신체 변이가 3개나 있으시네요. 근데 잠재 등급이… 이거 오류 아닙니까?"

어차피 반지를 통해 매일 확인하던 내용이라 넘겼…

"정상이니까 내버려 두… 잠깐, 신체 변이가 3개라고?"

바로 어제까지만 해도 반지를 통해 확인 한 변이는 2개였고, 남아있는 이능 포인트 역시 2개였다.

이능 포인트는 뭘 찍을까 고민됐기에 남겨뒀지만, 신체 변이는 금시초문이었다.

포탈을 넘으며 변이하기라도 한 걸가?

절대 그럴 리 없었다.

만약 그랬다면 반지가 먼저 알아챘겠지.

"예. 약한 재생, 화염 속성, 그리고 날카로운 감각이요."

"그거 잠깐 줘 보쇼."

개소린가 싶어 뺏어봤지만, 진짜 그렇게 적혀 있었다.

신체 변이 - 날카로운 감각.

위험을 예측하는 능력. 평상시에는 발동하지 않지만, 위험 상황 혹은 정신 집중 시 감각이 날카로워 진다.

아직 많이 알려지진 않았지만, 거의 제 6의 감각 수준으로 예지에 가까운 위험 회피 능력을 가진 사람도 종종 발견.

'뭐라고?'

어이가 없어서 반지를 통해 확인해 봤지만, 역시나 날카로운 감각 변이에 대한 건 적혀있질 않았다.

사실은 저건 변이가 아니라, 생사를 넘나드는 지훈의 경험이 만든 일종의 초감각이다. 당연히 반지에는 잡히질 않지만, 검사에는 저게 신체 변이로 들어가 버린 것이다.

실제로도 몇몇 상황에서 위험을 미리 예측하거나, 단순 감각만으로도 위험 및 공격을 회피한 경우가 종종 있었다.

"역시 위험한 곳을 많이 다니시는 군요. 그나저나 B등급이라니, 예상하질 못했습니다…"

지훈이야 잠재 능력이 S등급인지라 별 감흥이 없었다.

그도 그럴 게 의뢰 하나 완수할 때 마다 매번 크게는 5, 작게는 1씩 등급이 올랐으니 그럴 수밖에 없었다.

하지만 객관적으로 보자면 B등급은 거의 국가 수준의 인력이었다.

국가 및 군대에서도 눈에 불을 켜고 데려가려고 함은 물론, 아이덴티티나 보사 측도 경호 및 사설 병력으로 확보하려 했으며, 대형 길드에서도 엄청난 연봉을 제시했다.

하지만 지훈은 반지를 얻고 반년 만에 비각성자에서 B등급 각성자가 됐다. 당연히 현실성 없을 수밖에.

"등급도 높고, 이능도 두 개나 있으니 훨씬 더 훌륭한 실험을 할 수 있을 것 같군요. 바로 이동하지요!"

교수는 신이 나서 지훈을 이끌었다.

지훈 역시 제 3변이에만 계속 신경을 쓰고 있을 수는 없었기에, 순순히 이동했다.

권능의 반지

106화. 생각 외로 좋은 결과

NEO MODERN FANTASY STORY

실험실에 들어가자 교수가 계약서를 하나 내밀었다.

"명목상이지만, 필요한 절차라서… 한 번 쭉 읽어보고 결정해 주십시오. 여기다 사인하면 됩니다."

교수는 8장짜리 계약서를 넘겨 마지막 칸을 가리켰다.

그 모습이 꼭 읽지도 말고 사인만 하라는 것 같아 기분이 확 나빠졌다.

'이 새끼가?'

"내가 당신들 뭘 믿고 사인을 하란 말이오? 거 참 아까부터 재미없게 나오네."

본디 도살자도 백정이라 부르면 인간백정이 되고, 백선생이라 부르면 사람 구할 위인이 되는 게 요즘 세상이었다.

계약서를 읽지도 않고 휙 던져버렸다.

사실 읽기도 짜증나던 참이다.

"어, 어… 왜 그러십니까? 뭐 문제라도…."

"내가 살면서 느낀 게 있소. 계약서에 싸인 하라는 새끼들 치고 나한테 좋은 일 한 놈은 하나도 없었다는 거. 좋은 일은 그냥 대충 해주면서, 꼭 나한테 불이익 올 일은 계약서로 확실히 하자고 하더라고?"

안 봐도 비디오였다.

퍼주듯이 좋은 일 할 거면 뭐한다고 계약서 쓸까.

"아니, 그게 아니고… 이건 정말 어쩔 수 없는 절차…."

"거 혓바닥이 쓸 대 없이 기네. 기다리쇼. 사람이 변명만 가득하면, 입에서 똥내가 나는 법이거든. 근데 당신 입에는 하수구 냄새가 나네?"

교수 말을 무시하고 바로 114를 통해 변호사 사무실을 연결, 바로 헌팅 계약 전문 변호사를 호출했다.

대충 강남대로에서 낙삼대까지 오래 걸려봐야 30분.

느긋하게 기다릴 생각으로 의자에 몸을 파묻으며, 테이블 위로 발을 올렸다.

"계약서 없이 가던가, 아니면 변호사 오고 나서 다시 얘기 하던가. 꼴리는 대로 하쇼."

교수는 끙 소리를 내며 설득했지만, 지훈은 모조리 무시하고 눈을 감아버렸다.

결국 교수는 변호사가 올 때 까지 기다리기로 했다.

그 시각, 강남대로.

"우오오오! 칼콘, 이걸 봐라. 이 녀석은 뭐지!? 매우 신명나는 춤사위로군! 전쟁 전에 흥을 돋우는 녀석인가!?"

가벡이 입을 쩍 벌리며 외쳤다.

거기에 칼콘까지 오도도 달려와 합세했다.

"우와! 멋있다! 꼭 온 몸에 관절이 있는 것 같아! 민우, 저거 뭐야!?"

팡, 팡, 팡, 팡!

노래와 함께 격한 춤사위를 보이는 거대한 덩어리.

바로 행사장에서 가끔 볼 수 있는 비닐 인형이었다.

격하게 움직이니 이방인에게는 생명체로 보인 모양이다.

뭐라고 설명을 해줘야 할까 고민하던 민우는 결국 한숨과 함께 양 손으로 얼굴을 쓸어내렸다.

"아오… 산에만 살던 사람 도시 구경 시켜주는 것도 아니고 진짜…."

덤으로 가벡과 크락의 기행으로 주변에는 사람들이 구름처럼 몰려든 상태였다.

우와… 저거 뭐야, 이종족?

진짜 이상하게 생겼다.

사진 찍자, 인스타에 올려야지!

보통 미성년자나 어린 아이들을 신기하다는 반응을 보였고,

몬스터 새끼들은 죄다 총으로 쏴 죽여야 해.

왜 동맹 따위를 맺어서는…

씨발놈들, 여기가 어디라고…

20대 후반 이상의 성인들은 대부분 적개심을 나타냈다.

거친 시대를 겪은 세대와 그 이후에 태어난 세대의 차이였
다.

아무래도 몬스터 브레이크 아웃, 개척 시대, 종족 전쟁을
거쳐 가며 타 종족에게 친구 혹은 가족을 잃은 사람들은 이종
족에게 반감을 가질 수밖에 없었으리라.

민우 역시 오크에게 부모님을 잃은 과거가 있었다.

지금이야 칼콘 덕에 목숨도 몇 번 구하고, 같이 헌팅 다니
는 동료로서 아무런 앙금이 없었지만 그건 말 그대로 '동료'
였기 때문이었다.

아마 아무런 접점 없이 만났다면, 민우 역시 다짜고짜 얼굴
부터 찌푸렸을 게 분명하다.

'슬슬 말릴까.'

민우가 칼콘과 가벡에게 다가갔다.

"크롸롸! 신이시여! 신이시여! 나를 전장으로 데려가 주
오!"

"우롸! 우롸! 우롸! 전쟁, 전쟁, 전쟁!"

둘은 무슨 아프리카 원주민들이 토템 놓고 숭배라도 하는
것 마냥 열정적인 종교 활동(?)을 하고 있었다.

"그거 인형이야, 바보들아!"

민우는 얼굴이 터질 것 같은 부끄러움을 무릅쓰고, 둘을 질질 끌어 사람들 사이를 벗어났다.

"인형이 어떻게 움직인단 말인가! 거짓말 하지 마라."

"그래, 인형은 계집애들이나 갖고 노는 거야. 근데 이 녀석을 봐! 역동적인 움직임은 딱 전사의 풍채가 보이잖아?"

"그냥 닥치고 자자. 응?"

결국 민우는 반 강제로 둘을 끌어냈다.

그리고 그날 밤.

포털 사이트 실시간 검색어 1위는 다음과 같았다.

흔한 몬스터의 우상숭배.jpg

⊕

변호사는 계약서를 꼼꼼히 읽어 내려갔다. 이후 교수와 말을 주고받으며 계약서를 수정하길 몇 번.

"이제 사인하셔도 괜찮습니다."

"수고했소."

지훈은 계약서에 사인한 후 변호사의 명함을 받았다.

추후 문제가 생길 경우에 대한 대비이자, 교수에게 보낼 허튼 짓 말라는 경고였다.

비싼 값 주고 고용한 만큼 효과는 탁월해 보였다.

교수는 변호사와 지훈에게 이 실험은 무슨 일이 있어도 밖에 새어나가면 안 된다고 연신 함구를 요청했다.

"말할 곳도 없으니 신경 쓰지 마쇼."

교수는 지훈의 긍정을 듣고서야 조금 진정한 것 같았다.

이후 다시 한 번 이동, 실험을 위해 옷을 전부 탈의했다.

"속옷만 남기고 전부 탈의한 뒤 이 장갑을 껴 주세요."

고개만 까닥이고는 옷을 벗어 내려갔다.

신발, 양말, 쟈켓, 티셔츠, 바지.

옷을 하나씩 벗어갈수록, 생살과 함께 수 없이 많은 흉터들이 드러났다.

등에는 관통상을 입은 것 같은 흉터가 6개,

왼발등 위에는 칼이 박혔던 것 같은 상처,

오른 상완에는 뼈가 부러져 피부에 남은 흉터 2개,

겨드랑이 아래에는 수술로 남은 흉측한 흉터가 있었다.

본디 정상적인 의사였으면 레이저를 이용 최소 부위만 절단했겠지만, 뒷골목 의사에게 받은 탓에 그 흉터가 무슨 주먹만큼 크게 남았다.

그 외에도 온 몸에 상처가 없는 곳이 단 하나도 없었다.

오랜 시간동안 뒷골목에서 일하며 거의 하루걸러 하루마다 싸움을 했으니 그럴 수밖에.

매일 샤워할 때 마다 보는 흉터였음에도, 어째 보면 볼수록 기분이 나빠졌다.

'지금은 그나마 재생 때문에 흉터가 안 남는 게 다행이군.'

찌익-찍.

장갑은 핑거 오픈형 찍찍이 장갑이었다.

무슨 애들 장난감 같아 어이가 없었지만, 아마 실험 대상의 손 크기가 다양할 경우를 고려한 듯싶었다.

'안에 뭐가 들어있지?'

속이 반짝거려 자세히 살펴보니, 동색을 띄는 금속이 그물망에 잔뜩 쌓여있었다.

AMP 같았다. 아마 사용자의 몸에 접촉해 있어야만 효과를 발휘하는 모양이다.

장갑을 끼자 차가운 느낌과 함께 작은 진동이 느껴졌다.

우으으으응―

지훈의 몸에 있는 이능과 공명하는 것처럼 보였다. 조금 있자니 반지도 같이 부르르 떨기 시작했다.

이내 오래간만에 목소리가 들려왔다.

― 이능 간섭 확인. 출처 미확인. 저항할 수 없는 형태입니다. 주의해 주십시오.

'별 거 아니니까 무시. 심각한 일 생기면 그 때 얘기해.'

반지의 대답을 들은 뒤 작게 심호흡을 했다.

잠시 기다리고 있으니 조교가 들어와 실험실로 안내했다.

실험실은 마치 정신병원 마냥 주변에 온통 흰색만 가득했다. 그 외 돌발 상황도 대비했는지 유비 및 실험실 벽에 단단한 소재가 사용된 것 같았다.

쾅!

지직!

주먹으로 힘껏 때리자 벽에 가벼운 균열이 생겼다.

- 뭐, 뭡니까! 혹시 금속 반응으로 분노를 주체할 수 없다거나 기타 정신적 간섭이 있습니까?

실험실 스피커에서 교수의 다급한 목소리가 들려왔다.

"아니. 그냥 얼마나 단단할까 싶어서 쳐봤어. 단단하네."

과거 벽을 때려봤을 때, 벽에 커다란 흔적이 남았었다.

반면 실험실 격벽은 균열만 남았으니, 실컷 날뛰어도 문제 될 것 없어 보였다.

- 실험 시작하겠습니다. 김지훈씨, 당신은 어떤 이능을 갖고 있습니까?

이미 다 알고 있는 내용을 물어왔다.

아마 실험내용 녹화를 위한 질문이리라.

"가속 E, 집중 F. 둘 다 강화계."

그 외에도 신규 이능 포인트가 2개 남아있었다. 이 포인트는 기존 이능을 강화하는 대에도, 새로운 이능을 확보하는 대에도 쓸 수 있었다.

사실 맘만 먹으면 당장이라도 쓸 수 있었지만, 언제 어디에 어떤 이능이 필요할지 몰라 일단은 아껴놓는 중이었다.

가속의 경우 등급이 올라가면 부작용이 줄어들었고 집중은 시간 및 다중작업의 능률이 올라가는 듯 것 같았다. 물론 지금으로도 충분했기에 올릴 필요 없는 기능들이었다.

추후 최상위 관리자만큼이나 강력한 적을 만나면 모를까, 지금 당장 뭘 결정해야 할 필요는 없어보였다.

- EP-23번과 EP-49번. 둘 다 눈에 띄는 변화는 없는 이
능이군요. 혹시 한 번 보여줄 수 있습니까?

"뭐 던질 거하고, 맞출 것 좀 가져와 보쇼."

서비스 해주는 심정으로 도구를 요청했다.

얼마 후 조교가 들어와 사과와 동전을 가져왔다.

'쯧, 사과는 사람 머리 같아서 영 불편한데 꼭 가져와도 이
딴 걸 가져오나.'

불평하기보다는 빨리 끝내고 나가고 싶었기에 군말 없이
보여 줄 준비를 했다.

"지금 보여주면 되나?"

- 예. 처음에는 AMP 장갑을 빼고, 두 번째는 AMP 장갑
을 끼고 해주시면 됩니다.

찌익- 찍, 찌직.

장갑을 벗어서 바닥에 내려놓은 뒤, 바로 이능을 발동했다.

'이능 발동, 집중. 가속.'

이후 왼손에 들고 있던 사과 3개를 집어 던졌다.

후- 우- 웅.

느린 속도로 떠오른 사과는, 액션 영화의 슬로우 모션마냥
느리게 빙글 빙글 돌았다.

이후 오른손에 잘 끼워뒀던 동전을 던졌다.

훅, 훅, 훅!

동전이 시속 120km는 되어 보일 법한 속도로 날아가 사과
에 틀어박혔다. 아무런 훈련 없이 던져서 120km.

운동선수들 엿 먹이는 게 아닐까 싶을 정도로 강력한 힘이었으나, 어찌 보면 당연한 결과였다.

맨몸으로 총알도 튕겨내고, 철근도 구부리는 힘이다.

애초에 인간이라고 보기엔 무리가 있었다.

- 호오… 대단하군요.

이능 2개를 겹쳐서 썼기 때문에 사용 시간을 길게 뒀다간 부작용 역시 제곱이 될 터.

동전이 사과에 맞자마자 바로 이능을 풀어버렸다.

"후우… 후우…."

옅은 현기증이 났기에 가볍게 심호흡을 했다.

교수는 그 외에도 가속 이능을 쓰고 달려보라는 등, 왕복 뜀뛰기를 하라는 등 순발력을 보는 실험을 계속했다.

당연히 인간의 수준을 아득히 넘을 정도로 괴랄한 기록이 튀어나왔다.

- 그럼 AMP를 끼고 해보겠습니다. 같은 작업을 다시 한 번 반복해 주세요.

장갑을 끼고 같은 작업을 반복했다.

'얼마나 효과가 좋기에 함구까지 시켜가며 실험이야?'

실험 도중 어이가 없어져서 든 의문이었다.

그리고 그 의문은 곧 호기심을 불러 일으켰고, 호기심은 그 반동으로 이능을 확인하게 만들었다.

'정보.'

다른 건 다 변한 게 없었다. 단지…

이능 : D 등급 (15+7)

이능력 – 집중 E(+1)등급, 가속 D(+1)등급

이능 능력치와 각 이능이 1단계씩 상승되어 있었다.

'이런 씨발… 뭐 이딴 물건이….'

더 말할 것도 없었다.

노벨상이고 나발이고, 노벨 재단을 사버리고도 남을 돈을 벌 수 있을 세기의 대 발견이다.

그 순간 흐릿하게나마 이해할 수 있었다.

왜 교수가 머뭇거리는 지, 정부가 어째서 뜸을 들이는지, 의문의 일행이 무슨 이유로 연구팀을 습격했는지.

뭐 교수야 돈이 급해서 빨리 이 기술이 상용화되길 원했다. 그러니 실험을 강행, 과정이 들킬까 애가 탔던 거였고,

정부, 정확하게는 해당 실험을 맡은 '높으신 분'은 저 기술을 누구한테 어떻게 팔아먹어야 돈을 많이 받을 수 있을까 고민할 시간을 벌기 위해 질질 끈 거였으며,

언더 다크는 연구라면 일단 확보해 놨다가 나중에 큰 돈 받고 팔 수 있었기에 '그냥 아무것도 모르고' 습격한 거였다.

어쨌든 실상은 시궁창이었으나, 그 안에서 발견 된 건 그 어느 보석이던 전부 싸구려로 만들 수 있는 보물이었다.

아마 시간이 조금만 더 지나면

저 연구가 외국이 쥐도 새도 모르게 팔려나가던,

교수가 정부 배신하고 연구자료 들고 도망가던,

조교가 교수를 죽이고 타 국가로 망명을 하던,

무슨 사단이든 크게 한 번 터질 터였다.

물론 지훈은 그딴 거 관심 없었다.

미쳐버린 세상에 미친 놈 몇 명 늘어난다고 해서 변하는 건 없음을 알기 때문이었다.

'생각 외로 좋은 물건을 얻었다.'

단지 좋은 물건을 얻었다는 사실이 좋을 뿐이었다.

나만 좋으면 됐지, 타인이 무슨 상관이란 말인가.

권능의 반지

107화. 그러면 그렇지

NEO MODERN FANTASY STORY

실험 결과는 만족스러웠다.

우려했던 부작용은 가벼운 신진대사 증가 외에는 전혀 없어 보이는 듯 했다.

'몸이 가볍다. 현기증도 거의 없군.'

아니, 도리어 랭크가 올라가면서 이능 부작용이 줄었다.

실험이 끝난 뒤 가볍게 스트레칭을 하고 있으니 교수가 환한 미소로 찾아왔다. 손에는 직사각형 형태로 가공 된 AMP가 들려 있었다.

"감사합니다, 덕분에 실험이 좋게 끝났습니다."

"딱히 한 것도 없었으니, 신경 쓰지 마쇼."

예의상 건네는 인사 후 교수는 슬쩍 본심을 내비쳤다.

"이후 실험 말입니다. 만약 저희와 함께 하신다면 그에 합당한 보수를 드리겠습니다."

살짝 구미가 당기는 제안이었으나 거절했다.

지구에 숙소를 잡기도 귀찮았거니와 이상하게도 저 교수랑만 연관되면 좋지 않은 일이 생겼기에 싫었다.

덤으로 어디에 소속되기 싫기도 했고 말이다.

"됐소. 어디 묶여있는 건 성미에 안 맞아서 말이지."

지훈은 잘 훈련 된 군견보다는, 난폭한 들개들의 우두머리에 가까웠다. 실제로도 별명이 미친 사냥개 아니던가.

어디 편안한 일자리나, 일정한 일자리를 원했다면 진즉 길드나 아이덴티티 혹은 보사 같은 대기업에 들어갔을 터였다.

하지만 그러지 않았다.

칼콘과 함께 할 수 없음은 물론 세세한 부분에서 이래라 저래라 명령받는 게 싫었기 때문이었다.

일이 틀어진다면 과격한 수를 써서라도,

불편한 껀덕지가 있으면 살짝 손해를 보더라도,

우회할 수 있다면 거래를 하거나, 뇌물을 줘서라도,

제 마음대로 하는 게 좋았다.

'역시 자유로운 게 좋단 말이지.'

어차피 수익도 그렇게 나쁘지 않았다.

아니, 도리어 큰 의뢰를 처리하면 길드나 타 기업에서 용병 짓 하는 것 보다 더 벌 때도 있었다.

그 상황에서 굳이 힘들여가며 어디에 소속된다?

바보 같은 짓이었다.

"뭐 그렇다면 어쩔 수 없지요."

교수도 원하는 정보는 대강 뽑아냈는지 끈적이지 않고 바로 섭외를 포기했다.

"여기 AMP입니다. 살에 직접 맞닿지 않으면 효과가 적어지니 주의해 주십시오. 그리고 녹는점은 OTN과 비슷합니다. 원하는 형태로 가공해서 쓰시지요."

"내 잘 쓰도록 하지."

AMP를 받아들고는 승강기로 향했다.

가는 도중 경비들이 필요 이상으로 달라붙었다.

'이건 또 뭔⋯.'

띵—

문이 열립니다.

안에 타자 경비들도 다 같이 따라 탔다.

뭔가 구린 냄새가 나는 것 같아 열림 버튼을 꾹 눌렀다.

"지금 뭐하는 건데?"

"안전하게 밖으로 안내해 드리는 겁니다."

"좆같은 과잉보호 치워. 애새끼도 아니고, 내가 길이나 잃을 것처럼 보이나?"

"안전하게 안내해 드리겠습니다."

경비가 열림 버튼을 누르고 있는 손을 떼어내려 다가왔다.

밀쳐내며 상대의 무장을 슥 훑었다.

뒷골목 양아치도 아니고, 정부 사업 하는 주제에 간빼먹고 처리할 강단이 있어 보이는 교수는 아닐 것 처럼 보였다.

그래도 사건은 원래 혹시할 때 터지는 법.

조심해서 나쁠 건 없겠지.

상대의 무장을 훑었다.

경비는 넷.

무장은 K5 자동권총과 삼단봉.

방어구는 내의형 방탄조끼.

K5의 장탄수는 13발.

그 말은 곧 최대 68발의 총알이 날아온다는 얘기다.

MP5 총알을 연달아 20발 정도는 막아냈으니 큰 걱정은 몰랐지만, 지근거리에서 두부 및 안구 피격을 당할 시 무슨 일이 생길지는 장담할 수 없었다.

언제든지 이능을 쓰고 달려들 준비를 했다.

침묵 속에 차갑게 내려앉는 분위기.

결국 대장으로 보이는 경비가 입을 열었다.

"그럼 저만 따라가겠습니다. 다들 내려."

나머지 셋이 승강기에서 내렸다.

뒤로 돌지도 않고 팔꿈치로 1층을 눌렀다.

띵- 문이 닫힙니다.

도착까지 약 30초.

눈도 깜빡이지 않고 경비를 응시했다.

"짧게 말하겠습니다. 방금 들으신 정보는 절대로 새어나가

선 안 될 정보입니다. 일단 손에 들고 계신 AMP부터 주시지요. 그럼 과격한 사태는 일어나지 않을 겁니다."

역시 뒤가 구리다 싶었다.

아마 정부 요원인 경비들은 교수의 실험이 끝나길 기다렸다가, 연구를 꿀꺽 할 생각인 것 같았다.

"이건 내 물건인데 무슨 개소리를 찍찍 싸나."

"그럼 강제로 뺏을 수 밖에 없습니다."

"해 봐. 혓바닥만 흔들지 말고."

살기를 내뿜으며 도발했다.

녀석이 얼마나 강력한지는 몰랐지만, 이 쪽은 B급 각성자에 전투 능력치가 전부 D랭크였다.

육체 능력만 쳐도 맹수를 손으로 찢어죽을 수준인데, 거기에 뛰어난 전투감각까지 더해진다?

그건 사람이 아니라 병기다.

"여기서 나가신다고 한들 큰 불이익이 있을 겁니다."

경비 역시 그 사실을 알았기에 섣불리 덤비지는 않았다. 단지 협박만 내뱉을 뿐이었다.

"좆까, 새끼야."

그걸 마지막으로 대화는 없었다.

띵- 1층입니다.

문이 열립니다.

문이 열리자 경비 다섯이 K5를 겨누고 있었다.

"AMP 내려놓으십시오. 마지막 경고입니다."

지훈은 그 모습을 보자 어이가 없어서 실소만 나왔다.

'그럼 그렇지. 정부, 이 씹새끼들이랑 엮이면 좋은 일이 하나도 없어.'

"이게 그렇게 갖고싶냐? 가져 이 새끼야."

'이능 발동. 가속, 집중.'

지훈은 AMP를 밖에 있는 경비에게 줬다.

아주 세게.

쒜애애액!

가속 된 육체가 활처럼 휘며 AMP를 던졌다!

손가락 2개 크기 밖에 안하지만, 애초에 금속덩어리!

동전을 던져서 사과를 뚫는 위력이다.

더 말할 것도 없었다.

뻐억!

경비의 머리가 뒤로 휙 젖혀지며 쓰러지기 시작, 채 쓰러지기도 전에 지훈이 바로 옆에 있던 경비의 옆구리에 보디 블로를 꽂았다.

퍽!

고기덩이 때리는 섬뜩한 소리와 함께 펄떡이는 경비!

녀석이 벽에 부딪히게 둘 생각은 없었기에, 날아가는 녀석의 목을 붙잡아 바로 백허그하듯 포박했다.

남은 경비 넷이 당황하며 위협했지만, 무시했다.

"움직이지 마! 쏜다!"

"쏴, 개새끼야."

안고 있던 경비를 바로 앞으로 밀었다.

아군이 튀어나왔으니 바로 사격을 하진 않을 터다.

인간의 반응 속도는 약 0.3초다.

거기다 급작스러운 상황에 상황 재인식에 약 0.5초.

이에 다시 반응하는 속도 약 0.3초.

총 1.1초의 틈.

숨 한 번 내쉴 시간밖에 되질 않지만 상관없다.

이미 집중과 가속을 몸에 업은 지훈은 타인과는 다른 시간대에 살고 있는 생물체였다.

경비들의 총이 나란히 지훈을 향한다.

사각에 가로막힌 총구 2개, 쓰러진 1개를 제외하면 사격 가능한 총구는 2개.

일반 탄환이라면 맞아줘도 상관없겠지만…

내용물을 모른 체 무식하게 맞아줄 수는 없었다.

슬라이딩 하듯 승강기에서 이탈, 반동으로 몸을 일으키며 맨 좌측 녀석의 고간에 주먹을 박아 넣었다.

또라이 아니고서야 강철 팬티를 입지는 않았을 터.

끔찍한 소리와 함께 일격이 그대로 꽂혔다.

그 사이 밀려난 경비는 우측 두 경비와 함께 넘어졌다.

지금 당장 전투가 가능한 인원은 하나.

바로 옆에 있는 경비다.

"꺼져, 이 새끼야!"

고간 일격과 함께 일으켰던 몸을 다시 반전, 허리를 숙이며 왼 팔꿈치를 녀석의 턱에 꽂아 넣었다.

뼈 박살나는 소리와 함께 바닥에 축 늘어진다.

탕! 탕!

쓰러졌던 녀석들이 사격을 했지만, 쓰러지며 대충 쐈는지 피격되지는 않았다. 될 수 있으면 총 겨눈 놈은 전부 죽이고 싶었지만, 상대는 정부 요원이었다.

무턱대고 죽였다가는 공권력을 대동한 가디언이 붙을 수 있었기에 죽일 수는 없는 상황.

결국 어쩔 수 없었다.

타탓! 훅!

도움닫기 후 도약!

몸무게를 실은 엘보 드롭을 선사했다.

뻑 소리와 함께 한 녀석이 실신, 나머지 두 녀석은 자세를 바꿔 올라탄 뒤 주먹으로 끝장을 내 줬다.

"정부에서 일하는 새끼들이 양아치마냥 사기를 쳐? 내가 그러라고 정산할 때 마다 33%짜리 초특급 세금 때려 박는 줄 아냐?"

화딱지가 나서 기절 내지 실신한 놈들에게 욕을 내뱉었 다.

'젠장, 벌집 쑤셨으니 한동안 숨어 지내야겠네.'

아마 3달 정도는 안전가옥에서 숨만 쉬고 살아야 할 터였 다. 안전가옥이야 석중 혹은 시체 구덩이 주인에게 말하면 어 디 오지에 하나 마련해 주리라.

과격하게 일을 처리한 게 살짝 후회됐지만, 그러려니 했다.

어차피 하는 꼬라지 봤을 때, 함구를 명목으로 AMP를 뺏은 뒤 사살할 가능성이 높았다.

그렇게 모르모트로 쓰이고 버려질 바에는, 정부에 빅 엿 하나 먹여주고 잠적하는 쪽이 나았다.

어차피 연구 문제로 지들끼리 치고 박기 바빠서, 지훈 따위는 얼마 지나지 않아 잊어버릴 게 분명했다.

ㅡ 정당방위에 따라 이블포인트 증감이 없습니다. 현재 포인트는 59입니다.

대충 옷을 털어내고는 땅에 떨어진 AMP를 집었다.

이후 무장이 필요할거라 판단, 쓰러진 경비에게서 K5와 탄창 3개를 챙겼다.

그렇게 밖으로 나가려는 순간…

탕ㅡ!

로비에 총소리가 울려 퍼졌다.

고통이 없는 걸 봤을 때 맞지는 않은 모양.

눈을 돌려 확인하니 40~50은 되어 보이는 반백의 중년이 총을 겨눈 체 오들오들 떨고 있었다.

"경찰에 신고했다. 우, 움직이지 마!"

학교 경비로 보였는데, 어째 경찰공무원 용 리볼버를 장비하고 있었다.

'여기도 치안이 개판인 모양이네.'

그냥 그러려니 하고 고개만 끄덕였다.

"이보쇼, 아재. 그거 쏘면 당신 죽소."

"움직이지 말라니까! 곧 경찰 올 거니까 투항해!"

말은 그렇게 하면서도 총구가 미친 듯이 떨리고 있었다. 훈련만 받았지 이런 상황은 처음인 듯 싶었다.

제압하고 나가는 건 큰 일이 아니었지만 나이 든 사람, 특히 이 일에 관련 없는 타인에게 피해를 주고 싶지 않았다.

'거 어디 부러지면 뼈도 잘 안 붙을 거 같구만, 쯧.'

결국 말로 해결하기로 했다.

"아재, 잘 생각해 보쇼. 내가 혼자서 이 다섯 명 다 때려눕혔는데, 아재 하나 어떻게 못할 것 같소?"

말을 건네며 뚜벅뚜벅 다가갔다.

"시끄러워! 어, 어서 투항해!"

경비는 겁에 질렸다.

뚜벅, 뚜벅, 뚜벅, 뚜벅.

한 동안 걸음 소리와 고함 소리만 잠시.

결국 지훈이 경비 바로 앞까지 당도했다.

"이런 장난감 막 다루지 마쇼. 알겠소?"

들고 있는 리볼버를 뺏어다 집어 던진 후, 빠르게 움직여 과동 밖으로 나왔다.

'최대한 빨리 이탈해야 한다. 신고가 들어갔으면 인상착의 정도는 알고 있을 터.'

뒷골목 일을 할 시절 이런 지루한 술래잡기는 이미 여러 번 해봤었다.

빠져나가는 것 따위 식은 죽 먹기다.

타타탓!

밖으로 나오자 마침 커플 하나가 지나가고 있었다.

'키 170대 후반, 보통 체형. 후드티에 운동복. 딱이군.'

지훈은 쟈켓 주머니에서 K5를 꺼내 커플에게 겨눴다.

"벗어."

영화에서나 볼 법한 광경에 커플이 얼어붙은 체 비명조차 지르지 못했다. 아마 너무 현실성이 없어서 이 상황을 받아들이지 못한 상태리라.

"네, 네? 뭐라…."

"벗으라고."

언제라도 쏠 수 있다는 듯 K5 슬라이드를 당겼다.

여자가 울먹거리더니, 셔츠 단추를 하나 씩 풀었다.

"이, 이러지 마세요… 제발…."

어이가 없어져서 한숨을 내뱉었다.

'무슨 영화를 봤으면 저딴 반응이 나와.'

"너 말고. 남자."

"저, 저요?"

남자가 고양이 눈을 뜨고 물었다.

시간이 허비되고 있었기에 한 대 때리려다 말았다.

민간인이라 한 대 맞은걸로도 치명상이 될 수도 있었기 때문이다.

스윽, 슥, 스슥.

지훈은 남자의 옷으로 환복한 뒤 후드를 쑥 눌러썼다. 이후 지갑에서 대충 지폐 몇 장을 꺼내서 던졌다.

"똥 밟았다고 생각하고, 그걸로 새 옷 사 입어."

황금빛 지폐가 펄럭이는 것을 배경으로, 지훈이 커플에게서 멀어졌다. 이후 가까운 자전거 거치대로 향해…

탕!

잠금 장치를 제거한 뒤 바로 올라탔다.

목적지는 학교 정문이었다.

권능의 반지

108화. 사건은 생각보다 복잡하게 엮이는 법

NEO MODERN FANTASY STORY

그 모습을 쌍안경으로 지켜보던 한 인영이 있었다.

녀석은 눈을 조심스럽게 내려, 메모지를 쳐다봤다.

영어로 적혀 있었는데, 마치 분노가 흘러나오기라도 할 듯 휘갈겨 쓴 메모였다.

황인종, 키 170 후반, 마른 체형, 과격한 행동, 전투에 익숙함, 해당 연구와 관련이 있음, 정부 요원은 아님, 주무장은 빈 토레즈와 글록, 창을 쓰는 모습도 보였음.

'녀석인가?'

확신할 수는 없었지만 높은 확률로 정답인 것 같았다.

인영은 급히 핸드폰을 열어 어디론가 전화를 걸었다.

서울, 언더 다크 휘하 병원.

파이로의 핸드폰이 울렸다.

띠리리- 띠리리-

시간에 따라 부상이 치료 된 까닭일까?

거의 빈사상태였던 파이로가 조금 나아진 모습으로 전화를 받았다.

조용히 듣고 있기를 몇 분.

파이로의 숨이 거칠어지기 시작하더니, 이내 그의 핸드폰 외곽이 조금씩 녹아내리기 시작했다.

'드디어 찾았다, 빌어먹을 황인종 새끼.'

으드득.

파이로가 어금니를 박살내기라도 할 듯, 이를 꽉 물었다.

A등급 각성자이자, 언더 다크의 집행자인 파이로는 여태 껏 싸움에서 져 본 기억이 없는 사내였다. 그런 그가 정체도 모르는 각성자에게 패배했다.

그 사실은 순식간에 언더 다크에 퍼져나갔다.

파이로가 졌다고?

그 새끼 성격 개차반인데 쌤통이군!

나대다가 언제 한 번 고꾸라질 줄 알았어.

본디 사람이 싸움을 하다보면 질 수도 있는 법. 하지만 패배 를 모르고 독주해왔던 파이로는 달랐었다.

지훈에게 졌다는 그 사실이, 성역마냥 한 번도 더럽혀지지 않은 파이로의 자존심에 커다란 흙발자국을 남겼다.

지금 그에게 중요한 건 언더 다크의 명령도, 집행자로서의 의부도, 승진을 위한 실적도 아니었다.

본인의 자존심을 짓밟은 상대를 없애버리는 거였다.

"그 녀석 추격해. 내가 직접 간다."

아직 부상이 다 낫지 않았지만 상관 않는 눈치였다.

'그 때는 방심하고 있었지만, 지금은 아니다. 일격에 작살을 내 주마.'

파이로는 맞고 있던 항생제를 떼어내고는 자리를 일으켰다.

부상으로 인한 고통이 뒤따랐지만, 그 무엇도 파이로를 말릴 수 없었다.

⸭

관찰하던 언더 다크 정찰꾼이 전화를 끊고 이동했다.

아니, 이동하려 했다.

"Sa jälitama, et mees on(너도 저 녀석을 쫓아)?"

등 뒤에 후드를 눌러 쓴 사람만 없었다면 말이다.

'뭐야… 도대체 언제…!'

언더 다크 정찰꾼은 품에서 남몰래 소음기가 달린 토카레프를 꺼냈다.

대답이 없자 후드가 되물었다.

"See oli korsett. Ehk keel on halvem võistlused? (맞아. 그랬었어. 하등 종족은 이 언어 모르지?)"

언더 다크 정찰꾼이 토카레프를 재빨리 뽑으며 사격!

피슝! 피슝! 피슝!

웅 –

도대체 무슨 일이 생긴 건지 알 수 없었다.

공간이 일그러지는 착각과 함께 후드가 사라졌다. 다시 그 녀석이 나타났을 때에는 언더 다크 정찰꾼의 가슴에 후드의 팔이 박혀있었다.

"Me tähenda Sir Lord tahtnud teda. Kahjuks ei hanteneun saate nädalal. (우리 주인님께서 저 녀석을 원해서 말이야. 안타깝게도 너희한테는 못 주겠네.)"

웅–

후드는 손을 휘둘러 피를 털어낸 뒤 사라져 버렸다.

기이한 사내가 아닐 수 없었다.

⊕

한편 실험실 안에는 폭풍이 휘몰아치고 있었다.

정철수 교수가 소리를 질렀다.

"지, 지금 뭐하시는 겁니까!"

안전을 지켜주던 경비가 본인들에게 총을 겨눴으니 당연한 반응이었다.

"주변 사람들이 전부 다 병신인줄 아나보지? 너는 네가 똑똑한 줄은 알아도, 세상 사람들 중 당신만큼 똑똑한 사람 많다는 건 모르나 보군."

퍽!

경비가 정철수 교수의 안면을 때린 뒤, 옆에 있던 연구원에게 총을 발포했다.

퍽, 하는 작은 소리와 함께 사람이 쓰러졌다.

"교수와 조교 빼고 모조리 죽이고 불 질러버려. 연구 자료 데이터와 연구원들을 데리고 이탈한다."

경비는 명령을 내린 뒤 어디론가 전화를 했다.

"예, 의원님. 개미들이 도망갈 것 같아서 먼저 처리했습니다. 연구 데이터 들고 그 쪽으로 이동하겠습니다."

경비는 한 동안 통화 상대에게 지시를 들으며 '네, 네.' 하는 말만 반복했다.

"와중에 실험을 받던 각성자가 하나 도망갔습니다. 그 녀석은 어떻게 할까요?"

의원은 잠시 침묵했다가, 뭐라 뭐라 지시했다.

"예, 알겠습니다. 그럼 그렇게 처리하도록 하겠습니다."

경비가 전화를 끊자 교수가 희번덕거렸다.

"그, 그 인간이 이렇게 시켰소?"

돌아오는 대답은 없었다.

"이, 이 연구 팔면 10대가 놀아도 될 정도로 엄청난 돈을 거머쥘 수 있소. 응? 제발 진정하고, 나랑 같이 붙읍시다. 내가 반을 떼어다 드리리다!"

애걸복걸했음에도, 경비는 움직이지 않았다.

"벌레면 벌레답게 찌그러져 있어야지. 주제 모르고 나대면 이렇게 되는 거야."

"이, 이제 나는… 내 연구는 어떻게 되는 거요!"

경비는 입에 비릿한 웃음을 흘렸다.

"의원님께서 연구 자료를 중국, 러시아에 판매하기로 결정하셨다. 거기에 너도 포함되니까, 죽이지는 않을 거야. 앞으로도 같이 일하게 될 테니까 걱정하지 말라고."

물론 그 때 부터는 경비와 VIP 사이가 아닌, 노예와 간수 사이가 될 테지만 말이다.

교수는 끔찍한 상황에 비명을 질렀다.

이후 승강기 문이 열리며 경찰이 들이닥쳤지만, 경비가 몇 마디 하자 경찰들이 모두 물러섰다.

과연 '높으신 분'의 힘이 아닐 수 없었다.

⊕

골머리 썩힐 문제 2개가 제거됨과 동시에, 정체 모를 추적자가 새롭게 하나 붙은 그 시점.

지훈은 자전거를 타고 정문을 통과했다.

이후 얼마나 달렸을까?

낙삼대학교에서 충분히 멀어지고 난 뒤에야 자전거에서 내려왔다.

'어디지?'

정확하게는 알 수 없었지만, 대로변에서 떨어진 주거지구임은 확실해 보였다.

될 수 있는 한 빠른 시간 내에 세드로 귀환해야했다.

거기에도 경찰이 있는 건 똑같았지만, 아무래도 사방에 CCTV가 쫙 깔린 서울보다 훨씬 나은 이유에서였다.

'당장 포탈 터미널로 가도 검문에서 걸릴 가능성이 크다.'

개척지와 달리 서울은 위성을 이용한 인터넷망이 살아있었다. 그 말은 곧 수배 역시 실시간으로 이루어진다는 뜻.

당장 터미널로 가봐야 구속당할 게 분명했다.

'결국 뒷구멍을 파야하나.'

생각이 닿자마자 석중에게 전화를 걸었다.

세드에서야 뒷골목 어딜 가도 지훈을 알았지만, 지구에서는 아니었다. 괜히 뒷골목 쑤시고 다녔다가는 정부가 건 현상금에 혹한 버러지들한테 물릴 수도 있었다.

"받았디."

"할배, 난데. 서울에서 사고 좀 터져서 뒷구멍 필요하오."

"네 눈데 장난전화를 그래 하니? 네 내가 누군지는 아니?"

"씨발, 핸드폰 좀 사라니까! 김지훈이오. 김지훈! 그딴 되도 않는 연막 치지 마쇼!"

석중은 픽 웃더니 말을 이었다.

"거 쓰애끼, 서울 가서 사고쳤는갑디. 잘한다, 병신아. 사람 몇이나 죽였니? 많이 죽였으면 나도 도와주기 곤란하디."

"별 거 아니고, 정부랑 좀 엮여버렸소. 대금 나중에 드릴 테니, 나랑 내 동생 숨을 안전가옥이랑 뒷구멍 좀 부탁하오."

"으– 디 보자. 모레에 김겨웅슥이라는 땅꿀잽이가 토끼굴 하나 팔 예정이디. 전화번호 부를테이 까먹지 말고 잘 기억하라."

석중이 불러 준 전화번호를 속으로 몇 번 이나 되뇌었다.

'4885, 4885, 4885….'

슥 둘러 주변을 훑어봤다.

아무도 없다. 다시 전화기를 들려는 찰나…

'전화 기록을 추적당할 수 있다.'

배터리를 분리한 뒤 핸드폰을 작살을 내버렸다.

만드라고라 때 구조대 호출용으로 샀던 정든 핸드폰과 이별하는 순간이었다.

가까운 대로, 공중전화.

외웠던 번호를 그대로 눌렀다.

뚜르르– 뚜르르– 달칵!

"여보세요?"

성대가 맛이 가기라도 한 건지, 쇳소리가 잔뜩 섞인 늙은 여자 목소리가 들려왔다.

"석중 할배 소개로 전화했소. 토끼굴에 사람 하나 들어갈 자리가 필요한데."

"호오? 내가 우리 석중이랑은 안 좋은 빚이 있는데 말이지. 그냥 들어주기는 좀 곤란한데?"

쇳소리 섞은 교태. 짜증과 불쾌를 불러일으키는 괴상한 조합이었다. 머리가 아파왔다.

'빌어먹을 석중, 이 개새끼. 소개를 시켜줘도 꼭!'

"개인적인 빚은 알아서 처리하고, 값 잘 줄 테니 나랑 알아서 쇼부 봅시다."

"요즘 토끼굴 많이 비싸. 검문도 심하고, 3장 어때?"

3천만 원.

보통 밀입국 가격이 천만 원이라는 걸 봤을 때 어이가 없을 정도로 큰 폭리가 아닐 수 없었다. 하지만 이쪽도 그런 거 가릴 처지가 아니었기에 덥석 물었다.

"대신 오늘 당장 가지."

"안– 돼, 나도 일 준비하는 데 시간이 필요하다고."

"그럼 내일 새벽은 가능한가?"

"그거면 가능할지도?"

"돈 받아 처먹었으면 확답을 해, 씨발!"

"응, 돼. 출발 2시간 전, 그러니까 오전 5시 까지 이 주소로 와. 무장은 안 돼."

"그리도록 하지."

땅굴잽이는 이후 강남대로 주변 빌딩 주소를 불러줬다. 속으로 몇 번이나 되뇌며 기억한 뒤 전화를 끊었다.

현재 시각 오후 1시.

출발까지 약 14시간.

이동은 넉넉히 잡아도 2시간.

약 반나절 동안 시간을 죽일 장소가 필요했다.

진로가 결정되자 지훈은 바로 움직였다.

그 전에 민우와 칼콘에게 언질을 주고 싶었지만…

'씨발, 돈 벌어다 도대체 어디다 다 쓰는 거야? 핸드폰 좀 사지, 이 개새끼들!'

안타깝게도 셋 다 핸드폰이 없었다.

지훈이 결정한 은거 장소는 바로 대학 병원이었다.

유동 인구가 워낙 많기 때문에 서로가 서로에게 관심도 없거니와, 24시간 열려있기 때문이었다.

게다가 복장 역시 아무도 신경 쓰지 않기에 굳이 신경 쓸 필요 없이 바로 진입해도 됐다.

지훈은 1층 남자 화장실에 맨 안 쪽 칸에 들어가 앉았다.

한 곳에 계속 있으면 의심을 살 수 있으니, 1시간 마다 층을 바꿔가며 대기할 심산이었다.

병원이 15층이니 장소도, 시간도 충분했다.

후드를 푹 눌러쓰고 변기에 가만히 앉아있으니, 지루한 시간 속 여러 생각들이 흘렀다.

'지현은?'

석중에게 말해뒀으니, 아마 눈치 빠른 늙은이가 챙길 게 분명했다. 괴팍하고 싸이코패스 같은 양반이지만, 일 처리하는 능력은 좋은 사람이었다.

'민우, 칼콘, 가벡은?'

한 동안 헤매다가 경찰 조사에 소환될 테지만 딱히 걱정할 건 없었다. 어디 가서 나불댈 녀석들도 아니거니와, 무슨 일이 터졌는지도 몰랐다.

'시연….'

가장 큰 문제였지만, 생각을 흩어버렸다.

하늘이 무너져도 솟아날 구멍은 있다고 하듯 어떻게든 일이 잘 될 거라고 믿었다.

◈

새벽 3시.

지훈은 병원에서 나와 허리를 쭉 폈다.

변기에 불편하게 12시간이나 앉아있었더니 온 몸이 접혀버릴 것 같은 찌뿌둥함이 몰려 온 까닭이었다.

'이제 토끼굴로 가면 되는 건가.'

바로 자전거에 올라 페달을 밟았다.

될 수 있으면 대로를 피한 체 골목을 이용했다.

그렇게 약 30분 정도 이동했을 때, 원룸촌 가운데에 웬 남자 하나가 길을 가로막았다.

딸랑, 딸랑!

비키라는 종을 올려도 무시했다.

그리고 그 순간…

움찔!

온 몸에 털이 곤두서는 느낌이 들었다.

"rääkigem natuke(우리 얘기 좀 할까?)"

남자의 입에서 룬어, 아니 고대종의 언어가 튀어나왔다.

불길한 기운이 느껴졌다.

권능의 반지

109화. 위험한 진실에 가까워지다

NEO MODERN FANTASY STORY

끼이이익!

자전거가 기괴한 소음을 내며 멈췄다.

보통 사람이나 경찰이었다면 무시하고 달렸다.

하지만 왠지 모르게 본능 한 구석에서 조심해야 한다고 경고라도 보내는 듯 온몸에 긴장이 흘렀다.

"누구냐, 너."

자전거를 세우고 조심스럽게 후드 앞주머니에 양 손을 집어넣었다. 오른손에는 K5, 왼손에는 삼단봉을 집었다.

상대가 고등급 각성자라면 쓸모없을 무장.

그럼에도 없는 것 보다는 나았다.

"Ma ei oska keelt on halvem võistlused. Et rääkida

iidse keele. (하등 종족 언어는 몰라. 고대어로 얘기 해.)"

얼굴이 찌푸려졌다.

여태까지 고대어로 대화를 한 녀석은 딱 넷이었다.

아쵸프무자, 칼콘, 최상위 관리자, 차원 여행자.

아쵸프무자는 애초에 정체를 알 수 없는 존재였고,

칼콘은 반지를 통해 언어를 습득했으며,

최상위 관리자는 원어가 고대어로 보였고,

차원 여행자는 애초에 언어에 초탈한 존재로 보였다.

'도대체 뭐하는 새끼야?'

외모로 봤을 때 동양인은 아니었다.

창백한 피부, 검은 머리카락, 금색 눈동자.

이국적인 느낌?

아니다. 어딘가 부자연스럽다.

콕 집어 말을 할 수는 없었지만, 마치 다른 존재가 인간 거죽을 뒤집어쓰기라도 한 양 이상해 보였다.

'첫 번째 개척자는 아니다. 그 녀석들은 이미 멸망 했어.'

올팅이나 최상위 관리자 같은 경우 생존해 있긴 했지만, 전력이 필요했기에 장거리 이동은 불가능했다.

게다가 한글을 모르는 걸 봤을 때 차원 여행자일 가능성 역시 없었다.

'나 말고 또 다른 반지 사용자?'

저번 유적 탐험 시 얻은 정보로 봤을 때, 지훈 말고도 다른 '선임자' 들이 있다고 했었다. 설마 싶어 빠르게 녀석의 손을 훑었으나 역시 반지 같은 건 보이지 않았다.

'도대체 뭐하는 새끼야, 아쵸프무자 같은 놈인가?'

만약 그렇다면 정말 위험한 상대였다.

현재 지훈은 B등급 각성자고, 전투 경험이 풍부한 베테랑
이었지만… 아쵸프무자는 아예 등급제로 평가할 수 없는 말
그대로 '논외' 등급이었다.

거기까지 생각이 닿자 도망쳐야 한다는 생각이 들었다.

"Ei, vahepeal asi ei ole hea. (아냐, 그러지 마.)"

생각을 읽힌 건지, 행동을 읽힌 건지는 몰랐다.

상대가 예상한 행동을 해 봐야 금방 대응당할 게 분명했기
에, 도망간다는 선택은 지워버렸다.

"Mis on umbes(무슨 용건이지)?"

지훈은 허리를 살짝 숙이고는, 언제든지 K5를 꺼내 사격
할 수 있게끔 자세를 잡으며 물었다.

남자가 씨익 웃으며 고대어로 말했다.

"Kas olete jõudnud pakkumisi(제안을 하러 왔어)."

"Ütle mulle(말해)."

"Tule koos meiega. Oh, nüüd sa hakitud lastetu, et
peteti a 'cho phumu-mzah. (우리와 함께 가자, 너는 지금
아쵸푸므자에게 속고 있는 거야.)"

아쵸프무자의 이름이 나오자 온몸이 싸늘하게 굳었다.

"Ma ei tea, kuidas seda öelda. (무슨 말을 하는지 모르
겠군.)"

"Sa teame nüüd need kutid tahavad teha? (너는 지금 그 녀석이 무슨 짓을 하려는지 알고 있어?)"

항상 궁금해 하던 내용에 날카로운 질문이 파고들었다.

위험을 무릅쓰고 얻는 진실.

무지를 통해 얻는 안전.

현재로선 저 둘 사이를 외줄타기 하는 중이었다.

어느 쪽이든 섣불리 다가갔다간 균형이 무너진다.

그걸 알고 있음에도, 호기심을 억누를 수는 없었다.

"Ma ei tea. Sa näed ei tea?(모른다. 그러는 너는 아는 모양이지?)"

"Selle olemasolu is 'm püüdnud hävitada maailma.(그 존재는 이 세상의 규칙을 어그러뜨리려고 하고 있어.)"

뚱딴지같은 소리에 얼굴이 구겨졌다.

세드에 오래 살며 이런저런 정보를 들은 지훈이었거늘, 아쵸프무자 같은 힘을 쓰는 존재는 단 한 번도 보지도 듣지도 못했다.

날아오는 전격을 정지시키고, 실제 팔과 차이가 전혀 없는 마법 의수를 들고 다니며, 차원까지 연결시키는 존재다.

그런 아쵸프무자가 도대체 뭐가 아쉬워서 지훈의 힘을 빌리는 번거로운 짓을 한단 말인가?

그것도 시간을 몇 번이나 돌려가며, 기나 긴 세월을 감수하며 말이다.

이해는 되지 않았다.

하지만 머릿속에는 뭔가 스쳐지나갔다.

상식을 벗어난 존재를 인간의 상식과 잣대로 판단하는 게 과연 옳은 시도인가?

아니다.

칼콘과 가벡만 해도 인간의 상식을 벗어난 존재다.

근데 아쵸프무자를 인간의 상식으로 판단한다?

성립 될 수 없는 얘기다.

생각이 위험한 진실 쪽으로 기울었다.

손만 뻗으면 당장 알아 볼 수 있는 상태.

하지만 섣불리 판단하지는 않았다.

아직은 안에 뭐가 들어있는지 가늠할 수 없었다.

"Miks see nii on?(이유는?)"

"Nüüd ma ei saa öelda. Aga ma arvan, et kui me teeme seda koos temaga ja suur sätestab ei anna mulle selle aja. (지금은 말해줄 수 없어. 하지만 네가 우리가 모시는 위대하신 그 분과 함께할 생각이 있다면 그 때 말해주도록 하지.)"

저 남자는 아직 지훈을 완벽하게 신뢰하지는 않는지, 가벼운 회유의 말을 꺼냈다.

"Kas teil on tõendeid, et sa räägid tõtt? (네가 말하는 게 진실이라는 증거는 있나?)

"Pime usk nähtamatu vaesed lambad, kes ppunyiji ainult oodata ja apokalüptiline doom. (믿음을 보지 못한

불쌍한 눈먼 양에게는 파멸과 종말만이 기다릴 뿐이야.)"

마치 얕잡아 보듯 내려다보는 말투였다.

'뭐하는 녀석인지 전혀 알 수가 없다.'

대충 심증만이 있을 뿐이었다.

지훈의 생각을 정리해 보면 다음과 같았다.

1 - 아쵸프무자의 이름을 언급한 것을 봤을 때, 녀석은 반지의 정체 외에도 일이 돌아가는 상황을 알고 있는 것처럼 보였다.

2 - '우리' 라는 단어가 사용됐다. 아쵸프무자처럼 개인으로 움직이는 녀석들은 아니고, 집단으로 움직이는 것 같았다.

3 - '위대하신 그 분' 이라는 단어를 사용했다. 이는 차원 여행자와 FS들이 아쵸프무자를 부를 때 썼던 단어와 일치한다.

4 - 무슨 이유에서든 저 녀석은 아쵸프무자가 세상의 규칙을 어그러뜨리려(종말?)하고 있다고 주장하고 있다.

'뭐든 생각해내야 한다.'

뇌를 터져버리기 직전까지 혹사시키길 몇 초.

문득 러시아 하수도에서 아쵸프무자가 차원 여행자에게 했던 말이 떠올랐다.

- 그 녀석의 짓인가?

- 감히 제가 그 분의 이름을 입어 얹어도 되겠습니까?

- ……님의 …이었습니다. 점프 잼을 원…

중요한 부분에서 기억이 흐릿했다.

'씨발!'

잘려나간 부분을 포기하고 다른 것을 유추하기 시작했다.

차원 여행자와 만났을 당시 그녀는 부상당한 상태였다.

그 얘기는 곧 '아쵸프무자보다 먼저' 점프 잼을 찾으려는 녀석이 있었다는 얘기.

'결국 그 녀석이라는 새끼가 저 놈들의 수장이란 말인가.'

일이 대충 어떻게 돌아가는 지 알 수 있었다.

'고래 싸움에 의도치 않게 껴버렸다.'

지훈에게 있어 아쵸프무자는 '반지 사용료'를 지불하는 대상, 곧 집주인과 월세민 그 이상 그 이하의 관계도 아니었다.

다른 집주인들 끼리 힘 싸움 하는 데 끼고 싶지 않았다.

"Saab olema meie juures?(우리와 함께 할 텐가?)"

"Ei ole huvitatud. Vaadake teine noormees. (관심 없다. 다른 놈 알아 봐.)"

절대 사양이었다.

지훈은 목줄 매인 개 마냥 살고 싶지 않았다.

까닭에 길드도 들어가지 않았고, 아이덴티티나 보사 사설 경비도 포기했다. 근데 고래 싸움 최전선으로 뛰어든다?

혀 깨물기 전까지는 절대 하고 싶지 않았다.

"프히히히힉! 히익, 크이이…."

남자가 기괴한 웃음소리를 흘렸다.

언제라도 싸움이 날 수 있음을 직감했다.

후드에 숨겨놨던 K5와 삼단봉을 꺼내 들었다.

"Võitle koos minuga. Mul on? (나랑 싸우자는 거야?)"

"Kui te vältida võitleb. (피할 수 없다면.)"

상대방의 힘이 어느 정도인지는 몰랐다. 하지만 저 녀석이 어느 '단체' 에 소속되어 있다면, 강력한 녀석이 이런 자리에 튀어나오진 않았을 터.

어느 정도 승산이 있어 보였다.

'게다가 지금 나한텐 AMP가 있다. 여차 싶으면 가속 이능으로 이탈하면 그만이다.'

대로까지 달려서 사람이 많은 곳으로 가면 녀석도 쫓아오지 못하리라. 정신 나간 놈 아니고서야, 사람들 다 보는 대로 한복판에서 싸움을 걸지는 않을 게 분명했다.

대치만 약 20초.

갑작스러운 반지의 경고와 함께 남자의 몸에서 기괴한 소리가 나기 시작했다.

- 강력한 변이계 이능 감지. 주의!

살갗이 찢어지는 소리부터, 온 몸의 뼈가 뒤틀리는 것 같은 끔찍한 소리도 잠시.

눈앞에 있던 남자가 높이가 3M는 될 법한 괴물로 변했다.

"이런… 미친?"

어이가 없어서 말도 안 나왔다.

변이계 이능은 보통 팔이나 다리 같은 국소 부위를 변이시키는 게 보통이었다. 그나마도 마취제 없이 수술하는 것 마냥 극심한 고통이 유발되는데, 온 몸을 변이시킨다?

등급 둘 째 치고 쇼크사 하지 않은 게 더 신기했다.

감탄도 잠시. 가만히 있다가 죽어줄 생각은 없었다.

탕! 탕!

고요한 새벽 원룸촌에 시끄러운 총성!

'제발, 제발… 효과 있어라!'

기도와 달리 9mm 탄환은 녀석의 살갗을 뚫지 못하고 튕겨져 나갔다.

저 녀석을 상대할 수 있는 전용 장비가 있으면 모를까, 비무장 상태에서는 절대 이길 수 없다는 뜻이었다.

'씨발!'

삼단봉을 집어 던져 버리곤, AMP을 집었다.

'이능 발동, 가속!'

우웅—

AMP가 작게 진동함과 동시에 온몸이 빠르게…

– 강력한 전이계 이능 감지! 주의하십시오!

움직이기도 전에, 눈앞에 괴물이 튀어나왔다.

전에 딱 한 번 봤던 기술.

아직 인간으로서는 단 한 번도 관측되지 않은 이능이자, 차원 여행자가 썼던 강력한 능력…

공간 도약이었다.

'이런 미친…!'

괴물이 손을 휘두른다.

엄청나게 빠른 속도!

재빨리 손을 올려 방…

퍽!

세상이 빙글 도는 착각과 함께, 건물 외벽에 부딪쳤다.

쾅!

등에 극심한 고통이 느껴지는 걸 봤을 때, 견갑골 내지는 내장이 작살이 난 것 같았다.

"꺼, 꺽!"

- 신체를 재생합니다. 신진대사가 가속됩니다.

머리는 도망쳐야 한다고 소리를 질렀으나, 이상하게 몸이 말을 듣질 않았다.

눈만 굴려 괴물이 다가오는 걸 쳐다봤다.

'씨발… 여기까진가.'

죽음을 직감했다.

탕, 탕, 탕, 탕!

오른손만 들어 괴물에게 K5를 사격했지만, 괴물은 막지도 않고 맨몸으로 맞으며 전진했다.

이내 주먹을 들어 내려치려는 찰나…

멈칫.

부들부들…

괴물이 사시나무 떨듯, 온몸일 떨기 시작했다.

'뭐…지?'

끊어져 가는 의식 사이로 괴물을 훑었다.

괴물의 눈동자가 지진이라도 만난 듯 떨리는 가운데, 조심스럽게 오른쪽으로 꺾였다.

눈동자를 따라 지훈도 고개를 돌렸다.

철컥.

여자 하나가 건물 문을 열며 나타났다.

피처럼 붉은 머리, 빨간색 체크무늬 셔츠, 스키니진. 그리고 화상으로 일그러진 왼쪽 얼굴.

아쵸프무자였다.

괴물은 아쵸프무자를 보자, 마치 호랑이를 앞에 둔 토끼처럼 벌벌 떨었다. 크기 차이만 약 1.5M가 넘게 났지만, 그 딴 건 아무래도 상관없다는 모습이었다.

"Ma lihtsalt üritan kirjeldada, mis juhtub nüüd… (다, 당신이 어째서 이 장소에….)"

아쵸프무자는 그 얘기를 다 듣지도 않았다.

"Ma viipas ja ütles, härrad mimul kõik teised sureb La. (내가 손짓하며 말하니, 미물들이여 모조리 타 죽으라.)

그 말이 끝나자마자 괴물이 엄청난 화염에 휩싸였다.

형용할 수 없을 정도로 끔찍한 비명도 잠시, 아쵸프무자는 약 3초 정도 지켜보다 불을 꺼버렸다.

"maha(꺼져)."

말이 끝남과 동시에, 괴물이 순식간에 사라져 버렸다. 아마 전이계 이능으로 도망간 듯싶었다.

아쵸프무자는 느린 걸음으로 걸어와, 지훈을 내려다봤다.

"죽었어?"

"거의… 끄으, 씨발…!"

재생이 시작됨과 동시에, 아득한 고통이 밀려왔다.

"그래서, 아직도 진실이 궁금해?"

아쵸프무자가 물었다.

진실.

사실 그딴 거 아무래도 상관없었다.

단지 지금 본인이 반지를 사용하는 대가로 도대체 무슨 일을 하고 있는지. 그 사실만 궁금했다.

그게 미친 마법사의 유희라면 적당한 선에서 어울려 주면 됐고, 세상에 균열을 가져올 재앙이라면 그만둘 생각이었다.

'어차피 B등급이면 충분하잖아?'

사실 더 이상 반지가 없어도 사는데 무리가 없었다.

반지를 뺀다고 해서 능력이 사라지는 것도 아니고, 예전처럼 빠른 성장이 필요한 것도 아니었다.

"때가 되면 알려줄게. 하지만 지금은 아냐."

아쵸프무자는 만난 후 처음으로 슬픈 표정을 지었다.

"좆같은 소리 집어치워. 앞으로도 이런 일이 반복될 거라면, 이딴 빌어먹을 반지 필요 없으니 가져가라."

반지를 빼서 아쵸프무자에게 내밀었으나, 받질 않았다.

"네가 지금 하는 일이 이 세상에 파멸을 가져올 건 아니라는 것만 알아둬. 나는 균형을 맞춰야 해. 일그러진 퍼즐 조각들, 뒤틀린 인과율, 뒤집어진 시간들을 다시 돌려놔야 해. 그 과정에서 네가 필요한 거고."

균형, 인과율, 시간.

그딴 거 좆이 되던 나발이 되던 알바 뭐란 말인가?

지훈은 소시민이었다. 그런 일에 관련되고 싶지 않았다.

돈을 벌고 싶었고, 성공하고 싶었고, 인정받고 싶었다.

그게 다였다.

"도대체 왜 나지? 나를 왜 선택한 거지?"

선택이라는 말에 아쵸프무자가 희미한 미소를 지었다.

"아니. 그 말을 틀렸어. 내가 널 선택한 게 아니라, 네가 날 선택한 거지. 필멸자 중에는 처음으로."

무슨 말인지 이해할 수 없었다.

알 수 없는 것들을 전부 되물었지만, 아쵸프무자는 대답하지 않고 서서히 녹아내릴 뿐이었다.

"언제나 말했듯, 시간이 부족해. 그 질문은 다음 만남까지 스스로 생각해 봐. 원한다면 반지는 버려도 좋아."

"그게 무슨 말이지! 이봐! 아쵸프무자… 이봐!"

미친 듯 불렀지만, 아쵸프무자는 이미 사라지고 난 후였다.

권능의 반지

110화. 상황 끝, 그리고 탈출

NEO MODERN FANTASY STORY

'빌어먹게도 시끄럽게 싸웠군.'

총 소리가 났음은 물론, 날아가는 과정에서 부딪친 건물은 차에 치인 것 마냥 푹 파여 있었다.

약 3분 정도 시간이 지나자 몸이 완벽하게 재생됐다.

그 와중에 세드에는 없을 친절한 행인이 다가왔다.

괜찮냐고, 구급차를 불러주느냐 물었다.

몸은 괜찮았지만, 119 신고는 당연히 안 괜찮았다.

"필요 없으니 하지마쇼."

"그래도 세게 부딪치신 것 같은데…"

대학생으로 보이는 남자는 걱정스럽게 묻는다.

원래 성격이었다면 도주 중 마주친 목격자였기에 제거했겠지만, 지금은 그러지 않았다.

이블포인트가 신경 쓰이기도 했거니와 굳이 착한 사람인데 죽을 필요까지 있겠냐는 생각이었다.

'어차피 CCTV 돌리면 내 신상 다 나올 게 분명하다. 목격자 하나 늘었다고 달라질 건 없겠지.'

친절한 행인을 뒤로하고, 자전거에 올라탔다.

그나마 전투 전에 내려서 박살나지 않은 게 다행일까?

"이보쇼, 지금 몇 시요?"

"새벽 3시 42분이요."

전투 및 대화 과정에서 약 10분 정도 흘렀다는 얘기였다.

까닥 인사하고는 바로 페달을 밟았다.

출발까지 남은 시간, 1시간 18분.

대로를 타지 못하고 빙빙 돌아가야 했음은 물론, 순찰차가 보일 때 마다 우회하거나 숨어야 했기에 생각보다 시간이 더 오래 걸렸다.

격벽으로 들어가는 건 문제가 없었다.

원칙대로라면 모든 행인의 신분증과 무기를 검사해야 했지만, 하루 유동인구가 십만을 그냥 넘는 장소였다.

상시 대기인력 4명으로는 애초에 검문 자체가 불가능한 얘기였기에, 딱히 수상해 보이는 사람이 아니면 그냥 넘겨주는 게 관례였다.

'평상시대로 가자.'

너무 빨리 지나쳤다가는 의심을 살 수 있었다.

일반인처럼 대강 속도를 내서 검문소를 지나가려는 찰나…

휘–익!

경비실에 있던 남자가 호루라기를 불었다.

"거기! 잠시만요."

속으로 욕지거리를 내뱉었지만, 겉으로는 아무렇지도 않은 척 자전거를 세웠다.

"왜 그러십니까?"

경비가 슬쩍 자세를 낮추며 지훈의 얼굴을 훑었다.

"후드 좀 내려주시겠습니까?"

"그러죠."

말은 순순히 듣는 척 하면서도, 오른손은 후드 앞주머니에 넣었다.

여차하면 바로 쏠 생각이었다.

경비는 지훈의 얼굴을 대충 슥 훑었다.

"예, 통과하세요. 근래 새벽에 연쇄살인마가 기웃거린다는 얘기가 들려서요. 격벽 근처에 CCTV 적은 곳에는 가지 마세요. 위험합니다."

진심으로 보이는 충고가 돌아왔다.

아마 지훈의 정체를 모르는 모양이었다.

감사하다고 인사하고는 다시 출발했다.

주소를 따라 이동하니 점점 더 격벽 구석으로 향했다.

얼마나 달렸을까?

중앙 대로에 새로 세워진 신축 빌딩대신, 몬스터 브레이크 아웃의 흔적이 그대로 남은 빌딩들이 서서히 나타나기 시작했다.

원래대로라면 전부 다 허물고 새로 지었어야 했지만, 자금 사정 및 기타 어른들의 사정으로 방치 된 결과였다.

CCTV와 가로등 그리고 사람 그림자가 전혀 보이지 않았기에, 마치 유령도시에 온 기분이 들었다.

'동구에 빌딩 세웠으면 딱 이런 느낌이겠군.'

금방이라도 건달이나 강도가 나타날 것 같은 분위기와는 달리, 아무런 일 없이 토끼 굴에 도착할 수 있었다.

'여긴가?'

자전거에 내려서 9층짜리 빌딩을 올려다봤다.

연식이 꽤 됐음은 물론, 박격포라도 한 대 맞았는지 3층 외벽은 아예 뻥 뚫려 있었다.

어째 인기척이 하나도 없어 제대로 온 걸까 싶기도 잠시.

어차피 휴대 전화도 없어 확인해 볼 수도 없었기에 바로 건물 안으로 들어갔다.

아니, 들어가려고 했다.

뭔가 기묘함이 느껴졌지지 않았다면 말이다.

'이건 또 뭐…'

후욱- 후욱- 후욱-

밖에서는 볼 수 없는 곳.

1층 로비. 입구 쪽 구석에 사람 숨소리가 들렸다.

위치로 보건데 들어가자마자 덮칠 생각으로 보였다.

'양쪽에 둘 씩인가.'

어쩔길 고민하다가 그냥 대화로 해결하기로 했다.

남의 본진이자, 사업장 와서 개판 만들어 놓을 생각은 없었기 때문이었다.

"김경숙한테 볼 일이 있다."

김경숙이란 이름이 나오자 대기하고 있던 범죄자들이 모습을 드러냈다.

"5시, 토끼?"

"그래. 나다."

"들어와."

범죄자들은 지훈을 빌딩 지하로 안내했다.

안내하는 도중 무슨 이유에서였는지, 뒤에서 멀찍이 따라오던 남자 둘이 욕지거리를 내뱉으며 불평을 했다.

빌딩 지하, 제일 깊숙한 곳.

정육점 혹은 싸구려 방석집에서나 볼 수 있을법한 홍등을 켜놓은 방. 그곳에 김경숙이 있었다.

"네가 김지훈이라는 애구나?"

다시 한 번 들어도 여전히 불쾌한 음색이었다.

"두 번 볼 거 아닌데, 통성명 집어 치우지."

"귀여운 애네. 겁도 없고. 근데 명줄은 짧아 보여."

경숙은 마치 먹잇감 보는 시선으로 지훈을 슥 훑었다.

지금 본인이 보고 있는 상대가 최상위 포식자에 가까운 맹수라는 것도 모른 체 말이다.

"닥치고 출발 준비나 하지. 늙은 창녀랑 얘기하니까 귀가 강간당하는 기분이군."

"석중만 아니었어도 바로 공업용 파쇄기에 갈아버릴 수 있었는데. 너 같이 야들야들한 애들은 발부터 서서히 갈릴 때 참 예쁜 음색을 내거든. 넌 어떤 소리를 내는지 듣고 싶었는데. 아쉽네, 아쉬워."

단지 대화 몇 번 했음에도, 둘 사이에 사람 몇 명 진즉 죽어 나갔을 것 같은 살기가 흘렀다.

본디 인간이란 존재는 사람과 살면 사람이 되고, 짐승과 살면 짐승이 되는 법이었다. 지훈은 그 사람의 탈을 쓴 짐승들을 잡아 죽이던 사냥꾼이었다.

과거 사냥꾼 시절의 모습을 살짝 내비쳤다.

언제라도 총알이 날아올 수 있는 침묵이 이어지자, 결국 경숙이 먼저 꼬리를 말았다.

"출발 전에 석중이 전화 한 통 하자던데, 무슨 일?"

석중이 전화를 요청한다?

수완으로 먹고 사는 사람이 저렇다는 건, 분명 뭔가 일이 틀어졌다는 얘기였다.

"나도 모른다. 일단 전화 연결부터 하지."

김경숙은 제 핸드폰으로 석중에게 전화를 건 뒤, 지훈에게 집어 던졌다.

휘익- 턱.

"어, 경숙이."

"그래서 무슨 일이오."

이상한 사람한테 인사를 건네는 걸 무시하고, 바로 본론을
물었다.

"네 무슨 일 쳤니?"

"나도 정확하게는 모르겠소. 신금속 연구 임상실험을 했는
데, 사실 은폐를 위해 제거하려는 것 같소. 근데 지금 이딴 사
정이 왜 필요한 거요?"

석중은 능구렁이 같은 웃음을 지었다.

"크히히히힉."

"나 지금 진지하니까, 농담할 거면 그만두쇼. 진짜 가서 혓
바닥 잘라버리는 수가 있으니까."

진심을 담은 말에도 석중은 웃음을 멈추지 않았다.

"신고가 없다. 경찰도, 가디언도. 그 어디에도 없디."

머리를 한 대 맞은 것 같은 기분이 들었다.

"그게 무슨 개 소리요?"

정부 요원까지 써서 막으려고 했던 녀석들이다.

거기다 대학에서 나올 때 왔던 경찰은 또 뭐란 말인가?

이 상황이 전혀 이해가 되질 않았다.

"말 그대로 없디. 쫓는 사람이 없다고."

"하?"

정부에서 비밀리에 처리하려고 하는 걸까?

'그럴 리 없다.'

제대로 된 인력은 전부 가디언이나 길드로 빠진 시점.

그 상황에 B등급 각성자에, AMP까지 가지고 있는 지훈을 정부 요원으로 비밀리에 제압한다?

차라리 가디언에 의뢰하는 게 효율이 훨씬 좋다.

의뢰자가 정부라면 서로 좋게 좋게 끝내려고 비밀유지도 해줄 터였다.

'근데 신고를 안 넣었다고? 이게 무슨…'

⟡

실상은 이랬다.

소위 AMP 실험을 담당하는 제일 높으신 분.

이름 모를 정치의원은 정철수가 혼자 일을 처리하는 걸 보고받자 애가 타기 시작했다.

그의 계획이 틀어졌기 때문이었다.

원래 계획은 일부러 안전 운운하며 임상실험을 금지시킨 다음, 차분히 조건을 좋게 제시하는 국가를 알아보려고 했다.

이후 기술을 전부 빼돌려 해당 국가로 망명할 생각이었다.

이에 교수는 안달이 났다. 신기술을 최대한 빨리 상용화함으로써, 돈방석에 앉고 싶었기 때문이었다.

결국 임상실험 건으로 날카로운 갑론을박이 몇 번.

정치의원은 생각했다.

'이 새끼가 뒤통수 때리고 먼저 기술 팔면 어떡하지?'

지금 현 상황으로는 가설 단계고, 입증된 사실이 거의 없기 때문에 기술 자체를 팔 수 없는 상황이었다.

하지만 임상 실험 결과가 나온다면?

증거를 바탕으로 가설은 사실로 변하고, 연구는 그 즉시 가치를 갖게 된다.

한마디로 당장 가져다 팔아도 된다는 애기였다.

정치의원은 겁이 나기 시작했다.

만약 정철수 교수가 먼저 기술을 팔아 버린다면?

만약 조교 중 하나가 연구를 탈취한 뒤 도망간다면?

절대 그렇게 내버려 둬선 안됐다.

그래서 명령했다.

─ 혹시 저 녀석이 임상시험을 하거든, 연구 탈취하고 망명 준비해.

경비들은 명령을 받자마자 바로 실행에 옮겼다.

어차피 정부 요원이라 할지라도, 돈에 움직이는 사람.

그깟 애국심보다 정치의원이 약속한 '억' 소리 나올 돈이 훨씬 더 중요했다.

그 탈취 과정에 지훈 역시 끼어있었다.

아무래도 기술 판매 당시 샘플이 많으면 많을수록 좋았기에, 조금이라도 더 AMP를 많이 확보해 놓을 생각이었다.

함구?

그딴 거 생각도 하지 않았다.

어차피 오늘 밤에 바로 기술 팔아넘기고 망명할 건데, 소문이 나든 말든 무슨 상관이란 말인가.

소문이 퍼질 때쯤이면 정치의원과 그 일행은 이미 거래를 끝마치고 조 단위 돈 위에 앉을 수 있었다.

까닭에 정치의원은 경비의 질문에 이렇게 답했다.

-와중에 실험을 받던 각성자가 하나 도망갔습니다. 그 녀석은 어떻게 할까요?

- 내버려 둬. 어차피 피라미다. 하지만 경찰이 연루되면 일이 복잡해지니까, 경찰은 내 쪽에서 알아서 무마하지.

- 예, 알겠습니다.

이후 정치의원은 본인의 힘을 이용해 경찰 신고를 무산, 지훈을 쫓는 사람은 아무도 없게 됐다.

결국 사실을 모른 지훈만 혼자 개고생 했다는 얘기였다.

⬦

다행일지, 불행일지 참 애매한 상황이었다.

"하, 그래서 이제 뭘 어떡하면 되겠소?"

"뭐 하긴, 그냥 포탈타고 건너오라."

어이가 없어졌기에, 전화를 끊고 담뱃불을 붙였다.

"없었던 일로 합시다. 나 가보겠소."

이제 토끼굴과는 볼 일 없었기에 등을 돌리려는 찰나, 김경숙이 말로 붙잡았다.

"가긴 어딜 가?"

"나한테 볼일 있소?"

"위약금. 절반."

1500만 원 달라는 얘기였다.

화딱지가 나서 그냥 뒤집어엎을까 싶었으나, 그만뒀다.

석중이 아는 사람이라고 하지 않았던가.

뒤집어엎었다가는 괜히 잔소리 들을 게 분명했다.

◈

결국 첫 포탈 타고 세드로 돌아가기로 했다.

'2시간 정도 남았나.'

시간이 너무 많이 남아 버렸다.

뭐 할까 고민하기도 잠시.

지구가 아니면 먹을 수 없는 편의점 음식으로 배를 채웠다.

'인스턴트도 의외로 먹을 만하네.'

햄버거를 씹으며 이것저것 생각에 잠겼다.

아쵸푸므자와 '그 녀석'.

상황으로 보건데 둘이 대립하는 것 같았다.

'녀석은 아쵸프무자가 세상을 뒤틀려고 하고 있다고 주장하고 있고, 아쵸프무자는 아니라고 말했다.'

골치 아픈 문제였다.

제한된 정보 속, 파편 같은 대화들만으로 진리를 추측하기란 불가능에 가까웠다.

골머리 썩기도 잠시. 이내 포기해 버렸다.

'어차피 돌아가면 시간이야 많다. 나중에 하자.'

포탈 시간이 거의 다 됐기에 터미널로 향했다.

자전거를 가까운 거치대에 뉘여 놓고 들어가를 찰나…

"우웨에에에엑!"

웬 거대한 인영이 토악질을 해대고 있었다. 그 옆으로 남자 한 명과, 버그베어 한 마리가 등을 두들기고 있…

'뭐?'

눈 찌푸리고 자세히 살펴봤다.

칼콘은 술을 얼마나 먹었는지 토를 했고,

민우는 그런 칼콘의 등을 박살낼 기세로 두드렸으며,

가벡은 도대체 어디서 샀는지 모를 애니메이션 케릭터 티셔츠를 입고 있었다. 칼콘의 화이트 스키니진 이후로 제일가는 비주얼 쇼크였다.

뚜벅, 뚜벅.

"에휴, 새끼들아. 뭐하냐?"

한심하다는 듯 부르자 셋의 고개가 휙 돌았다.

"어… 형님. 칼콘이 석류 소주 맛있다고… 20병 넘게 마셔 버려가지고…."

20병.

대충 350ML로 넣고 계산해도 7L다.

치사량 둘째 치고, 도대체 어디로 다 들어갔을 지 알 수 없는 양이었다.

"근데 전화기 꺼져있던데, 무슨 일 있으셨어요?"

한동안 머리 싸고 고민해야 할 초특급 문제가 연달아 2개나 빵빵 터져버렸다. 하지만 입으로는 괜찮다고 말했다.

"아니."

이후 나란히 지구 관광의 마지막 일출을 보며 담배 한 대 피운 뒤 세드로 돌아왔다.

⬦

그 시각.

파이로는 연락이 없는 핸드폰을 붙잡고 있었다.

"이 빌어먹을 새끼! 황인종은 이 놈이고, 저 놈이고 쓸모 있는 녀석이 단 하나도 없나!"

분노와 함께 불꽃이 일렁였지만, 어쩔 수 없었다.

이미 죽은 사람이 어떻게 전화를 한단 말인가?

정찰꾼이라는 녀석은 이미 괴물에 의해 사망한 상태였다.

⬦

[정산]

[지훈]

현금 2600만 원 지출. (왕복 포탈비, 토끼굴 위약금, 잡비)

AMP 주괴 획득.

- 장비 손상 : 시연이 사 준 티셔츠와 면바지, 그리고 아끼
는 가죽재킷.
- 부상 : 견갑골 골절, 내장파열, 뇌진탕. (재생 됨)
- 능력 : 저항 +1 (D등급 24)
- 기타 : 반지와 아쵸프무자, 그리고 '그 녀석'에 대한 정
보를 획득함.
- 기타 2 : AMP 주괴를 활용할 방법을 찾아봐야 함.

⊕

[아쵸프무자가 말한 '다음'까지 318시간 (약 13일)]
['그 녀석' 일행의 다음 등장까지 … ???시간]
[파이로 완치까지 34일]

권능의 반지

111화. 도망치는 건 성미에 안 맞아서 말이지 (금)

NEO MODERN FANTASY STORY

집.

침대에 누워 멍 하니 천장을 바라봤다.

별 탈 없이 일이 끝났다는 안도감보다, 엄청난 일에 휩쓸린 게 아닐까 싶은 걱정이 앞섰다.

— 아쵸프무자는 이 세상의 규칙을 무너뜨리려 하고 있어. 그녀를 버리고 우리와 함께 가자.

— 나는 균형을 맞추고 있어. 일그러진 퍼즐 조각들, 뒤틀린 인과율, 뒤집어진 시간들을 다시 돌려놔야 해. 그 과정에서 네가 필요한 것뿐이야.

— 원한다면 반지는 버려도 돼. 왜냐하면 내가 널 선택한 게 아니라, 네가 날 선택한 거거든. 필멸자 중에는 처음으로.

머리가 깨질 것 같았다.

정보도 부족하거니와, 뭐가 옳은지도 판단할 수 없다.

한치 앞도 보이지 않는 공간을 걷는 기분이 들었다.

'좆같네.'

결국 할 수 있는 거라곤 담배를 태우는 것 밖에 없었다.

'반지를 버릴까?'

보복만 없다면 제일 좋은 선택지였다.

아무리 지훈이 강력해졌다지만, 그건 어디까지나 개인을 기준으로 봤을 때 얘기였다.

집단을 상대로 혼자서 싸우기에는 턱 없이 부족했다.

실제로 한국 정부와 사이가 틀어졌다는 가정 하에, 저등급 각성자가 드문드문 섞인 군대와 싸운다고 가정한다면?

진다.

말할 것도 없었다. 계좌 동결은 당연하고, 공권력의 추적 때문에 손발이 죄다 잘려나간다.

어쩌다가 싸울법한 장비를 얻었다고 치자.

그래도 진다.

상대는 체계적인 군대였고, 집단이었다.

아무리 호구 내지는 집지키는 개 취급당하는 군대라지만, 그건 아군 입장에서 봤을 때나 할 수 있는 얘기다.

적으로 보면 그만큼 까다로운 상대가 없었다.

사람이 이정도인데, 괴물 녀석들이 집단을 이루고 있다?

더 말할 것도 없었다.

'빌어먹을 새끼들. 사람이 맞긴 한 건가?'

확신할 순 없었다.

사람이 변이계 이능을 사용해서 괴물로 변했을 수도 있었 겠지만, 그 반대도 무시할 수는 없었다.

'게다가 고대어는 물론 전이계 이능까지 썼다.'

현재까지 인간 그리고 종족 동맹이 맺어진 그 어느 종족 중 그 누구도 전이계 이능을 사용한 예가 없었다.

'차원 여행자인가? 아니면 아쵸프무자와 비슷한 존재?'

전부 추측일 뿐 정답은 하나도 없었다.

결국 다시 원점으로 돌아왔다.

'이길 수 있으면 반지를 품지만… 이길 수 없다면?'

버려야 할까?

처음 제안을 받았을 때도 느꼈지만, 이 반지는 너무나도 달 콤한 독사과였다.

어느 정도까지는 그 맛을 즐겨도 괜찮지만, 입에 넣으면 넣 을수록 점점 더 독에 중독되어 간다.

하지만 그 맛이 마치 천상과 같아 쉬이 버릴 수 없었다.

부들부들…

반지를 집어 던지려는 손이 부들부들 떨렸다.

당장 변기에 집어넣고 물만 내려도 버릴 수 있었다.

주인의 허락도 있으니 보복도 없을 거다.

근데 버리지 못했다.

'씨발…'

강제 각성, 각성 제어, 주변 이능 감지, 마법 식별 및 마법 저항, 상태 정보 제공, 몸 상태 진단, 생명 유지, 자동 보안, 기타 잡다한 정보에 대한 질의응답.

이 작은 반지에 저 기능들이 전부 다 들어가 있었다.

세상 어디에서도 저런 아티펙트는 찾을 수 없겠지.

욕심이 났다.

'이걸 버리고 안전해 지면 그걸로 끝인가?'

더 이상 성장하지 않아도 충분하긴 했다.

안전한 일만 찾아다녀도 충분히 먹고 살 수 있었고, 회사나 길드에 취직해도 안정적인 벌이가 보장됐다.

근데 그렇게 하자니 마음이 편치 않았다.

이유야 간단했다.

도망치는 거니까.

개척지에 넘어오고 한참동안이나 다른 사람 눈치 보며, 위험한 일 도망치며 하수구 쥐새끼마냥 썩은 고기를 뜯어먹고 살았다.

그 때야 약한 몸이었으니 그럴 수 있다고 쳐도 지금 지훈은 각성자였고 매우 강력한 힘을 지닌 존재였다.

근데도 도망친다고?

강한 힘을 얻었는데도?

자존심이 용납하지 못했다.

'그 때는 비무장이었다. 무기도 없었고, 동료도 없었다. 내가 지는 게 당연했어.'

만약 그 녀석을 잡는 데 특화된 무장을 한 채, 동료들과 함께 싸운다면?

이길 수 있다.

확신할 수는 없었지만, 왠지 그런 수 있을 것 같았다.

'아직 제대로 싸워보지 않은 상대다. 벌써부터 겁을 집어먹고 도망칠 필요는 없다.'

쥐새끼에게 있어 회피와 도주는 어쩔 수 없는 선택.

하지만 포식자에게 있어서는 필수가 아니었다.

'빌어먹을 새끼들, 모조리 잡아먹어 주마.'

이를 꽉 깨물고는 손에 쥐고 있던 반지를 손에 꼈다.

– 인식. 적합한 사용자. 반갑습니다, 김지훈님.

'이 반지는 내 꺼다. 최후의 상황이 아니라면 절대 포기하지 않을 거다.'

사실 저 위에 있던 것들을 다 제외하더라도, 포기할 수 없는 제일 중요한 이유가 하나 있었다.

이 반지를 기점으로 인생이 변했다.

무슨 말을 해도 저 사실은 변하지 않았다.

까닭에 지훈에게 있어 저 반지는 단순한 아티펙트, 그 이상의 의미를 지닐 수밖에 없었다.

◈

일단 반지를 더 가지고 있겠다고 생각한 시점에서, 몇 가지 준비해야 할 사안이 있었다.

바로 힘이다.

상대방이 누구고, 어떻게 싸우는지도 모르는 상황에서 준비하는 건 효율이 좋지 못했다.

그렇다고 언제 다시 만날지 모르는 상황에서 손가락이나 빨고 있을 수도 없는 노릇.

일단 지금 할 수 있는 것부터 바로 시작했다.

바로 장비 점검이었다.

현재 지훈이 가진 아티펙트 상황은 다음과 같았다.

1 - 습작 954번. (B등급, 마법 강화)

2 - 업을 짊어지는 자. (B+등급, 신원 미상의 영혼)

3 - 방탄모 (F등급)

4 - 마력감지 안경 (?등급, 사용하지 않음)

5 - 반 쯤 작살이 난 D등급 방탄 코트.

6 - 권능의 반지 (논외)

온 몸에 두르고 있어서 몰랐는데, 정작 하나하나 따져보니 영양가 있는 물건은 무기밖에 없었다.

유일한 B등급 방어구인 습작 954번 역시 방어력은 절륜했으나, 마법을 쓰지 않아 빛이 바래는 감이 있었다.

'방탄모는 아예 F등급인가.'

저항이 높아지기 시작하면서 부터였을까?

맨몸으로 맞아도 즉사할 위험이 적었기에, 빠른 이동 및 아크로바틱에 방해가 되는 방탄모는 잘 쓰지 않게 됐다.

사실 워낙 엄폐를 철저히 하거나, 단거리보다 중거리 전투를 선호, 혹은 빠른 속도로 이동했기 때문에 정밀 사격을 맞을 일이 없기도 했고 말이다.

'머리 방어구는 조금 더 생각을 해보자. 방탄성능 보다는 방검이나 충격 완화를 할 수 있는 물건이 필요하다.'

특히 뇌진탕이 문제였다.

몸이 강화되면서 다른 기관은 딱히 문제가 없었지만, 뇌까지 단단해 질 수는 없었다.

까닭에 커다란 충격을 받으면 한동안 움직일 수 없었다.

이를 상쇄할 수 있는 방어구가 필요했다.

'그 다음엔 부츠인가.'

현재 지훈은 일반 워커를 사용하고 있었다.

딱히 발에 총 맞을 일도 없거니와, 덫 혹은 위험한 지형을 밟았을 때 말고는 위험할 일이 없었기 때문이었다.

돈이 썩어 넘치는 놈 아니고서야 함정용 가시에 비싼 신금속 때려 박을 놈이 몇이나 되겠는가.

'마지막으로… 몸통이다.'

제일 머리 아픈 부분이었다.

여태까지는 주로 탄막(화살, 탄환, 총알)을 쏟아내는 적을 상대했었다. 그러니 OTN탄에 저항이 있는 D등급 방탄 코트로도 충분했지만…

흑인(파이로), 최상위 관리자, 정체불명의 남자 등.

공격 방식이 다른 상대를 만나자 얘기가 달라졌다.

파이로 같은 경우 발현계 이능을 바탕으로, 강력한 화염 공격 혹은 폭발을 이용해서 공격했다.

'그 새끼 공격은 액체형 화염처럼 들러붙어서 절대 떨어지지 않았었다. 방탄 성능이 아무리 좋아봐야 모조리 녹아버리면 전부 무용지물이야.'

최상위 관리자 역시 비슷했다.

일반형 탄환이 먹히지 않자 고열 레이저로 코트를 아예 절단해 버렸다.

'결국 방탄능력은 조금 포기하더라도, 화염 및 물리 내성 쪽으로 가야하나.'

그래야 했다.

정체불명의 남자는 변이계 이능을 바탕으로 괴물처럼 변한 뒤, 거대한 주먹을 휘둘렀다.

아마 이 녀석을 상대할 때에는 방탄복보다는 칼콘처럼 갑옷을 입는 게 낫겠지.

'대충 저렇게 사면되겠군.'

대충 뭘 사야할지는 모두 정해졌다.

그럼에도 남은 문제가 하나 있었으니…

'이건 어쩐다….'

바로 AMP이었다.

지금은 조그마한 주괴 형태로 갖고 있었지만, 맨 살에 가까이 닿으면 닿을수록 능력이 강화되는 물건이었다.

그 말은 곧 실험 때 썼던 장갑처럼 몸에 항상 닿는 장비로 다시 만들어야 한다는 얘기였다.

한참 전투해야 하는데, 손에 꽉 쥐거나 주머니에 넣어 놓고 싸울 수도 없는 노릇 아니던가?

'모르겠다. 이건 전혀 모르겠어.'

장갑은 이미 습작 954번이 있기 때문이 불가능했다.

결국 이 문제는 알 만한 사람과 상의해 보기로 했다.

'그럼 출발할까.'

"야, 나 나갔다 온다."

집에서 빈둥거리는 지현에게 말했다.

"엉~ 다녀와."

최근 채팅에 재미가 붙었는지, 어째 시간만 나면 컴퓨터 앞에 들러붙어 있는 것처럼 보였다.

"모니터 안으로 들어가겠다, 들어가겠어."

"걱정 마셔~"

✧

금속을 이용해 장비를 만들려면 어디로 가야 할까?

정답은 바로 '대장간' 혹은 '공장'이었다.

하지만 후자의 경우 양산형 제품밖에 만들지 못하기 때문에, AMP 같은 특이 성질 금속을 가지고 갈 수는 없었다.

그럼 자동적으로 전자를 찾아가야 하는데…

총이나 빵빵 쏴재끼고, 장비라면 죄다 상점에서 구한 지훈으로써는 알고 있는 곳이 있을 리 없었다.

결국 찾아갈 곳은 하나였다.

뚜벅, 뚜벅, 뚜벅.

퀴퀴한 썩은 곰팡이 냄새, 사람의 공포를 자극하는 은은한 화약 냄새 그리고 언제라도 터질 수 있다는 듯 위협하는 것 같은 C4.

석중의 가게였다.

끼이익 —

문일 열고 들어가자, 셔터가 닫힌 카운터가 보였다.

'뭐야?'

잠겨있지 않았으니 부재중은 아니라는 소리인데, 석중은 도대체 어디가고 없단 말인가?

약 5분 정도 기다렸음에도 소식이 없자, 앉아서 기다릴 요량으로 구석에 다가갔다.

오락실에서나 보일법한 등받이 없는 의자가 보였다.

'뭐야. 피?'

보통 의자는 사람 앉는데 쓰는 물건이거늘, 이상하게 의자 다리에 검게 말라붙은 피가 덕지덕지 붙어있었다.

도대체 의자로 뭔 짓을 한 걸까 싶은 생각도 잠시.

오크 부랄 말린 것 씹는 양반이 뭘들 못할까 싶어 추측하는 걸 그만둬 버렸다.

기다린 지 10분 째.

투척용 단검을 던졌다 받았다 하며 놀았다.

기다린 지 15분 째.

밖에서 캔 음료를 하나 사 온 뒤, 투척용 단검을 던지는 연습을 했다.

던지는 것엔 소질이 별로 없는지 잘 맞지 않았다.

드르르륵!

20분 째 되자 셔터가 열리며 석중이 모습을 드러냈다.

"얼라, 니 왜 여있니?"

"할배 뒈지기 전에 낯짝이나 한 번 더 보러 왔수다."

심심풀이로 던지던 투척용 단검을 원래 전시되어 있던 곳에 돌려놨다.

"물건 내버려 두고 자리 막 비워도 되는 거요? 누가 훔쳐 가면 어쩌려고?"

도둑이 든다는 말에 석중이 프시식 하고 풍선에서 바람 빠지는 것 같은 웃음소리를 냈다.

"내 가게에 밤벌그지? 여 아무나 잡고 물어보라, 어느 간땡이 터진 쓰애끼가 내 집에서 물건 갖고 가드나."

맞는 말이었다.

가져가봐야 3일 안에 죽는다.

게다가 카운터 밖에는 전부 일반 물품 및 싸구려 밖에 없으니, 가져가려면 가져가라는 심보인 것 같기도 했다.

"그래서, 뭐 하느라 이렇게 늦었소?"

"내 손주랑 통화 좀 했디."

손자?

182 권능의반지 5

악마도 씹어 먹을 것 같은 사람한테 손자라는 말이 나오니 퍽 이상한 기분이 들었다.

"하이고, 아들은 고사하고 손자도 있소?"

"너 이 새끼 날 도대체 어떻기 보는 거니?"

"뭐긴, 마누라는 고사하고 돈 된다면 아들새끼도 인육으로 팔아버릴 노인네로 보이지."

석중이 불쾌한 듯 잠시 얼굴을 굳혔으나 이내 웃었다.

평소 행실이 있으니 '저렇게 볼 법도 하디.' 싶었나보다.

"거 어린 쓰애끼가 공부 하라고 학비 대줬드마, 까트나 빨메 텔런트 한다고 으슬렁거리는 거 아니겠니? 거 한 번만 더 그러면 좆 대가리 잘라버린다 했디."

"하이고, 거 누구 핏줄 아니랄까봐 애 떡잎이 벌써부터 남다르네. 그러지 말고 아예 이쪽으로 데려오지 그러쇼?"

당연히 엿 먹으라는 심보로 던진 농담이었다.

내일 죽을 사람 아니면 뒷골목에는 그림자도 안 비추는 게 보통이었다.

"거 바지 까 보라. 네 좆 대가리 먼저 잘라다, 젓갈 담아 묵자. 거 참 때깔 좋게 맛있을 것 같지 않니?"

흔히들 노인들이 하는 '까불면 고추 따먹어 버린다' 는 농담을 참 살벌하게 하는 석중이 아닐 수 없었다.

뭐 항상 저랬기에 픽 웃어 넘겼다.

미친 양반 상대하며 저런 농담에 화냈다가는 예전에 화병으로 요단강 건넜다.

더 이상 실없는 농담은 그만두고 본론을 꺼냈다.

"됐고, 솜씨 좋은 대장장이 좀 찾고 싶소."

권능의 반지

112화. 새 장비를 구입하다

NEO MODERN FANTASY STORY

대장장이라는 말에 석중은 고개를 갸웃거렸다.

"야장공은 와? 니 뭐 수리할 물건 있나."

"알 거 없고. 있소, 없소?"

"콤퓨타 검색하라. 거 많을 텐데 왜 여 와서 묻나."

인터넷 검색.

대장장이 라고 검색을 하면 결과가 나오긴 할 테지만, 지훈은 그 정보들을 믿지 않았다.

정보의 홍수가 터지면서 알짜배기 정보는 거의 다 수면 밑으로 가라앉고 쓰레기 같은 광고들만 떠다녔기 때문이다.

결국 제대로 된 실력자를 찾으려면 직접 발로 뛰어다니는

수밖에 없었고, 이런 알음알음 아날로그 방면에서 제일 믿음
직한 사람이 바로…

눈앞에 있는 석중이었다.

"거 물으면 그냥 재깍재깍 답 좀 해주면 안 되겠소? 늙어서
그렇게 질척거리니 보기 안 좋네."

"쓰애끼, 말하는 꼬라지 보라."

"내 할배한테 직접 배운 말버릇인데, 불만 있소?"

석중은 끙 소리를 낼 뿐 대답하지 못했다.

단지 '호랑이를 키웠구나.' 하는 표정을 지을 뿐이었다.

"내 양지는 모르고, 음지쪽으로 최고를 찾는 거면 만 리는
가야한다."

만 리.

약 4000km.

직선으로 이으면 서울에서 태국까지 갈 거리였다.

"그게 누구요?"

"이름은 모르고, 그냥 장씨라고 불린다. 중국 개척지 뒷골
목 암시장에 있다."

중국 개척지.

동쪽으로 있는 힘껏 밟아, 러시아 개척지를 통과해 북쪽으
로 이틀 더 가면 갈 수 있는 곳이었다.

단순 북동쪽으로 가면 하루 반이면 갈 수 있었지만…

안타깝게도 칼날 정글이 막고 있어 어쩔 수 없었다.

"정보 고맙소. 여기 정보료 받으쇼."

대충 백만원은 되어 보일법한 돈을 카운터로 밀었지만, 무슨 일인지 석중은 받질 않았다.

"거 갈거니?"

"문제라도?"

석중이 씩 미소을 지었다.

"가는 김에 칼날 정글서 폐품 좀 주어오라."

칼날 정글이라면 칵톨레프 포함, 온갖 위험한 생명체가 사는 장소였다.

"아니 무슨 폐품인데 거기까지 가서 가져와?"

"어디보자… 니 홍귀 아니?"

뒷골목 별명 홍귀.

안면 홍조 때문에 얼굴이 붉고, 이름 역시 홍권승인지라 다들 짧게 홍귀라고 부르는 사람이었다.

딱히 범죄에 관련 된 일은 하지 않지만 가끔 뒷골목에 짐꾼 내지는 총꾼을 구하러 오는 헌터기에 알고 있었다.

'본인은 C등급 각성자고, 팀원은 대충 대여섯. D등급 각성자도 있었던가.'

"알다마다. 그 사람이 왜?"

"갸가 내 물건 대여해갔는데, 거서 죽어버렸디. 가져오라."

얼굴을 찌푸렸다.

저번에 석중과 트러블이 났던 중배와 달리, 홍귀는 제대로 된 헌팅 팀이자, 아티펙트 헌터였다.

"걔네 죽었다고? 생존자 하나도 없이?"

"있었으면 내 너 붙잡고 이런 얘기 하고 있겠니?"

"아니 도대체 뭐 하다 다 뒈졌는데?"

"내도 모른다. 반납 기일 지난거랑, 아티펙트들이 오체분시 된 것 마냥 주르륵 흩어졌기에 그러려니 하고 있다."

칵톨레므는 C등급 손톱을 가졌고, 은밀 행동에 능한 맹수였다. 하지만 그걸 제외하면 일반 짐승과 똑같았다.

'그냥 당했다고 보기엔 뭔가 찜찜하다.'

지훈이야 위험이고 나발이고 죄다 무시하고 때려 부수는 스타일이었지만, 보통 헌터들은 안전을 최우선으로 생각했다.

홍귀 역시 마찬가지였을 터.

규칙적으로 헌팅을 나가던 녀석이었던 만큼 위험한 목표는 정하지도 않고, 목숨이 위험할 상황에 직면하면 바로 도망쳤을 가능성이 높았다.

근데 죽었다.

단 한 명의 생존자도 없이.

"걔네 칵톨레므 사냥 처음이었소?"

"그렇디. 이제 페커리 단맛 쪽 떨어지니, 멀리 가서라도 한 탕 할 거라고 큰소리 쳤다 카드만."

저 말을 들으니 대충 이해가 갔다.

아마 너무 큰 욕심을 부렸다가 소화하지 못한 모양이다.

"미끼는 뭐 썼는데?"

석중은 말없이 탐욕스러운 웃음을 보였다.

상황 보니 대충 저번에 주식쟁이 갈아 넣었나 보다.

"그래서, 뭐 가져 오라고?"

주요 물건으로는 심박 감지기 외에도 C등급 아티펙트가 2개, D등급 아티펙트가 5개였다.

그 외 온갖 총, 폭탄류, 차량, 신금속으로 만든 포획 우리 등 여러 가지가 있었지만 그런 건 되찾아 오기 불가능했다.

"걔네 일행 전부 GPS 달고 다니니까, 여 감지기 갖고 가서 하나 씩 찾아오라."

"돈은?"

"오 천 준다."

"지랄 똥 싸는 소리 하네. 치매가 오다 못해 이제 벽에 똥 칠까지 하나보오? 겨우 그 돈 가지고 칼날정글 들어가라고?"

석중은 피식 웃어보였다.

"대신 칼톨레므 손톱 하나 500 쳐준다."

현 시세는 성체 손톱 하나 당 400만 원. 그걸 각성자 거래소에서 정산하면 33% 떼서 270만 원이다.

그 말은 곧 정가의 2배 가량 쳐준다는 얘기와 같았다.

'쏠쏠한데?'

마침 고등급 장비는 필요한데, 잔고는 고만고만하던 참.

돈이 많이 준다는 얘기가 나오니 상황이 달라졌다.

폐품 주워오는 길에 칼톨레므 한 마리만 잡아도 보수 포함 9,000만 원을 벌 수 있었다.

"GPS 감시지 내놓으쇼. 다 가져올 수는 없으니 참고하고."

결국 승낙하기로 했다.

석중은 만족스러운 얼굴로 GPS 감지기를 건넸다.

"그래, 그래. 알겠다. 수고하라. 가서 디지지 말고."

낄낄거리는 석중을 뒤로하고 가게 밖으로 나왔다.

⊕

다음으로 각성자 물품 거래소로 향했다.

가격은 석중에게 사는 게 더 쌌지만, 종류 및 다양성 면에서는 각성자 물품 거래소가 월등히 많기 때문이었다.

'흐음, 어디보자….'

집에서도 결정했듯, 지금 당장 필요한 물건은 몸에 걸칠 방어구와 신발 그리고 헬멧이었다.

무기는 필요 없었기에 방어구 전문점으로 향했다.

'3층인가.'

각성자 거래소는 총 7층으로 이뤄진 건물이었다.

1층에는 정산소를 포함, 푸드 코트, 안내실 같은 기본적인 기능 및 저등급 아티펙트를 취급하는 상점들이 모여 있었다.

지훈이 갔었던 곳은 딱 1층 까지였다.

2층부터는 아예 종류별로 나누어져 있었다.

무기면 무기, 방어구면 방어구. 악세사리면 악세사리,

이런 분류가 5층까지 이어졌고, 6층에는 아이덴티티의 마법 및 아티펙트 상점. 그리고 7층에는 VIP 라운지가 있었다.

무기는 필요 없었기에 2, 3층을 건너뛰고 4층으로 향했다.

– 띠잉. 문이 열립니다.

문이 열리자 1층과는 다른 모습이 펼쳐졌다.

1층은 정산소 외에도 저등급 헌터가 많이 돌아다니기 때문에, 시장 바닥 같은 분위기였다. 반면 가격 문제 고등급 헌터만 출입하는 고층은 퍽 한산해 보였다.

'전세라도 낸 느낌이군.'

층에 있는 손님을 다 합쳐봐야 약 10명 내외.

도리어 상점에서 대기하고 있는 직원의 숫자가 더 많았다.

뚜벅, 뚜벅, 뚜벅.

느긋하게 걸어 층을 한 바퀴 휙 돌았다.

TV 광고 혹은 소문으로만 들었던 유명 아티펙트 브랜드가 눈에 휙휙 돌아왔다.

– 콜드 스틸. 당신의 몸이 이 세상에서 제일 소중합니다.

콜드 스틸은 미국의 유명 방어구 업체였다.

모델로 어린 아이를 썼는데, 그 아이 아빠가 제 아들에게 칼을 휘두르는 광고가 굉장히 유명했다.

'무슨 광고를 저렇게 하나. 돈 주면 제 아들도 고기 방패로 팔아먹을 또라이 새끼.'

위 행동으로만 보면 굉장히 정신 나간 것 같은 광고가 아닐 수 없었지만, 결과적으로 아이는 상처 하나 없고 도리어 F등급 검이 박살나 버린다.

제 아이에게 검을 휘두를 정도로 단단하다는 뜻이었지만, 지훈은 저 광고가 불쾌하기만 했다.

하지만 저 자극적인 광고는 대박을 쳤고, 돈 좀 있다 하는 일반인은 콜드 스틸 아머를 잔뜩 구입했다.

- 프리 무브먼트. 가볍게, 하지만 단단하게.

과거 유명한 의류업체였으나, 현재는 마법가공 공정 혹은 몬스터 거미가 뿜어내는 실로 만든 천 방어구를 만들어 파는 회사가 됐다.

주로 미는 제품은 활동성 좋은 운동복으로, 안전에 민감한 일반인 혹은 거추장 거리는 방어구를 싫어하는 헌터들을 위한 활동복이 있었다.

대표적인 예로 파이로가 입었던 운동복이 있었다.

- 알케로스.

별 다른 광고 문구가 없는 게 특징인 회사였다.

마케팅 비용을 낮춘 대신, 그 비용을 전부 연구개발과 제품에 쏟는다는 의미였다.

'여기 들어가 볼까.'

한 바퀴 다 돌아도 마음에 드는 가게가 없었기에, 슬슬 구경이나 해 볼 생각으로 들어갔다.

"어서오세요. 조용하게, 과묵하게. 오로지 고객님의 안전만을 신경 쓰는….”

“그냥 구경하러 온 거니까, 부담스러운 인사 그만두쇼.”

외워 둔 인사를 읊는 점원의 말을 끊고는, 방어구를 둘러봤다. 대분류로 등급, 소분류로 재질을 나눠놓은 듯 했다.

'가격부터 볼까.'

F등급부터 D등급 까지는 아예 있지도 않았다.

C등급부터 있었는데, 가격이 최소 1억이었다. 무기와 비교했을 때 굉장히 비싼 가격이었다.

그럴 수밖에 없었다.

브랜드 가치를 제쳐 두고도, 방어구는 무기에 비해 들어가는 재료와 노력의 수준이 차원을 달랐다.

까닭에 방어구는 동급 무기 대비 2배~4배 정도 비싼 게 보통이었다.

'B등급은 최소 5억부터 시작인가.'

돈 좀 벌었다고 생각했거늘, 아직 B등급 방어구는 살 수도 없을 정도였다. 결국 어쩔 수 없이 C등급 아티펙트를 하나 구입했다.

바로 사슬 갑옷이었다.

아무래도 빠른 움직임을 이용해 싸우다보니, 칼콘같은 무거운 판금 갑옷은 입을 수 없었다.

까닭에 방어력과 이동력 둘을 비교한 결과, 그 중간에 있는 사슬 갑옷이 결정 된 거였다.

“OTN(F등급)탄은 대구경 까지 막을 수 있고, VGC(벤전스,

D등급)은 대구경 빼고 전부 막을 수 있습니다. 아마 뚫릴만한 소재로는… MN(메가나이트, B등급)나 CRN(크릴나이트, A등급) 정도가 있을 겁니다."

보통 헌터 및 군인들이 헌팅 및 대인전이 사용하는 탄환은 OTN이었다. OTN탄만 쏴도 거의 모든 상황에 대처할 수 있거니와, 그 이상으로는 가격이 너무 비싸기 때문이었다.

가격은 다음과 같았다.

5.56mm 기준. 가격은 환율에 따라 변동

D등급을 관통하는 VGC탄은 발당 20만 원.

B등급을 관통하는 MN탄은 발당 200만 원.

A등급을 관통하는 CRN탄은 발당 2000만 원이 넘는다.

게다가 B등급부터는 요인 및 상대 국가(길드)의 고등급 각성자 암살을 우려해 잘 유통되지도 않는 실정이었다.

암시장에 나돌긴 했지만, 가격이 기본 2배부터 5배까지 비쌌다. 곧 총알 하나에 1억이 넘을 수도 있다는 얘기였다.

'CRN탄으로 쐈으면 최상위 관리자가 뚫렸을까?'

B등급 아티펙트로 있는 힘껏 때려도 기스도 나지 않았던 녀석이다. 장담할 수 없었다.

이렇듯 가격대비 효율이 좋지 않으니, 보통 좀 날고 긴다 하는 녀석들이 VGC탄, 고등급 저격수 및 암살자들이 아주 낮은 확률로 MN탄을 들고 다녔다.

'한 마디로 엄청난 놈 만나지만 않으면 방탄 쪽은 걱정할 필요가 없다는 얘기군.'

"방화력은 어떻소?"

"저 갑옷에 쓰인 소재는 BOSA에서 개발한 B시리즈 329 번입니다. 아마 4000도씨 까지는 버틸 겁니다."

4000도. 그 정도면 충분했다. 지속적인 화염 공격을 받는 게 아니면 모를까, 4000도면 믿음직했다.

일단 제품 성능으로만 봐서는 만족이었다.

부츠는 딱히 만족스러운 게 없었다.

아이덴티티 매장 쪽으로 이동했다.

'몇몇 물건은 마법을 발동할 수 있다고 들었었다.'

물론 체내에 마력을 가진 사람 한정에, 가격 대비 효율이 좋지 않아 인기는 없는 물건이긴 했지만, 일단 있기는 있었다.

"마법 발동할 수 있는 물건 찾는데. 신발으로."

직원은 감지기로 지훈을 훑었다. 어느 정도 수준까지 발동할 수 있는지 알아보기 위한 행동이리라.

— 삑

마력 : E 등급 (16)

"수준 급 마력이네요. 이쪽으로 오시죠."

아이덴티티 매장 직원은 지훈을 안내했다.

보통 매장과 달리 신발 몇 종류와, 사용할 수 있는 마법 그리고 등급만 딱 적혀있는 심플한 매대가 보였다.

원하는 신발을 선택하면, 마법을 직접 입력해서 주는 시스템 같았다.

일단 마법 쪽을 살펴봤다.

– 미끄럼 방지.

– 접착.

– 타격용 순간 강화.

– 낙하 방지.

– 고공 점프.

아무래도 신발인 만큼, 공격마법이 아닌 상황별 대처를 할 수 있는 마법이 가득했다.

'그나마 쓸 만 한 건 고공 점프인가.'

접착과 낙하 방지도 매력적이었지만, 사용할 수 있는 순간이 한정적이었다. 반면 고공 점프는 얘기가 달랐다.

총기를 주로 사용하는 지훈의 경우, 유리한 고지를 점령한다는 건 곧 수월한 전투 승리를 의미했다.

야전에서도 높이 점프한 뒤 사격을 할 수 있었고, 시가전의 경우 이동 시간을 극적으로 줄일 수 있었다.

'게다가 이용 여부에 따라서 내가 돌진하거나, 상대방의 돌진 도 막을 수 있다.'

더 고민할 것도 없이 바로 고공 점프로 결정했다.

마음 같아서는 낙하 방지까지 넣고 싶었지만, 안타깝게도 물품 당 마법은 1개가 최대였다.

우웅–

직원이 마법을 영창하자, 워커가 작게 반짝였다.

"E등급, 고공 점프 워커입니다. 1억 5천만 원입니다."

과연 마법 물품.

E등급 주제에 가격이 C등급 방어구 보다 비쌌다.

가격을 들으니 속이 아려왔지만, 안전을 위해서는 꼭 필요한 물건이었기에 바로 지불했다.

'이제 남은 돈은 대충 1억 가량인가.'

분명 엄청나게 많은 돈임에도, 이상하게 부족해 보였다.

'나도 어지간히 씀씀이가 커졌구만. 쯧.'

113화. 덩치 큰 상대에 대한 대비

NEO MODERN FANTASY STORY

중국 개척지로 떠나기 전 점검할 게 몇 개 있었다.

바로 '그 녀석'의 하수인이자 정체불명의 변이, 전이계 능력자에 대한 준비였다.

아쵸프무자가 직접 나서서 바싹 구웠으니 한동안은 나타나지 않겠지만, 그렇다고 손발 뻗고 있을 수는 없었다.

'저번처럼 손쉽게 당해줄 생각은 없다.'

덩치가 아닌 다른 녀석이 온다고 해도 상관없었다.

어차피 각성 시작하고 나서부터 계속 앓아 왔으나, 저번 덩치와의 싸움으로 크게 불거진 문제가 하나 있었다.

바로 넉백(밀려남)이었다.

아무리 근밀도가 높아졌다고 한들 지훈의 종족은 '인간'이었고, 그 크기는 겨우 170 후반밖에 되질 않았다.

아무리 근밀도가 높아 보통 체형인데도 무게가 90kg 정도 나갔지만, 그래도 0.1T도 되지 않았다.

반면 그 괴물은 어땠던가?

키가 3M에 몸무게는 200대 후반은 거뜬해 보였다.

같은 힘으로 부딪친다고 해도, 무게 차이 때문에 지훈 쪽이 손쉽게 날아갔다.

이는 칼콘과의 연습에서도 여실히 드러났다.

그건 바로 검을 들고 있는 힘껏 내리면, 그 반작용으로 몸이 떠오른다는 사실이었다.

'제대로 때리고, 제대로 맞는 법을 배워야 한다.'

아무리 날고 기어봐야, 공중에 뜨거나 저 멀리 날아가 버리면 답이 없었다.

지훈은 그 답을 '거대 종족'에게서 찾기로 했다.

시체 구덩이.

보통 인간들만 찾는 술집에 어울리지 않는 손님이 하나 앉아 있었다. 의자가 아닌 바닥에 앉아 있는데도 사람과 비슷할 정도로 거대한 종족.

바로 오우거였다.

웅성웅성.

주변 사람들이 오우거를 보고 웅성거렸다.

아무래도 소말리아 건도 있거니와, 인간과 사이가 퍽 좋지 못한 종족이기 때문이었다. 하지만 그 누구도 시비를 거는 사람은 없었다.

마음에 들지 않는다고 해서, 싸워서 이길 자신이 있는 것도 아니기 때문이었다.

호전성으로 둘째 가면 서러운 종족, 오우거에게 시비를 건다?

일반인이면 파리 마냥 손바닥에 찍 눌려 죽고, 각성자는 가디언 및 다른 이유 때문에 그냥 내버려 뒀다.

굳이 도시 안에서 사고 쳐 봐야 좋을 것도 없고, 사서 고생해 봐야 좋을 것 없다는 걸 알기 때문이었다.

지훈은 그런 오우거를 곁눈질로 훑으며 주인에게 다가갔다.

"저거냐?"

"응, 지훈. 데려오느라 힘들었다구. 관광차 왔다는 걸 술 준다고 붙들어 놓은 참이야."

"고맙군."

지훈이 까닥 인사하자 주인이 계산서를 하나 내밀었다. 약 400만 원 하는 메뉴들이 빼곡히 적혀있었다.

아마 오우거 술 + 안주 값인 듯 싶었다.

'도대체 얼마나 먹은 거야.'

살펴보니 맥주는 컵 대신 3000CC 피처를 들고 오크통에서 직접 퍼마시고 있었고, 음식은 아예 그릇째로 들고 입안에 털어 넣었다.

돼지 갈비를 뼈째로 씹어 먹는 모습을 보고 있자니, 꼭 비료용 음식 파쇄기를 보는 것 같았다.

"이걸로 긁어. 소개비도 포함해서."

"에이, 됐어. 우리 사이에 무슨 소개비야."

주인은 사람 좋아 보이는 얼굴을 짓고는 카드를 긁었다.

지훈은 오우거가 있는 테이블의 건너편에 앉았다.

오우거는 지훈을 흘긋 쳐다보고는 마저 음식을 먹었다.

이런 일에 익숙한 건지, 아니면 소형 종족 따위는 뭘 해도 위협이 되지 않는다는 건지 알 수 없는 없었다.

아마 양자 둘 다 같았다.

지훈은 조용히 오우거가 음식을 다 먹기를 기다렸다.

'키는 대충 3.5M, 무게는 대충 300은 나가겠군.'

단순 외적인 요인으로는 오우거가 저번에 싸웠던 괴물보다 더 강해 보였다.

각성 및 변이 보너스를 더하면 당연히 괴물이 압도적으로 강할 테지만, 그럼에도 연습용으로는 딱 좋아 보였다.

'딱 좋은 녀석으로 골라왔군.'

미소를 짓고 있으니, 그에 맞춰 음식이 뚝 떨어졌다.

"여기! 더!"

가슴을 두드리며 추가 주문을 시키는 오우거. 그러자 주인이 다가와 슬쩍 언질을 해줬다.

"사실 저기 저 녀석이 네 음식을 전부 시켜 준거야. 더 먹고 싶으면 얘기를 해 보는 게 어때?"

오우거의 붉은 눈동자가 지훈을 내려다봤다.

매우 흥미롭다는 표정이었다.

"더 줘."

목표가 미끼를 물었다.

"더 먹고 싶나? 그럼 일을 해라."

⊕

시체구덩이 뒷마당.

지훈과 오우거가 대치하고 있었고, 주인은 멀찍이서 그 모습을 지켜봤다.

"진짜? 너? 괜찮아?"

오우거가 고개를 갸웃거리며 물었다.

"신고나 그런 거 전혀 안 할 테니까 걱정 마라."

"얘? 죽여도? 음식 줘?"

오우거가 주인을 쳐다봤고, 주인은 다시 지훈을 쳐다봤다.

– 어떡해?

어깨를 으쓱여 몸짓으로 묻는 주인.

"내가 죽거나 다쳐도, 내 카드로 얘 맘껏 먹여."

오우거는 어디 모자라 보이게 헤죽 웃었다.

그 모습이 마치 어린 아이처럼 보였으나, 한편으로는 섬뜩해 보이기도 했다. 본디 순수한 존재는, 죽음과 폭력에 있어서도 순수하기 마련이다.

"간다? 진짜 간다?"

오우거가 주먹을 꽉 쥐었다.

고개만 까닥여 허락했다.

'체인 셔츠에 고공 점프 부츠까지 낀 상태다. 제대로 막거나, 피하는 연습을 해야 한다.'

일단 막는 연습부터 하기로 했다.

부웅!

오우거가 마치 파리 잡듯 손바닥을 찍어 내렸다.

느리지만 묵직하다!

일반인이면 두더지 사라지듯 머리가 쑥 내려앉을 일격이었지만, 지훈은 각성자였다.

바로 두 다리를 벌리고 양 팔뚝을 위로 올려 막았다.

쫘악!

거기 터지는 소리가 아닌, 살과 살이 맞닿는 소리가 났다.

그 얘기는 곧 성공적으로 막았다는 얘기였다.

'비각성자인가. 생각보다 공격이 가볍다.'

생각보다 가볍다는 얘기지, 약하다는 말은 절대 아니었다.
그 증거로 지훈이 서있던 흙바닥이 3cm는 눌려있었다.

"계속? 해?"

"아아. 그래, 있는 힘껏 덤벼라."

오우거는 헤실헤실 웃으며 발을 휘둘렀다.

소위 말하는 싸커킥이나 로우킥과 달랐다.

말 그대로 아이가 공을 차는 것 같은 모습이었다.

부웅-

오우거의 굵은 다리가 아래로부터 날아왔다.

일격 자체는 맞아도 별 피해는 없을 정도로 약했으나, 문제는 바로 밀려나거나 넘어진다는 거였다.

'얼마나 밀려나는 지 막아볼까.'

서있는 상태에서 막거나 맞았다간 그대로 붕 뜰 터!

자세를 낮추고 피격지점에 가드를 올렸다.

뻐억!

부웅-

분명 일부러 자세를 낮췄음에도, 무지막지한 무게를 이기지 못하고 붕 떠올랐다가 떨어졌다.

체공시간은 약 2초.

겨우 2초라지만 강한 상대로는 치명적인 틈이었다.

'올려치는 일격은 무조건 피해야 하는 건가.'

아무리 강해져도 물리 법칙을 무시할 수는 없었다.

공격은 상쇄시킬 수 있었지만, 압도적인 무게와 힘으로 밀어내는 건 저항할 수 없었다.

벽을 등지고 싸우면 밀려나는 걸 방지할 수는 있겠지만, 그건 잘 뛰어 보겠다고 잘 달려있는 날개 잘라내는 꼴이었다.

'결국 무조건 피해야 한다는 말이다.'

머리가 아파졌다.

AMP 강화 기준 가속 최대 지속 시간은 약 5분.

그 안에 올려치는 일격을 모두 피하며 상대를 제압?

힘든 얘기였다.

'끙…'

고민하고 있는 사이 오우거가 달려들었다.

진심으로 덤비는 것 같았다.

돌진을 담은 라이트 훅!

피격 지점이 높다.

고개만 숙여도 가볍게 피할 수 있겠지.

근데 그러지 않았다.

'발동, 날개 깃털.'

시동어를 읊자 워커 깔창이 작게 진동했다. 이후 가볍게 뜀박질을 치자…

부웅!

스프링마냥 하늘로 솟았다.

주먹을 휘두르고 있는 오우거의 뒤통수와 등이 훤히 드러났다.

'이 상태로 사격을 하면 되겠군.'

연습인지라 총도, 총알도 없다.

하지만 만약 실전이었다면, 지금 오우거의 뒤통수와 등짝은 벌집이 되어 있을 터였다.

탁!

나비처럼 내려앉자 오우거가 홱 돌아섰다.

"어? 어? 왜 거기? 있어?"

머리를 긁적거리는 모습이 무슨 일이 일어났는지도 모른

것 같았다. 설명해 줄 것 없이 손가락을 까닥였다.

"덤벼."

이후에도 같은 동작을 반복하며 피하는 연습을 했다.

내려찍는 일격은 피해를 감수하고 막고,

옆으로 후려치는 일격은 상황에 따라 다르며,

앞으로 밀거나, 위로 띄우는 일격은 무조건 피했다.

약 20번 정도 반복하니 대충 감이 잡혔다.

'이런 식으로 하는 건가.'

지훈이 싸운 상대는 여태껏 중형종(인간, 오크 및 기타 이족보행 휴머노이드 대부분. 고블린은 소형종.)이 대부분.

저번 싸움은 여태껏 대형 휴머노이드를 상대해 본 적이 없었기에 실수가 너무 많았었다.

'애초에 정면으로 힘 싸움을 해서는 이길 수 없다.'

원숭이와 물고기가 수영 시합을 하는 꼴이었다.

"끄으으어! 너 치사해! 왜 그렇게 도망가?"

오우거는 공격이 모두 빗나가자, 화가 난 것처럼 보였다.

퍽! 퍽!

제 분을 이기지 못하고 가슴을 때리기도 잠시.

순박해보이던 오우거의 얼굴이 급속도로 일그러지기 시작하더니, 일순간 분위기가 바뀌었다.

여태까지 훈련을 명목으로 벌레잡이를 했다면, 이제부터는 진짜 적으로 인식하고 싸운다는 듯 싶었다.

포식에 익숙한 대형종 특유의 알싸한 살기가 풍겼다.

"죽일 거야! 죽여 버릴 거야!"

주인은 그 모습을 보고 모신나강을 만지작거렸다.

제 1차 세계대전(1914년)에 만들어진 총으로 굉장히 오래 됐지만, 여전히 사람 죽이기에는 충분한 총이었다.

"있잖아, 지훈. 저거 날뛰면 죽을지도 몰라."

죽여줄까? 라는 물음이었다.

현재 모신나강에 장전되어 있는 탄환은 MN(메가 나이트) 탄환이었다. B등급 아티펙트까지 꿰뚫는 물건.

지훈에게 쏘면 C등급 갑옷, D등급 살갗에 막혀 효과가 적 겠지만, 오우거의 가죽 따위 손쉽게 관통했다.

"한 방이면 되는데."

낮은 목소리에서 얼핏 스토커로써의 면모가 드러났다.

하지만 지훈은 오우거에 시선을 고정하고 있던 터라, 전혀 알아채지 못하고 부정의 뜻만 내비쳤다.

"신경 쓰지 마. 내가 알아서 한다."

눈을 부릅뜨고 오우거를 쳐다봤다.

화가 났으니 다음 일격은 분명 최선을 다할 터.

'이번엔 피하지 않고 받아낸다.'

상대 오우거는 비각성자였다.

근력만 비교하면 엇비슷한 수준이리라.

"와라, 이 새끼야!"

그 말을 신호로 오우거가 돌진했다.

쿵, 쿵, 쿵, 쿵.

약300kg짜리 거구의 돌진.

보고 있으니 마치 지진이라도 난 것 처럼 시야가 흔들리는 것 같은 착각이 들었다.

'받아 낼 수 있을까?'

막아도 1M는 주욱 밀려나는 무식한 일격이었다.

잘못 받아냈다가는 온몸의 뼈가 그대로 작살난다.

불확신 속 가벼운 불안이 싹튼다.

그리고 그 싹을 짓밟았다.

'내가 저딴 놈한테 질까보냐!'

타타탓!

돌진!

오우거가 지훈을 보고 주먹을 휘둘렀다.

땅으로 박아버릴 듯 육중한 사선 일격!

그 주먹을 보고도 피하지 않았다.

지훈은 도리어 상쇄시키듯 주먹을 내질렀다.

후욱!

후욱!

주먹과 주먹이 서로를 박살내 버릴 듯 내질러지고…

이내…

콰앙!

사람 머리통만한 주먹과,

그에 비해 계란 같은 지훈의 주먹이 부딪쳤다!

찌릿!

피격점인 주먹을 시작으로, 손목, 하완, 상완, 어깨, 등, 허리, 엉덩이, 허벅지, 종아리 그리고 발바닥까지 충격이 빠른 속도로 질주했다.

이후 온 몸의 뼈가 삐끗한 것 같은 고통이 몰아쳤다.

"크으으윽!"

지훈이 온몸을 비틀며 쥐난 사람처럼 신음을 내뱉었다.

반면 오우거는 어떻게 됐을까?

"끄어어어엉! 아파! 아파!"

주먹이 작살이 난 듯, 손목을 부여잡고 비명을 질렀다.

지훈은 그 모습을 보고 씩 미소를 지었다.

승리에 기뻐서?

아니었다.

사실 승부는 정해져 있었거니와, 따 놓은 당상이었다.

'밀려나지 않았다.'

저 사실 하나에 속으로 쾌재를 불렀다.

몸무게가 약해서 적의 일격에 밀려난다면?

그 해답은 간단했다.

'힘으로 상쇄하면 된다!'

권능의 반지

114화. 헌팅은 좋지만, 이동은 지루하다

NEO MODERN FANTASY STORY

준비는 충분했다.

이제 AMP 및 폐품을 처리할 차례였다.

지현 및 시현에게 중국 개척지를 다녀온다고 말하고는, 동료들을 모았다.

"… 이런 이유로 중국 개척지 좀 다녀와야 할 것 같다."

아무래도 왕복만 거의 일주일이 걸리는 거리다 보니 다들 생각이 깊은 모양이었다.

"지훈, 폐품일 보수는 얼마야?"

"오 천."

칼콘은 작게 '음….' 소리를 내다 물었다.

"그냥 그 아티펙트 찾아다 암시장에 팔면 안 돼?"

C등급 아티펙트 하나가 기본 5000이었다.

굳이 돌려주지 않고 팔아버린다?

당연히 할 법한 생각이었다.

저 아티펙트의 주인이 석중이라는 것만 빼면 말이다.

"GPS 달려있어. 뻥땅 쳐봐야 다 알 거다. 그리고 석중 할
배를 적으로 돌려봐야 좋을 것 없을 텐데?"

과거 사이가 좋기도 좋았거니와, 이쪽이 B등급 각성자다
보니 직접적인 암살을 보내오진 않을 터였다.

단지 뒷골목 거래 및 이용이 전혀 불가능해 진다는 점, 가
족이 위험해 진다는 점 등 신경 써야 하는 점 등.

푼돈을 위해 얄팍한 너구리를 적으로 돌리는 격이었다.

"아마 보수 오천에, 칼톨레므 손톱을 팔면 그럭저럭 돈은
나올 거예요. 게다가 칼날 정글에는 희귀한 약초랑 연구용 식
물도 있어서 부가 수입도 짭짤하고요."

민우는 찬성이라는 듯 고개를 끄덕였다.

"그래서, 그 놈 센가?"

가벽이 물었다.

"네가 1:1로 붙으면 진다."

당연한 얘기였다.

칼톨레므의 양 손에 C등급 아티펙트가 4개씩 달려있는데,
그걸 상쇄 가능한 가벽의 무기는 몽둥이 하나였다.

게다가 칼톨레므는 은밀 행동과 기습에 완벽하게 특화

된 상위 포식자였다. 아마 1:1 상황이라면 마주쳤다면 시간을 질질 끌며 치명적인 틈이 나올 때 까지 장기전으로 갈 것이다.

12시간, 24시간 단위로 시달리다 보면 피곤해 질 테고…

잠깐 멍 한 사이 칵톨레므의 손톱이 꽂힌다.

"거짓말 치는 군. 그깟 짐승이 나보다 강하다고?"

본 적도, 들은 적도 없는 가벡은 믿을 수 없었다.

"그래, 새끼야. 상대도 안 돼. 나도 똑같아."

"재밌겠군! 나도 간다!"

이번 임무 역시 셋 다 참가하기로 했다.

❖

- 잘 다녀와!

새로 산 핸드폰으로 시연과 문자를 주고받으며, 동구 터미널을 통과했다. 통행증을 뽑고 있자니 톨게이트 직원이 말했다.

"러시아 북쪽 고속도로를 조심하세요. 요즘 관리 부실이라 몬스터가 나온다는 얘기가 있어요."

일단 중요한 정보였기에 고맙다고 인사했다.

벤츠의 엑셀을 밟았다.

부릉―

러시아 개척지까지 서쪽으로 하루.

이후 중국 개척지까지 북쪽으로 다시 이틀.

기나 긴 지루함의 시작이었다.

◈

2시간 째.

장시간 동안 차량을 타본 적 없는 가벡은 얼마 가지도 못해 토할 것 같다는 신호를 보내왔다.

마침 슬슬 화장실이 가고 싶었기에 정차했다.

이번 휴게소는 리벳.

공업촌으로 그가쉬 클랜을 갈 때 한 번 들렀던 곳이었다.

"우웨에에에엑!"

가벡은 차에서 내리자마자 바로 길바닥에 토악질을 했다.

칼콘이 그런 가벡을 비웃었다.

"푸히히! 전사라며, 전사라며! 차도 못 탄데요!"

아무래도 칼콘은 카즈가쉬 클랜의 군인이었던 만큼, 장갑차나 트럭에는 자주 타 본 모양이었다.

"나를 모욕하지 마라, 칼콘!"

"얼레리 꼴레리, 계집애래요! 차도 못 탄데요!"

결국 가벡이 몽둥이를 들고 달려들었지만…

깡!

칼콘이 왼손으로 막아버렸다.

"미친놈들아 장비 상한다. 그만하고 와서 밥이나 처먹어."

이번 메뉴는 그냥 간단한 라면으로 했다.

가벡은 속이 좋지 않았기에 가볍게 죽을 먹였다.

식사를 끝마치고 다시 차에 올라가려는 순간.

문득 총포상에서 버그베어 무리가 튀어나왔다.

차를 타고 왔는지, 총포상 주변에 AMP 채굴권과 교환한 걸로 보이는 두돈반 트럭이 한 대 주차되어 있었다.

그냥 그러려니 하고 출발하려는 순간…

"가벡? 저거 가벡 아니야?"

버그베어 한 녀석이 가벡을 가리켰다.

귀찮은 문제가 생길 것 같았기에 무시하고 출발했다.

뒤에서 '배신자! 배신자!' 하는 소리가 들려왔지만, 다들 아무 말 않고 조용히 창밖만 쳐다봤다.

그저 가벡만 조용히 있다 한 마디 했을 뿐이었다.

"배신자? 웃기는 소리 하는 군. 전사와 전쟁의 명예에 먹칠한 너희들이야 말로 배신자다."

굳건한 말투였다.

⊕

아무 일 없이 운전을 한다는 건 굉장히 고된 작업이었다.

기름 값이 눈 튀어나오게 비싼지라, 고속도로에 달리는 차도 거의 없었다.

가끔씩 보여 봐야 밴이나 버스 정도가 다였을까?

까닭에 지훈은 거의 평균 시속 200km로 달렸다.

수우우우우웅 –

잠을 자던 민우가 바람 소리에 깼는지 눈을 떴다.

"창문… 열어 놨어요?"

"아니."

"이거 무슨 소리에요?"

현재 민우는 조수석에 앉은 상태.

녀석은 눈을 부비적거리더니 안경을 썼다. 그리고는 얼굴이 허예졌다.

"혀, 형님, 지금 도대체…."

반 이상 넘을 일 거의 없는 속도 표시계가 거의 끝에 달라붙어 있었다.

민우는 믿을 수 없다는 듯 눈을 비볐지만, 계기판 중앙에 적혀있는 디지털 사인에는 정확하게 '243km/h ' 라고 적혀 있었다.

"어, 어… 어어어…! 소, 속도 줄여야 되지 않아요?"

법적으로 정해져 있는 최고속도는 120km/h.

거의 두 배는 되는 속도였다.

굳이 법 말고도, 삐끗하면 세상 하직하는 속도였다.

민우 제외한 나머지 셋은 저항 수치가 적당히 높으니 어찌 될지 몰랐으나, 적어도 민우는 무조건 요단강이었다.

"어차피 차도 없다. 걱정하지 마라."

보통 고속버스는 전용 차선으로만 다니고, 자가용 모는 사람들도 150km/h는 밟는 게 일상이었다.

앞에서 뭐가 나타날 리 없었다.

나와 봐야 집중 이능 키고 피하면 그만이기도 했고 말이다.

"그, 그래도 이건 좀….'"

민우가 하얗게 질려있었다.

그 모습을 보며 문득 장난기가 생겼다.

'앞에 뭐 있나?'

없다.

수평선 너머까지 단 한 대도 없다.

1분 동안 눈을 감고 운전해도 될 정도였다.

'장난쳐도 괜찮겠네.'

마침 졸리던 차에, 잘 됐다 싶었다.

엑셀에 발을 떼고 적당히 감속한 뒤…

민우에게 양 손바닥을 보여줬다.

곧 핸들에서 손을 뗐다는 얘기였다.

"으아아! 뭐, 뭐해요! 빨리 핸들! 핸들!"

민우가 미친 사람처럼 희번덕거렸다.

"싫은데?"

"으아아아아아!"

조용히 5초 정도 비명을 감상하다가 다시 핸들을 잡았다.

"어떠냐, 재밌지?"

어째 돌아오는 대답이 없었다.

삐졌나 싶어 슬쩍 눈을 돌려보니…

"그르르… 걱…."

민우가 거품을 문 체 기절해 있었다.

"어, 야…! 야! 이 새끼야!"

깜짝 놀라 갓길에 차를 세운 뒤 민우를 깨웠다.

다행히 기절만 한 듯, 건강에는 이상이 없었다.

물론… 차에 대한 트라우마는 '조금' 생겼겠지만 말이다.

◈

이동 6시간 째.

러시아 쪽에서 만든 휴게소인 소베츠카반에 정차했다.

짧은 영어, 서투른 러시아를 섞어 껌과 커피를 구입했다.

무역 동결 때문에 커피 가격이 만만치 않았지만, 그래도 운전한다는 기분을 내고 싶어서 샀다.

홀짝, 홀짝.

"그거 뭐야?"

커피를 먹고 있는 게 신기한지 칼콘이 물었다.

"음료. 마셔볼래?"

"응."

어차피 운전을 교대할 참이었기에 흔쾌한 건네줬다.

꿀꺽, 꿀꺽.

뜨거운 커피였음에도 벌컥벌컥 잘도 마시는 칼콘이었다.

"잘 먹네. 맛있나?"

칼콘은 커피를 반 쯤 마시고는 웃으며 말했다.

"여기서 똥맛 나."

똥 맛 난다면서 도매체 왜 그렇게 잔뜩 마신 걸까?

이해를 할 수 없었지만, 그냥 그러기로 했다.

맛이 있든 없든, 일단 음식이라면 죄다 밀어 넣는 모습을 간혹 봤기 때문이었다.

바로 출발하려고 했지만 좀 더 휴게소에 머물렀다.

가벡과 민우가 죽으려고 했기 때문이었다.

"아, 저번에도 타봤는데… 왜 이렇게 힘들죠?"

"아마 이 짓거리를 3일 동안 해야 된다고 생각하니까, 몸이 먼저 질려버리는 걸 거다."

지훈은 예전에 많이 겪어봤던 지루함이었다.

뒷골목 용병 시절 러시아에서 무기 거래를 하거나, 중국에서 몇몇 물건을 들여오기 위해 이런 장거리 이동도 많이 해봤었다.

심지어는 러시아 개척지에서 남쪽으로 7일 이상 가야지 도착할 수 있는 일본 개척지에도 가봤었다.

'뭐… 지금은 폐허밖에 남아있질 않지만 말이지.'

여기에는 긴 사정이 있지만, 짧게 요약하자면 이랬다.

1 – 일본 본토에 강한 지진으로 원자력 발전소가 폭발.

2 – 복구를 하지 못한 채 몬스터 브레이크 아웃.

3 – 다른 원전들이 연달아 폭발.

4 - 방사능에 면역인 '톨킥' 종족이 원전 수복을 방해.

5 - 엄청난 방사능이 일본 열도를 뒤덮기 시작.

...

6 - 중국, 일본의 요청 수락. 열도에 핵미사일과 전투 마법사 지원.

...

10 - 정리는 끝냈으나 이미 사람이 살 수 있는 땅은 적음.

11 - 국민들을 세드로 강제 이주하기 시작.

12 - 근데 하필 포탈 주변에 강력한 리자드맨 마법사의 공방이 있었음.

...

26 - 개척 분쟁 시작.

27 - 리자드맨 마법사가 사망 직전, 도시위에 지울 수 없는 독구름을 생성.

...

...

40 - 개척 전쟁 시작. 러시아와 영토 분쟁.

41 - 러시아, 일본 개척지에 핵미사일 발사.

42 - 방어 실패, 일본 정부 항복 선언.

43 - 러시아 측 항복 선언 무시.

...

60 - 러시아, 일본 개척지를 식민지로 삼음.

...

71 - 주변에 있던 리자드맨 부족, 러시아 식민지에 대규모 침공.

...

93 - 러시아, 일본 개척지 철수 선언.

94 - 당시 남은 일본 인구. 약 100만 명.

참담한 결과였다.

한국, 러시아, 중국.

세 국가 다 세드에 정착하는 과정에서 큰 불협화음을 내긴 했지만, 일본 만큼은 아니었다.

'한국도 자칫 잘못하면, 부산이랑 울산 쪽 원전 터지면서 개판 날 뻔 했지.'

그나마 다행인 건 부산에 인구가 많아서 각성자와 군인도 그만큼 많았다는 것 정도였을까?

만약 그렇지 않았다면 일본과 같은 꼴이 날지도 몰랐다.

과거 UN과 평화 유지군이 제 기능을 할 때야 어떻게 세계 정부의 지원을 받을 수 있었지만, 그나마도 몬스터 브레이크 아웃이 터지면서 개판이 됐다.

국가 간 약육강식의 논리가 활개 치기 시작하면서, 국가들의 탐욕이 전쟁으로 드러나기 시작했고…

그 결과 중 하나가 바로 일본 개척지였다.

폐허.

방사능과, 마법 오염으로 인해 사람이 살 수 없는 땅.

현재 남은 일본인들은 중국 개척지에 정착해 '일본인 자치구'를 형성해서 살아남은 상태였다.

그나마도 인구도 서서히 줄고 있는 까닭이었다. 아마 다음 세대쯤 되면 '일본'이라는 개념 자체가 희박해 지리라.

"형님, 무슨 생각을 그렇게 하세요?"

"별 거 아니다. 신경 쓰지 마라."

적당히 담배를 꺼내 불을 붙였다.

일본 얘기가 씁쓸하긴 해도 어쩌겠는가?

이미 세상은 미쳤고, 강자가 모든 걸 가지는 시대였다.

그 세상에 적응하기 위해서는, 알량한 동정심 따위는 쓰레기 통에 버려야 했다.

그게 새 시대의 법칙이었고, 새로운 생존방식이었다.

"이제 출발하자."

출발하자는 말에 가뻑과 민우가 인상을 썼다.

"벌써요?"

"좀 쉬고 싶군."

"좆까, 새끼들아. 운전도 안 하면서 쉬고 싶다는 말이 나오냐, 나와?"

퍽, 퍽!

등짝을 한 대씩 때리고는 차에 우겨넣었다.

이번 운전대는 칼콘이 잡았다.

"이거 트럭 아니니까, 살살 몰아."

"응. 알겠어!"

그렇게 말하면서도 엑셀을 거칠게 밟는 칼콘이었다.

끼이이이익-

부르르르루-

제로백 4초를 그대로 보여주며 튀어나가는 벤츠였다.

조용히 지켜보며 한 마디 할까 싶었지만, 그만뒀다.

'아, 몰라. 졸리다. 알아서 잘 하겠지.'

조수석에 앉아 눈을 감으니 피로가 몰려왔다.

눈을 뜨면 러시아 개척지에 도착해 있을까?

확신할 수는 없었지만, 그러길 기도했다.

권능의 반지

115화. 장씨를 찾아가다

NEO MODERN FANTASY STORY

러시아 개척지.

이제는 마스코트라고 해도 될 정도로 유명한, 싸늘하고 불친절한 여군들과 마주쳤다.

굉장히 배타적인 특성을 가진 국가답게 역시 아니나 다를까 트집이 잡혔고, 이에 뇌물을 건네줬다.

괜히 사소한 걸로 시간 잡아먹히기 아까웠기 때문이다.

"아니 무슨 통행료가 20만원이나 해요?"

그 사실을 모르는 민우가 물었다.

"뇌물, 새끼야. 뇌물."

역시 돈이 생기니 세상이 편했다.

자본주의에 살았으니 당연한 얘기였지만, 포탈의 등장과

함께 그 정도가 심해졌다.

포탈 등장 전이야 수정자본주의 같은 제어 수단이 있었기에 딱히 돈이 없어도 살만한 세상이었지만…

세상이 혼탁해짐과 동시에 온갖 더러운 법률이 날치기 되듯 통과. 이내 고삐 풀린 자본주의가 미쳐 날뛰었다.

애덤 스미스의 보이지 않는 손?

뭐 있긴 했다.

애덤 스미스가 말하는 보이지 않는 손이 거대한 경제의 흐름, 그 자체를 얘기했다면…

지금의 보이지 않는 손은 말 그대로 사회와 돈 뒤에 교묘하게 숨어서 세상 하는 조종하는 '빅 브라더'로 그 의미가 타락했다.

까닭에 밑바닥 사람들은 오늘 살기도 바빴고,

상류층 사람은 돈으로 모든 걸 살 수 있었다.

지훈 역시 밑바닥에서 하수구를 악착같이 헤엄치던 시절이 있었으나, 말 그대로 옛날이었다. 지금이야 헌팅 한 번 나가면 돈을 쓸어 담으니, 이 세상이 말 그대로 '편했다'.

범죄에 연루 되도 뒷골목으로 숨으면 됐고, 사소한 경범죄 및 귀찮은 일들은 모조리 돈으로 처리할 수 있었다.

"가자. 빨리 간다고 샛길로 빠지지 말고, 그냥 대로 타고 쭉 가다가 왼쪽으로 꺾어."

"응!"

칼콘이 엑셀에 발을 얹었다.

러시아 개척지 안을 달리고 있으니, 문득 도본엡스코 일행이 떠올랐다.

도본엡스코는 과거 러시아 개척지 하수구 때 만났던 인물로, 지훈과는 마약 거래 건으로 악연이 하나 있었다.

뒷골목 치고 악연 아닌 사람이 있긴 있겠냐마는…

어쨌든 지훈은 도본엡스코의 친족을 장애인으로 만들었고, 도본엡스코는 이에 마약 공급을 끊는 걸로 응수했다.

딱 그 전 까지는 사이좋게 지냈었으나, 그 거래 한 번으로 모든 게 틀어져 버렸었다.

'같이 다시 한 번 보드카 들이키기는 글렀군.'

술 앞에 두고 러시안 룰렛을 하면 또 모르겠지만 말이다.

피식 웃어버리며 도본엡스코를 머리에서 지워버렸다.

그는 이미 지나간 사람이었다.

돌이 킬 수 없는 관계 아니던가?

괜히 감정소모하며 시간낭비 하고 싶지 않았다.

일행이 워낙 징징댔던 까닭에 가까운 슈퍼에서 독한 술 몇 병과 맥주 그리고 꽃게 과자를 하나 샀다.

"아니 왜 한국 과자가 여기에 있어?"

식료품 부족 터지면서 생산량이 퍽 줄어버린 과자였다.

한국 개척지에서도 찾아보기 힘든 물건이 러시아 개척지에 떡하니 유통되니 굉장히 신기했다.

"아 그거요? 불곰들이 사랑하는 한국 음식이 딱 3개 있대요. 초코과자 정파이랑, 도시락으로 불리는 라면, 그리고 러시아

발음 쉽새 라고 불리는 꽃게 과자, 이렇게요."

그러고 보면 옛날 마약거래 하러 갈 때, 석중이 초코 과자를 챙겼던 게 생각났다.

– 할배, 입 심심한 건 알겠는데 그건 좀 놓고 가지?

– 모르면 닥치라. 이거 굉장히 중요한 물건이다.

– 하이고, 좆질 못하니 입질이라도 하시게?

– 거 아가리에 오줌 채우기 전에 다물라. 시끄럽디.

"민우야, 꽃게과자 발음이 쉽새야? 욕 같아."

칼콘이 '쉽새, 쉽새, 쉽새.' 하며 낄낄거렸다.

"응, 쉽새 맞아. 쉽새야."

어느덧 말을 놓게 된 민우가, 칼콘을 지긋이 쳐다보며 '쉽새' 라고 확인시켜 줬다.

"지금 나한테 욕 한거야?"

"아니. 그냥 확인해 준 거야."

어설픈 꽁트를 치고 있는 모습에 픽 웃음이 나왔다.

가벡은 조용히 뒷좌석에 앉아 보드카로 나발을 불었다.

"크으으으! 전사의 술이로다!"

그 놈의 전사 소리 그만 좀 들었으면 싶었다.

"재밌는 거 보여줄까?"

"심심한대 잘 됐군. 뭐지?"

유리잔에 보드카를 채운 후, 그 위에 버카디를 따라 층을 만들었다. 이후 라이터를…

화악!

소위 몰로토프 칵테일(화염병)이라 불리는 폭탄주였다.

"불?"

"마셔."

"이걸 마시라는 건가?"

진심이냐는 듯 쳐다보는 가벡에게 말없이 끄덕여 줬다.

"흘리면 턱이랑 얼굴이 불붙으니까, 한 번에 원샷해라."

가벡은 한입에 모조리 털어 넣었다.

도수가 굉장히 센 술이지만, 그만큼 먹는 분위기(?) 하나는 죽이는 술이었다.

"크으으으!"

"맛있나?"

"괜찮군! 괜찮아! 인간들은 보리로 만든 오줌술만 잔뜩 먹는 줄 알았는데, 이제 보니 수컷냄새 풀풀 나는 진짜 술도 먹을 줄 아는군!"

좋아하는 모습에 몇 잔 더 만들어 줄까 싶다가 그만뒀다.

괜히 취할 때 까지 먹였다가 시트에 오줌이라도 쌌다가는 큰일이 났기 때문이었다.

이후 운전을 하는 칼콘을 제외, 일행은 술과 함께 적당한 이야기꽃을 피웠다. 하루 종일 차에 죄수마냥 갇혀있는 가운데 갖는 아주 사소한 행복이었다.

다들 과하지 않고 적당히 술잔을 기울였기에, 이후 만족스러운 잠자리를 가질 수 있었다.

러시아 개척지를 나가 약 12시간 정도 달렸다.

아무래도 중국 쪽으로 가는 도로는 정비 상태가 별로 좋지 않았기에, 반쯤은 비포장도로로 봐야 옳았다.

쿵, 쿵쿵, 쿠쿠쿵, 쿵!

분명 벤츠에 타고 있는데, 승차감은 무슨 경운기 위해 앉아 있는 것 같았다.

"지훈, 나 피곤하다. 이제 교체해 줘."

"쩝, 알겠다."

내키지 않았지만 어쩔 수 없이 앉으려는 순간…

"이번엔 내가 하지."

가벡이 나섰다.

일행의 눈이 전부 초승달을 그렸다.

"너 운전할 줄 알던가?"

"트럭은 몇 번 몰아봤다."

아마 기본적인 운전은 할 줄 아는 모양이었다.

도심주행은 어려울 것 같았지만, 주변 통행량이 적은 고속도로였기에 그냥 맡기기로 했다.

칼콘, 지훈 둘이 돌아가며 운전하는 것에도 한계가 있기 때문이었다. 도착하기도 전에 지쳐서 쓰러지면 곤란했다.

토할 것 같은 운전 끝에 일행은 중국 개척지에 도착했다.

톨게이트 직원과 가볍게 영어로 대화한 뒤, 통행증을 발권받았다.

인구 대국이자, 영토 대국 중국.

소위 대륙의 기상이라 불리는 국가답게, 그 개척지 크기도 장난 아니게 컸다.

현재 일행이 도착한 개척지는 '베이징 개척지'였다.

중국은 독특하게 국가 내에 포탈이 2개가 열렸는데, 수도인 베이징 주변에 하나, 그리고 상하이 주변에 또 하나가 열렸다. 물론 두 포탈의 목적지는 각기 달랐다.

사실 시간으로 따지자면 인천에서 비행기를 타고 베이징으로 이동, 베이징 포탈을 타는 쪽이 더 빨랐지만…

장비를 사느라 다 털어버려서 돈이 없었다.

"여긴 도대체 뭐하는 곳이지? 무슨 벌집 같군."

중국 개척지는 완벽한 계획지구였다.

현재 중국은 거의 반독재라도 할 수 있는 일당체재로서, 주석의 힘이 굉장히 강력한 국가였다.

까닭에 개척 시대에 주석이 강제 이주 및 노역을 실시, 지금처럼 거대한 개척지를 건설할 수 있었다.

크기만 따지자면 러시아보다는 작았지만, 인구 밀도 및 치안 유지 등 개척지 굴러가는 수준으로 봤을 때 러시아랑 비교

불가 수준으로 잘 나갔다.

'올 때 마다 느끼지만, 여기에 비하면 한국 개척지는 시골 읍내 수준이다.'

그 정도로 컸다. 아무래도 인구 자체가 엄청나게 차이 났으니 어쩔 수 없었다.

"지훈, 이제 뭐 할 거야?"

칼콘이 피곤한 표정으로 물었다.

그 모습에서 '설마 바로 헌팅 가자는 말은 안 하겠지? 했다가는 당장 드러누워 버리겠어!' 라는 속뜻이 얼핏 보였다.

나머지 둘도 비슷한 의견이었다.

"오늘, 내일은 쉬자. 멀리까지 왔는데 즐겨야지."

일행이 환호성을 질렀다.

숙소는 대로에서 가까운 호텔로 잡았다.

아무래도 인구가 많은 만큼 좀도둑이 많은 까닭이었다.

각성자였기에 그깟 좀도둑 잡아버리면 그만, 이라고 생각할 수도 있었지만…

문제는 그 좀도둑 수가 좀 심하다 싶을 정도로 많았다.

여기는 중국이었다.

게다가 만약 물건을 분실할 경우, 거대한 뒷골목 및 암시장을 통해 순식간에 사람 손을 4번~5번 이상 타버리고… 결국 추격하기도 전에 국외로 팔려나가 버린다.

개미도 잔뜩 모이면 위협적인 것 처럼, 중국의 좀도둑 역시 잔뜩 있었기에 꽤 번거로운 상대였다.

어차피 2박 밖에 하지 않을 것이었기에, 방은 4인 이서 묵을 수 있는 패밀리 사이즈로 골랐다.

"푸하!"

"끄어!"

"으롸!"

"하아…."

일행은 전부 하나같이 전쟁에서 돌아 온 병사마냥 침대에 철푸덕 엎어졌다. 아무리 벤츠 시트가 고급이라지만, 앉아서 자면 몸이 불편하기 마련이었다.

그 상황에서 침대를 만났으니, 다들 당장 침대와 결혼이라도 할 기세로 몸을 비벼댔다.

"크으… 드르렁…."

결국 민우는 침대에 눕자마자 잠들어 버렸다.

지훈은 적당히 남은 보드카를 마시며 TV를 켰다. 하지만 중국어만 잔뜩 나왔기에, 머지않아 꺼버렸다.

조금만 쉬다 '장씨' 라는 사람을 찾으러 가야겠다 싶은 찰나… 칼콘이 눈을 반짝이며 물었다.

"여기에, 그거 있어?"

"뭐가?"

"그거."

뭔 개소리 하냐는 듯 쳐다보자, 칼콘이 집게와 엄지로 동그라미를 만들었다. 그리고는 반대 손 집게손가락을 그 원 안에 집어 넣…

"…또라이 새끼야. 너는 어째 맨날 발정이 나있냐."

베개를 집어 던졌다.

✢

칼콘, 가백을 데리고 뒷골목으로 향했다. 민우는 자고 있던 터라, 주의사항을 적은 메모만 남겨놓고 왔다.

시끌벅적하고 활기찬 대로도 잠시.

골목으로 빠져 몇 번 정도 들어가자 뒷골목이 나왔다.

말이 뒷골목이지 밝은 대낮인지라 그렇게 위험해 보이는 분위기는 아니었다.

거리에는 대여섯 쯤 되는 아이들이 공을 차고 놀고 있었고, 젊은 여자는 까트로 보이는 담배를 피우고 있었다.

딱히 위험해 보이는 분위기는 아니었다.

물론 실상을 까 보면 공을 차는 아이도, 까트를 문 여자도, 옆에서 빨래를 하고 있던 아줌마도 모두 권총을 갖고 있었지만, 겉으로만 보이기에는 일단 안전해 보였다.

게다가 지훈 옆에는 떡하니 전투 종족이 둘이나 붙어 있었기에 다들 쉬쉬하는 분위기였기도 했고 말이다.

만약 귀티 나게 입고 왔으면, 5분도 못 가서 강도를 몇 번이나 만났을 터였다.

미로 같은 뒷골목을 돌고, 돌고, 돌았다.

그렇게 30분 정도 이동했을까?

지훈이 한글로 '양꼬치'라고 적힌 가게에 들어갔다.

"예, 뭐 드릴까요?"

직원이 다가와서 물었다.

어눌한 한국어. 조선족으로 보였다.

"민정흑 안에 있나."

민정흑이라는 말에 직원이 눈을 갸름하게 떴다.

"누구십니까?"

"김지훈이라 하면 알 거다. 가서 소주나 한 잔 하자고 전해라."

직원은 꾸벅 인사하고는, 주방 가는 길에 다른 직원에게 뭐라 속닥거렸다.

아마 다른 직원에게 감시를 요청한 모야이었다.

싸늘한 시선 속, 지루함도 잠시.

민정흑이 자리에 나타났다.

거칠어 보이는 털이 잔뜩 붙어있는 코트를 입은 모습이었다. 거기다 통통하게 살이 오르고, 잘 씻지 않는지 그을린 것마냥 드문드문 꺼먼 때가 묻은 얼굴이 인상적이었다.

"하이고, 우리 김지후이. 할배 좆이나 빨며 살고 있는 줄 알았는데, 뭐한다고 여기에 혼자 왔니?"

"거 좆대가리 잘라다 석중 할배 반찬 하라고 젓갈 담기 전에 입 싸 물라, 병신아."

거친 언어에 직원들이 움찔거렸다.

주방 안에 있던 어떤 덩치는 중국식 식칼(클래버)을 들고 살기등등하게 쳐다봤다.

민정흑은 손만 들어 직원들을 제지했다.

"우리가 그래 좋은 사이도 아닌데, 여기는 왜 왔니. 그 이유나 들어보디."

"야장공 장씨를 찾는다. 어디 있는지 아나."

"하하하, 여 뒷골목에서 그 양반 모르는 이 없디. 근데 그 양반 위치를 아는 사람은 마이 없지."

무슨 소리냐는 듯 고개를 갸웃거렸다.

그 사이 소주와 양고기로 보이는 고깃덩이가 나왔다.

까득, 까득.

지훈이 소주를 까서 정흑의 잔에 채워줬다.

그리고 일행도 각각 한 잔씩 따랐다.

"뭐, 일단 마시고 얘기하지."

지훈이 손을 내밀자, 나머지 셋이 잔을 부딪쳤다.

쨍―

꼴깍. 꼴깍.

우적우적.

"그래서, 그 양반 위치 아는 사람이 적다니 그게 무슨 소린데?"

"그 미친 노인네가 귀찮은 걸 정말 싫어해서 말이다. 말을 하면 사람이 죽어나간다."

"그래서 너는 아나?"

지훈이 정흑을 쳐다봤다.

싸늘함도, 살기도 그 무엇도 없는 무표정.

그 말은 곧 마음만 먹으면 다른 무언가를 담을 수 있다는 뜻이었기에, 정흑은 살짝 긴장했다.

"니가 보기에는 어떨 것 같니?"

"글쎄. 네놈을 조져보면 아는지 모르는지 알 수 있겠지."

쟈켓 주머니에서 글록을 꺼내 상 위에 올려놨다.

일종의 경고였다.

쿵.

총 올려놓은지 얼마나 됐을까?

방금 얘기했던 직원이 카운터 아래에서 샷건을 꺼내 이쪽을 겨눴다.

"하이고, 그거 내려놔라 새끼야. 니 지금 내 친구한테 총 겨누고 있는 거 알고 있니?"

반면 민정흑은 우습다는 듯 픽 웃으며, 부하에게 총을 치우라고 중얼거렸다.

"됐다, 됐어. 니 죽이는 건 문제도 아인데, 내도 석중 할배랑은 척지기 싫다. 알려주마. 대신 밥이나 먹고 가라."

이후 녀석은 빌지에 500만 원을 적었다.

정보료 달라는 말이었다.

'쯧, 잡비로 나가는 것도 무시 못 하겠네.'

내키지 않지만 사고치고 싶지 않았기에 승낙했다.

"지훈, 여기서 밥 먹고 가는 거야?"

"그래. 양껏 먹어라. 양껏. 술도 많이 먹어."

대신 이쪽은 그 만큼 뽕 뽑을 생각으로 칼콘과 가벡을 투입했다.

셋이서 꼬치 300개, 양고기 여섯 근, 소주 5병을 먹었다.

정흑은 얼굴을 구겼으나, 정보료 명목이 '밥'이었기에 딱히 뭐라고 토를 달진 않았다.

밥을 저렇게 밀어 넣는다는 건, 셋 다 각성자라는 걸 깨달은 까닭이었다.

"꺼억 - 잘 먹었다."

칼콘이 긴 트림을 내뱉으며 만족스러운 미소를 지었다.

이후 일행은 정흑에게 받은 약도를 가지고, '장씨'를 찾아가기 시작했다.

권능의 반지

116화. 거 그냥 좀 들여보내 주지?

NEO MODERN FANTASY STORY

아무리 약도를 받았다지만, 거미줄처럼 얽혀있는 뒷골목을 헤집고 다니는 건 퍽 고역이었다.

"제대로 가고 있는 거 맞아?"

칼콘이 쿵 소리를 내며 뒤를 돌아봤다.

뒤에는 열 살배기 쯤 되어 보이는 아이가 일정한 거리를 유지하며 쫓아오고 있었다. 슬쩍 쳐다보니 아이가 서투른 미소와 함께 어색한 영어를 내뱉었다.

"I can help! Give me some money! (돈을 주면 내가 안내해 줄 수 있어요!)"

이상한 생각을 가지고 있는 것 같진 않았다.

하긴 이쪽은 딱 봐도 위험한 냄새 풀풀 나는 이방인이었다.

멍청한 녀석 말고는 습격할 생각을 하지 않겠지.

예컨대 코끼리로 보면 쉬웠다.

크고, 고기도 많고, 상아도 비싸다. 하지만 숙련된 사냥꾼이 아니고서야 함부로 건들지 않는다. 섣불리 덤볐다간 손쉽게 밟혀죽는다는 걸 알기 때문이었다.

물론 그렇지 않은 사람들도 있다.

바보거나, 아니면 지나치게 용감하던가 둘 중 하나리라.

물론 그 어느 쪽이던 죽는 건 매한가지겠지만 말이다.

"……!"

아이를 보는 사이 삼인조 무장 강도가 휙 튀어나왔다.

손에는 QBZ-95(중국군 제식소총, 한국명 95식 소총)을 들고 있었는데, 연신 뭐라 뭐라 지껄였다.

총구를 겨누고 있는 걸 봤을 때, 가진 걸 다 내놓으라는 말인 것 같았다.

"워~ 워~ 강도다! 강도!"

"…젠장."

칼콘과 가벡이 강도에게 양 손바닥을 보여줬다. 저항이 낮아서 총 맞았다간 죽을 수도 있기 때문이었다.

반면 지훈은 얼굴을 찡그리곤 아이를 쳐다봤다.

"저것들 네 작품이냐?"

아이는 연신 고개를 내저었다.

말은 알아듣지 못해도, 분위기를 읽은 걸로 보였다.

고개를 돌려 강도를 쳐다봤다.

연신 중국어를 내뱉으며 총으로 위협하고 있었다.

"지훈, 우리 지금 장비 없잖아. 그냥 현금 주자."

가장 안전한 선택지였다. 부상 위험도 없고, 불필요한 싸움도 피할 수 있었다. 하지만 그러기엔 너무 굴욕적이었다.

"현금 주기는 개뿔. 겁 없으면 죽어야지."

"그럼 지훈 마음대로 해."

일단 손을 들어 투항하는 척 강도들에게 다가갔다. 강도들은 총구를 아래로 휘적거려 무릎을 꿇으라고 했다.

이에 응하는 척 무릎을 꿇은 뒤…

타닷!

'발동, 날개 깃털.'

고공 점프를 발동함과 동시에 녀석에게 달려들었다!

마법 강화 덕분일까?

지훈이 꼭 총알처럼 날아갔다.

이후 양 팔을 쭉 펴고…

뻐억!

퍽!

퍽!

전방에 있던 강도는 머리로 들이받고, 나머지 둘의 목에는 팔을 걸어버렸다.

"꺽!"

유효하다 못해 치명적인 일격.

머리로 들이 받은 녀석은 얼굴이 뭉개졌고, 나머지 둘은 목에 팔이 정확히 들어가 그대로 뒤통수로 낙법을 쳤다.

쿵!

쿠쿵!

"멍청한 놈들."

쓰러진 녀석들을 내려다보며 작게 중얼거렸다.

이후 재킷에서 글록을 꺼낸 뒤 마무리를 했다.

피슝! 피슝! 피슝!

사실 일반인의 몸으로 각성자의 돌진을 받아 낸 시점에서 반병신 혹은 행동불능이 됐다. 굳이 죽일 필요까지는 없었지만, 아무래도 '괘씸죄'라는 게 있었다.

"쯧, 더럽게."

손바닥에 침을 뱉어 이마에 묻은 피를 닦아냈다.

"시체는 어떡해?"

"여기 중국이라 주변에 인육 유통하는 놈들 있을 거다. 그쪽이 알아서 처리하겠지. 내버려 둬."

대충 이마를 닦아내고는 꼬마를 쳐다봤다.

꼬마는 겁에 질려 도망치지도 못하고 있었다.

"No, no. I'm not. Don't kill me! (아니에요, 난 아니에요. 죽이지 마세요!)"

말없이 지갑에서 오만 원 지폐 한 장 꺼내서 이마에 묻은 피를 마저 닦고는, 약도와 함께 아이에게 건네줬다.

"Guide me(안내 해)."

아이는 오들오들 떨며 약도를 훑고는 안내를 시작했다.

약 10분 정도 걷자 눈앞에 낡은 아파트가 나타났다.

"here(여기)?"

"Y, yes. can I go? (네, 네. 저 가도 돼요?)"

"if it is(맞으면)."

손짓하자 칼콘이 아이의 어깨를 잡았다.

그 모습이 꼭 삼촌이 조카를 잡고 있는 것 같았다.

"뭐 확인해 보면 알겠지."

문 앞으로 다가가자, 장식품으로 보였던 로봇이 움직였다.

사람보다 약간 큰 크기에, 이름 모를 구리색 장갑을 가진 녀석이었다.

위잉- 위잉- 척.

"씨발, 이건 또 뭔데?"

얼굴을 찌푸리자 로봇이 지껄였다.

"……? ……!"

기계음이라기엔 뚜렷한 사람 목소리. MES(Mechanized Exoskeleton Suit, 반자동 외골격 강화복)가 분명했다.

'MES 사용자? 저딴 게 왜 여기 있어?'

지구면 모를까 유지비 및 극심한 전력소모 때문에 세드에 선 잘 사용하지 않는 장비였다. 사용한다고 해봐야 연구 및 기술 인력을 가지고 있는 거대 길드나 군대 정도가 다였다.

궁금증이야 둘째 치고, 일단 안으로 들어가야 했기에 대화를 시도했다.

"hey, kid. translate it. (꼬마, 번역해 봐.)"

꼬마는 오들오들 떨며 말했다.

"He say don't know you. (저 남자가 당신 모른대요.)"

"장씨 찾아왔다고 말해."

꼬마가 말하자 MES가 짧게 답했다.

꽤 복잡한 내용이기 때문이었을까?

꼬마의 조잡한 영어 실력 때문에 번역이 불가능했다.

결국 머지않아 건물 안에서 남자 하나가 튀어나왔다.

이후 MES와 남자 둘이서 대화, 남자가 한글로 지훈에게 물었다.

조선족인 모양이다.

"장씨를 찾아왔다."

"누가 보내서 왔습니까?"

말하는 내용으로 보건데 잘 찾은 모양이다. 만약 여기에 장씨가 없다면 '장씨가 누굽니까?' 라고 물었지, '누가 보냈냐?' 라고는 묻지 않는다.

약속한 대로 꼬마를 풀어주고는 말을 이었다.

"한국 개척지의 석중."

사실 석중은 이 일과 연관이 전혀 없었다.

단지 개인적으로 찾아왔다고 하면 일이 틀어질 것 같아 이름을 판 것뿐이었다.

남자는 주머니에서 노트를 꺼내 뭔가를 뒤적거렸다.

"무슨 일로 왔습니까?"

"물건 제작하러."

남자는 단호한 태도로 손바닥을 보여줬다.

"손님 안 받습니다. 가세요."

"씨발, 장난해? 그럼 누가 보냈냐고 왜 물어봤는데?"

언성이 높아지자 MES가 큼지막한 손을 지훈과 남자 사이에 밀어 넣었다. 일종의 경고로 보였다.

"가세요. 여서 소란 부리면 너 죽습니다."

남자가 눈짓하자 MES의 팔에서 총구가 튀어나왔다.

장갑과 탄환으로 무슨 금속을 썼는지는 모르겠지만, 아마 싸구려라면 업을 짊어지는 자로 벨 수 있을 것 같았다.

'어쩌지?'

선택지는 세 가지였다.

1. 설득.

2. 강행 돌파.

3. 추후 재방문.

일단 설득은 들어 먹을 것 같질 않았다.

대장장이라기에 그냥 가게 주인 정도로 생각했거늘, 문지기로 MES쓰는 거 봤을 때 이미 범인은 아니었다.

대장기술을 통해 부를 축적, 이후 가격 흥정에서 유리한 고지를 차지하기 위해 무력을 갖춘 듯싶었다.

'아마 비싼 고객만 받으려는 심보겠지.'

강행 돌파는 매력적이었으나 위험했다.

문지기로 MES쓰는 녀석들인데, 안에는 도대체 뭐가 있을지 감도 잡을 수 없었다. 기껏 들어갔는데 안에 탱크라도 있다면?

곤란하다.

게다가 혹여 죄다 뚫고 들어갔다고 해도 문제가 되는 게, 상대방은 기술직이었다. 협력여부도 미지수였고, 엿이나 먹으라는 심보로 어렵게 얻은 AMP를 작살냈다간 큰일이 터졌다.

추후 재방문.

안전하지만 시간이 오래 걸렸다.

아쵸프무자가 나타나기까지 약 2주. 그 전에 AMP를 무조건 처리해 놔야했다.

'시간이 없다. 무조건 지금 처리해야 돼.'

결국 울며 겨자 먹기로 설득을 선택했다.

"이봐, 진정하고 얘기를 하자. 얘기 조금 한다고 누구 죽거나 다치는 것도 아니잖아?"

남자는 얼굴을 찌푸리더니 들어보겠다는 듯 쳐다봤다.

처음에는 동정에 호소했다.

"한국에서 여기까지 오는 데 삯이 얼만지나 알아? 돈 둘째 치고 일주일이나 걸렸다고!"

"그거야 우리 알 바 아니지 않습니까?"

"아니 어떻게 동포끼리 이럴 수가 있나? 응?"

"제 국적은 중국이지, 한국이 아니지 말입니다."

결과는 실패였다.

과연 조선족. 한국말 할 줄 아는 중국인이라는 말이 괜히 나온 게 아니었다.

'이 개새끼가 진짜….'

화가 났지만 참았다.

두 번째는 돈으로 회유했다.

"값 두둑이 쳐주지."

기껏 주괴 만지는 데 비싸봐야 1억이었다. 그 정도는 출혈 각오하고 지불할 수 있었다. 만약 구멍이 난다고 해도 가벡이나 칼콘에게 잠시 빌리면 그만이었고.

"장인의 기술은 돈 받고 팔 수 없지 말입니다."

누가 공산주의 사회에 살던 사람 아니랄까봐, 돈으로 유혹해도 넘어오질 않았다.

'나발이고 그냥 엎어버릴까?'

슬슬 짜증이 나기 시작했다.

아무리 탱크가 있어봐야 가속 이능 쓰고, 포문이랑 기관총만 조지면 어떻게 제압할 수 있…

'에휴, 됐다. 더 해 보자. 아직 속단하긴 이르다.'

세 번째는 그냥 막무가내로 밀어붙였다.

"아, 몰라. 배 째. 못 가!"

조선족과 MES는 곤란하다는 듯 한숨을 내뱉었다.

아무리 뒷골목에 위치했고, 무장을 단단히 했다지만 녀석들은 범죄 집단이 아닌 단순 용병이었다.

막가자는 심보로 싸움 걸어올 것 같지는 않았다.

중국은 주석의 철권통치로 인해, 공안(공권력)의 힘이 세계에서 둘째가면 서러울 정도로 강력했다.

걸리지만 않으면 문제는 없지만, 한 번 걸렸다 하면 정말 뼛속까지 죄다 털어갈 정도였다. 그러니 사소한 사건으로 공안과 얽히긴 싫을 가능성이 높았다.

"마음대로 하십쇼. 어차피 저도 시간 많습니다."

하지만 실패였다.

'이런, 쌍!'

"거 진짜, 사람이 왜 그러나. 진짜 내가 장씨도 처음 볼 금속을 가지고 있다니까?"

"헛소리 그만하시고, 이제 그만 가십쇼."

남자가 지훈을 밀어내고 손을 뻗었다.

"거. 손은 넣어 두지? 잘리기 싫으면."

결국 참다못해 폭발했다. 오른손은 허리춤에 달려있는 검에, 왼손은 쟈켓 안에 있는 글록 위에 얹었다.

이에 MES는 양 손을 들어 총구를 지훈에게 겨눴다.

'가속 이능 쓰고 움직이면 어차피 맞추지도 못한다.'

뇌까지 개조해서 사격 제어 장치를 삽입했으면 모를까, 거의 2배속으로 움직이는 사람을 맞추는 건 절대 불가능했다.

분위기가 싸늘하게 굳었다.

여차하면 부딪칠 상황…

– 괜한 드잡이질 하지 말고, 들여 보라.

스피커에서 억센 억양의 한글이 튀어나왔다. 그 말이 튀어 나오자마자 MES와 조선족 둘 다 길을 터줬다.

"쯧… 들었소? 들어가쇼."

"이보쇼 장씨, 정말 현명한 선택을 한 거요."

– 거는 보면 알 수 있겠지.

아파트 안은 묘한 풍경이었다.

원형으로 만들어진 아파트를 중심에는 약 100평 남짓한 공원이 펼쳐져 있었고, 그 안에서 아이들이 뛰놀고 있었다.

'역시 갱단은 아니었나.'

하늘을 올려다보니 마치 감옥 같은 기분이 들긴 했지만, 이내 떨쳐버렸다.

'어차피 AMP만 처리하면 볼 일 없는 곳이다.'

조선족 남자의 안내를 따라 장씨의 공방으로 향했다.

공방은 1층 관리실을 개조해서 만든 것 같았는데, 멀리 있음에도 화끈한 열기가 전해져왔다.

"아무나 못 보는 공방인데 말이지. 영광으로 알아."

장씨는 약 40~50은 되어 보이는 반백의 중년이었다.

얼굴과 피부색은 건강하게 그을려 적당히 까무잡잡했고, 그 피부 아래로 고된 작업으로 단련 된 근육이 보였다.

그는 제 공방이 자랑스러운지, 가슴을 쫙 폈다.

"그래서 뭐가 필요한가?"

지훈은 주머니에 넣어뒀던 AMP를 건넸다.

"이제부터 그걸 얘기할 참이오."

권능의 반지

117화. 이걸 어따다 어떻게 넣는다고?

NEO MODERN FANTASY STORY

장씨는 얼굴을 슬쩍 찌푸렸다가 폈다.

"주괴로군. 아주 작은."

현재 지훈이 가진 AMP는 손가락 2개 정도 굵기였다. 반면 검 하나를 만들 때 보통 저런 주괴가 10개는 더 필요하다.

화살촉이나 총알 같은 투사체의 탄두를 만들 수도 있었지만, OTN, VGC, MN, CRN 네 가지 금속 중 구릿빛을 띄고 있는 물건은 없었다.

한 마디로 뭘 할지 감이 안 온다는 말이었다.

"이걸 내 몸에 최대한 밀착시켜야 하오."

정철수 교수는 AMP는 사용자와 접촉 면적이 넓으면 넓을수록 더 큰 효과를 낸다고 말했다.

반면 이 사실을 모르는 장씨 입장에서는 무슨 헛소린가 싶을 따름이었다.

"그게 무슨 금속인데?"

"신금속. 이름은 나도 모르오."

사실 AMP의 이름과 정보, 효능까지 전부 알고 있었지만 입을 다물었다. 쓸 데 없는 주둥이질 해서 손해 볼 필요는 없다는 판단에서였다.

"언제 발견된 건데?"

"한 달 안팎. 우연히 구했지."

"잠깐, 그럼 녹는점이나 강도, 탄성 다 모른다는 얘긴데 그걸 어떻게 만지라는 거야?"

아무리 주괴를 가지고 있다고 한들 그 금속에 대한 정보를 알 수 없으면 가공할 수 없었다.

주조 과정에서 불순물이 섞일 수도 있었고, 담금질 과정에서 균열이 생기거나 금속이 깨져버릴 수도 있기 때문이었다.

몇 번 때려보고, 작살을 내 보면 감으로 특성을 알 수 있긴 하겠지만, 귀한 금속으로 연습할 수도 없는 노릇.

까닭에 장씨는 거절하려 했지만, 지훈이 붙잡았다.

"모두 알고 있으니 걱정 마쇼."

— 녹는점, 강도, 탄성 전부 OTN이랑 비슷합니다.

정철수 교수는 분명 저렇게 얘기했었다.

오스테나이트, OTN.

이빨에 박는 임플란트와 같은 이름을 쓰는 금속.

사실 OTN은 그렇게 좋은 금속은 아니었다.

동급 금속인 베릴-크롬나이트(BCN)만 해도 OTN보다 강도와 탄성이 높았지만… 요는 바로 가공성이었다.

OTN은 타의 추종을 불허할 만큼 가공이 쉬웠다.

이는 곧 AMP 역시 가공 걱정을 할 필요가 없다는 얘기다.

"정확한 온도는 모르고?"

"그거 알면 내가 연구원 하고 있지, 뭐한다고 여기까지 와서 이 지랄 하고 있겠소?"

장씨는 끙 소리를 냈지만, 이해하는 듯 했다.

비전공자에게 전문지식을 물어봐야 제대로 된 답을 알기 어렵다는 사실을 잘 알기 때문이었다.

"좋아. 이걸 몸에 최대한 밀착 시켜야 한다고?"

가볍게 고개를 끄덕였다.

장씨는 얼굴을 찌푸리더니 지훈을 위아래로 훑었다.

"키랑 몸무게 몇인가?"

"177cm에 90kg."

"이런 젠장, 빌어먹을 각성자."

보통 각성자는 근밀도 때문에 일반인보다 무게가 더 많이 나갔다. 까닭에 키와 몸무게로 체형을 구분하기 어려웠다.

장씨는 투덜거리며 줄자를 가져왔다.

"사이즈 재 봐. 가슴, 팔뚝, 손목, 발목, 손가락."

AMP를 어디에 붙일지 결정하는 절차 같았다.

지훈이 칼콘의 도움을 받아 사이즈를 재고 있는 사이, 장씨는 AMP 주괴에 쇠톱을 가져다댔다.

"아무리 OTN이랑 비슷하다지만, 쇠톱으로 잘리겠소?"

"그야 보면 알겠지."

그극, 그그극, 그극!

예상과 달리 AMP는 너무나도 쉽게 잘려나갔다.

아마 아티팩트 내지는 신금속을 가공해 만든 연장이리라.

이후 장씨는 금속의 특성 파악을 위해 작게 잘라 놓은 AMP 샘플을 녹여보기도, 때려보기도 했다.

부그르.

깡! 깡! 깡!

그 사이 지훈은 사이즈를 다 재고는 알려줬다.

"흐음… 생긴 거랑 다르게 은근히 덩치가 있네. 당연한 얘기겠지만 이거 깨지면 안 돼는 물품이지?"

당연했다.

방어구 만들 거면 굳이 좋은 금속 다 내버려 두고, 뭐한다고 OTN강도 밖에 안하는 물건으로 만든단 말인가?

"얇게 펴서 내갑으로 만들까 싶었는데, 생각보다 덩치가 커서 어렵겠어. 재료가 부족해."

"그건 나도 사양이오. 갑옷을 껴입었다간 둔해지거든."

속도 위주의 전투를 하는 지훈에게 있어 감속은 곧 전투력 반 토막이오, 사망으로 향하는 지름길이었다.

"그럼 장갑으로 해야겠군."

그럴싸한 선택이었지만 역시나 거절할 수밖에 없었다.

안타깝게도 지훈에게는 이미 B등급의 장갑이 있기 때문이었다.

"팔찌나 발찌는 어떤가?"

꽉 끼게 만들 수도 없거니와, 그렇게 만들어도 피가 통하지 않기 때문에 역효과다.

"피어싱은 어떤가."

"피어싱? 설마 그 계집애들 끼는 그거 말하는 거요?"

근래에 들어 남자들도 끼기는 했지만 소수였다.

"그래. 귀, 젖, 배, 심지어 물건에도 박을 수 있지."

아무래도 살에 닿는 면적이 많다보니 효과는 좋겠지만…
불쾌함이 앞섰기 때문에 거절했다.

"개소리 찍 싸는 거 들으려고 먼 길 온 거 아니니까, 적당히 하쇼. 듣기 거북하군."

"농담은 아니었다만, 어쨌든 싫다면 다른 걸 찾아야겠군.
반지는 어떤가?"

반지. 나쁘지 않은 선택이었다.

접촉면은 좁겠지만, 밀착이 좋다. 아마 타 장비에 비해 능력의 증폭이 일정하다는 장점이 있을 게 분명했다.

"그나마 제일 괜찮긴 한데, 반지 만들어 봐야 저거 반이나 쓰겠소?"

"열손가락에 옥가락지 마냥 전부 끼워도 못 쓰지."

한숨을 내뱉었다.

일단 반지는 두껍게 2개 정도 만들기로 하고, 이후 남은 AMP를 어떻게 쓸까 이래저래 토론하기도 잠시.

문득 칼콘과 가벡이 끼어들었다.

"그냥 몸 안에 넣으면 안 돼?"

"나도 그 편이 좋아 보이는군."

금속을 몸 안에 넣는다니?

뭔 개소리 하냐는 듯 쳐다봐줬다.

"중금속 중독으로 누굴 조지려고 그러냐."

"아냐. 우리 종족만 해도 Orckishtone(오키쉬톤, 오크의 독특한 제련법으로 나오는 금속)을 넣는다구?"

오크나 버그베어 같은 경우 부족에 따라 다르긴 했지만, 몇몇은 나무나 철을 몸 안에 박아 넣는 경우가 있었다.

이 얘기에 장씨가 혹했는지 거들기 시작했다.

"보면 남자도 성적인 용도로 구슬 박아 넣지 않던가? 여자도 구리 같은 거 넣어서 피임하기도 하고. 딱히 나쁜 방법은 아닐 것 같은데 말이지."

"아니 무슨 장비 만드는 게 오입질도 아니고, 예를 들어도 그딴 걸로 들어야겠소? 그리고 중금속 중독은 어쩌고?"

"여태 그거 쓰면서 어디 아프거나 하는 거 있었나?"

"전혀."

아프기는커녕, 간지럽거나 알러지 반응도 없었다.

"뭘 고민하나. 그냥 넣어."

"그게 좌약도 아니고 쑥쑥 들어가겠소? 그래, 내가 백번

양보해서 넣는다고 칩시다. 어디에 넣을 건데?"

장씨는 지훈을 위아래로 훑고는 쓱 미소를 지었다. 그 모습에서 미친 세상에서만 볼 수 있는 광기가 스쳤다.

"넣을 곳이야 많지. 원래 있던 뼈를 갈아내고, 거기에 집어넣어도 되고, 살을 파내고 우겨넣어도 되고, 아예 의수를 만들어도 좋아."

장씨는 특히 의수라는 부분에 미친 사람처럼 힘을 줬다.

그 모습에서 지훈은 한 가지 사실을 유추해 낼 수 있었다.

'밖에 있는 MES가 저 녀석 작품이었나.'

실력 좋은 대장장이가 직접 만든 MES.

힘으로 부딪쳤다면 위험할 수도 있었다는 얘기였다.

'그치, 구린 거 하나 없는 놈이 뒷골목에 있을 리가. 이놈도 어디 하나 미친 또라이 새끼군.'

사실 장씨는 양지에서 사업을 하던 대장장이였으나, 일련의 사건으로 인해 그 입지를 잃고 뒷골목으로 숨었다.

그 사건은 바로 토막 살인이었다.

MES를 만들어 보겠다고, 싫다는 사람 강제로 끓어다가 팔다리를 잘라내 버린 것…

– 아파? 참아. 내가 더 좋은 팔과 다리를 달아 줄께!

이렇듯 장씨는 의수 및 인체 가공에 엄청난 집착을 보였다. 아마 숨겨뒀던 그 욕망이 칼콘의 말로인해 터져 나온 것이리라.

"안전한 거요?"

"나야 금속 특성을 모르니까 알 수 없지. 하지만 알러지 반응 없는 거 봤을 때 안전해 보이는군."

결국 선택의 문제였다.

더 고민하던가, 일단 집어넣어 보던가.

사실 더 고민하며 사용법을 알아내는 게 좋았지만, 안타깝게도 지훈에게는 남은 시간이 많지 않았다.

'젠장, 쫓기는 기분이군.'

어쩔 수 없이 집어넣어 보자는 쪽으로 생각이 기울었다.

지훈의 단단한 피부를 뚫기 위해서는 실력 좋은 외과의사와 아티펙트로 만든 강력한 메스가 필요하겠지만, 조건만 충족된다면 언제든지 수술을 할 수 있었다.

재생 변이가 있으니 후유증 및 도로 뽑을 경우의 피해 역시 무시할 수 있는 수준이다.

'넣자. 넣고 보자. 문제 생기면 뽑으면 그만이다.'

"그럼 넣는 쪽으로 알아보도록 합시다. 반지 2개랑 몸 안에 넣을 가공물로 하나. 할 수 있겠소?"

의심스럽게 쳐다보자, 장씨가 씩 미소를 지었다.

"내 이름 걸고 하는데 그까짓 거 하나 못하려고."

깡, 깡, 깡!

키이이이이잉!

브스스스스!

브르르륵, 브륵! 브르르륵!

버석, 버석, 버석, 버석.

소문만큼 실력도 좋았는지, 반지 2개를 만드는 데 1시간밖에 걸리질 않았다.

"세공은 다른 녀석에게 해. 나는 그런 거 안 한다."

"어차피 멋 부리려고 차는 거 아니니 상관없소."

눈으로 슥 둘러봐도 흠잡을 곳이 하나도 없었다.

현재 권능의 반지는 오른쪽 약지에 껴놓은 상태였기에, AMP 반지를 각각 왼손 약지와 검지에 끼웠다.

우으으으응―

손가락에 끼우자, 반지가 작게 부르르 떨었다.

잘 처리됐다는 증거였다.

'마음에 드는 군.'

반지를 만들기 위해 소모한 AMP는 약 1/5. 이제 남은 부분을 가공할 차례였다. 다 되길 기다리고 있으려니, 장씨가 픽 웃으며 축객령을 내렸다.

"내가 죽이는 녀석으로 만들 거라서, 시간이 좀 오래 걸릴 거야. 글피 쯤 다시 와. 그리고 주문도 밀려서 이것만 붙잡고 있을 수 없다고."

AMP를 빼돌리려는 생각이 아닐까 싶었지만, 그만뒀다.

어차피 거처를 알고 있는 상태였거니와, 장씨는 지금 자기가 만지는 금속의 이름과 효능 그 무엇도 몰랐다.

게다가 일반적으로 신금속은 발견 직후에는 가격이 그렇게 비싸지도 않았다.

탄두나 장비에 쓰인다면 가격이 엄청나게 비싸지겠지만, 생활용품이나 기타 특수 목적으로 쓰일 경우 가격이 평가절 하 되기 때문이었다.

'빼돌릴 가능성도 적거니와, 빼돌린다고 해봐야 금방 되찾을 수 있을 거다. 조금 귀찮기는 하겠지만 말이지.'

MES가 거슬리긴 했지만, 그래봐야 저 녀석 혼자였다.

지금이야 비무장 상태라 이기기 어렵겠지마는 방어구에 총 폭탄류를 모조리 들고 온다면?

손쉽게 이길 수 있는 상대였다.

상황 판단이 끝났기에 미련 없이 일어섰다.

"여기, 선금 원화로 500이오. 끝나면 500더 드리지."

"그래, 그래. 놓고 가라고."

장씨는 돈에는 별 관심도 없다는 듯 픽 웃고는 다시 금속을 만지작거렸다.

밖으로 나오니 칼콘이 작게 하품을 했다.

아무래도 의리상 따라오긴 했어도, 본인 일이 아니니 기다리는 내내 지루했던 모양이다.

"이제 뭐 할 거야?"

"뭐하긴. 조금 쉬었다가 바로 칵톨레므 사냥 나가야지."

지루한 표정도 잠시.

칼콘과 가벡은 언제 그랬냐는 듯 입에 미소를 드리웠다.

"그것 참 좋은 소식이군."

"나 칵톨레므 고기 먹고 싶어. 어떤 맛일까?"

알 수는 없었지만, 식용으로 유통되지 않는 걸 봤을 때 유독하거나 맛이 더럽게 없거나 둘 중 하나였다.

돌아가는 길에 반쯤 헐벗은 여자가 비명을 지르며 도와달라고 말했지만 무시했다.

"안 도와줘?"

최근 사람 좀 구하고 다녔던 이유에서였을까?

칼콘이 고개를 갸웃거리며 물었다.

"저거 미끼다."

"흐음? 어째서 그렇게 생각하지?"

물었던 칼콘 말고, 가벡이 끼어들어 물었다. 아마 덫을 좋아하다 보니 저런 형태의 미끼가 신기했던 모양이다.

"여자 옷이 찢어져 있다면 강간하려고 했다는 얘기인데, 도대체 어느 누가 옷만 찢고 얼굴을 내버려 둬?"

굉장히 더러운 얘기였지만, 사실이 그랬다.

보통 성범죄를 하기 위해서는 여자를 '제압'해야 했다. 저항하는 상대를 덮치기는 어렵기 때문이었다.

"아마 진짜 피해자였다면 피를 흘리고 있었거나, 얼굴이 잔뜩 부어있었을 거다."

"으음? 닭도 껍질 먼저 벗겨먹는 놈이 있잖아. 그런 녀석이면 어쩌려고?"

칼콘이 끈질기게 물어왔다.

"그럼 그 년이 재수가 없었던 거지. 내 알바 뭐냐?"

솔직한 심정을 털어놨다.

이에 칼콘은 픽 웃음을 터트렸다.

"지훈답네."

"시끄러워, 새끼야. 실없는 소리 그만하고 칵톨레므를 어떻게 사냥해야 좋을지나 생각해 둬."

권능의 반지

118화. 군상 그리고 정글

NEO MODERN FANTASY STORY

호텔로 돌아오니 민우가 잠에서 깨 있었다.

어디 다녀왔느냐는 물음에 개인적인 일이라 답한 후 바로 장비를 살펴봤다.

오래간만에 들어보는 빈토레즈를 시작으로, 업을 짊어지는 자, 습작 954번, C등급 알케로스 체인 셔츠, E등급 고공 점프 부츠를 챙겼다.

그 외 의복으로는 뒷골목 시절부터 줄기차게 입던 갈색 가죽 재킷과 물 빠진 청바지를 입었다.

겉모습만 보기엔 어디 제3국 용병 같은 차림새였지만, 딱히 신경 쓰는 사람도 없었다.

포탈 열리기 전에야 케주얼한 옷차림과 총기류 조합이

어색했을지 몰라도, 지금은 개나 소나 헌터하는 시대였다.

　도리어 군복, 공격대 유니폼 같은 물건을 입는 사람들이 더 눈에 띄었다.

　"자 다들 준비 끝났냐?"

　짬밥을 괜히 먹은 건 아니었는지, 지훈이 제일 먼저 무장을 끝내곤 동료들을 훑어봤다.

　[장비]

　[지훈]

　무기.

　빈토레즈 (9x39mm OTN탄)

　업을 짊어지는 자 (B+등급, 얇은 외날 곡도)

　글록 (9mm 일반탄환)

　방어구.

　습작 954번 (B등급, 마법 물품)

　알케로스 체인셔츠 (C등급)

　고공 점프 부츠 (E등급, 마법 물품)

　재킷, 청바지 (일반)

　털모자 (일반)

　기타.

　휴대전화

[칼콘]

무기.

왼쪽 팔 (B등급, 마법 물품)

왼쪽 다리 (B등급, 마법 물품)

두꺼운 쇠사슬 (일반 물품)

방어구.

묵색 비늘갑옷 (D등급)

가시 방패 (D등급, 대형)

가시 박힌 그리브 (일반)

[가벡]

무기.

오류 기기 파괴용 곤봉 (B등급)

95식 소총 (5.8mm 일반탄 80발, 노획 물품)

방어구.

거친 가죽 갑옷 (일반)

운동화 (일반)

운동복 하의 (일반)

[민우]

무기.

MP5 (9mm OTN탄)

방어구.

경량 방탄모 (D등급, 마법 물품)

경략 방탄복 (D등급, 마법 물품)

경량 워커 (F등급, 마법 물품)

보호경 (일반)

기타.

시야 교정용 콘택트렌즈 (일반)

마력 감지 안경

GPS 감지기

[공용]

식수 및 식량 2일 분량.

침낭 3개.

민우가 눈을 부비적거렸다.

"근데 콘택트 렌즈는 왜 가져 오라고 하셨어요?"

"껴봐."

마력감지 안경을 건네줬다.

여태까진 시연이 침묵했기 때문에 쓰지 않았지만, 최근에
'써도 돼.' 라는 확답을 받았기에 가져온 물건이었다.

"이게 뭐예요?"

"마력 감지 안경이다. 뭐 좀 보이냐?"

"네, 보여요. 형님 장갑이랑 신발이 반짝거리네요? 나머지는 그냥 아무런 반응 없고요."

갑옷이 아무리 C등급 아티펙트라 할지라도, 마법 가공이 들어가지 않으면 마력을 띌 수 없었다. 그런 의미에서 업을 짊어지는 자는 대단한 물건이라 할 수 있었다.

단순 원재료 가공만으로 B+.

FS들의 기술력을 다시 한 번 엿볼 수 있는 대목이었다.

"마법 물품이라서 그래. 잘 기억해 둬. 정글 속에 있어도 구분해 낼 수 있어야 해야 한다."

"음… 어렵겠지만, 노력은 해 볼게요."

일행은 SUV를 한 대 렌트해서 탑승했다. 칼날 정글은 지형이 험했기 때문에 벤츠를 끌고 갈 수는 없기 때문이었다.

문득 칼콘이 물었다.

"지훈, 이번엔 심박 감지기 안 써?"

심박 감지기.

페커리 사냥 때 썼던 물건으로, 심장 박동을 감지해 적의 위치를 파악해 주는 물건이었다.

상식적으로 생각해 보면 제 아무리 보호색을 띤다고 해도 심장 박동을 멈출 수는 없는 노릇이다.

꽤 날카로운 질문.

하지만 안타깝게도 여긴 세드였다.

상식 따위가 제대로 먹힐 리 없었다.

"쟤네 은신 시작하면, 신진대사 느려져서 심박도 감소한다. 그래서 감지 자체가 잘 되질 않아. 10초에 한 번 잡힐까 말까인데, 그 사이에 기습당하면?"

의미가 없다. 도리어 관측을 하기 위한 인력이 하나 비기 때문에 손해라도 봐야 옳았다.

"그렇구나. 생각보다 까다로운 녀석이네."

"잘 알아둬. 칵톨레므는 숨어 있다가 일격에 사냥감의 숨통을 끊는 녀석이야. 기습 딱 한 번만 막으면 된다."

"인내심 싸움이 되겠군."

가벡은 귀찮겠다는 듯 킁 소리를 냈다.

"아마 엄청 피곤한 싸움이 될 거다."

서남쪽 출구에 가까워지자, 칵톨레므 사냥 붐에 이끌리듯 만들어진 헌터 용품 거리가 펼쳐졌다.

딱 봐도 헌터로 보이는 사람들이 득실거렸다.

누군가는 사냥을 끝내고 정산을, 누군가는 커다란 한탕을 노리며 사냥을, 또 누군가는 그런 헌터들의 주머니를 털기 위해 주변을 어슬렁거렸다.

어차피 초입부에서 구할 물건 따윈 없었기에 풍경을 무시하고 바로 심층부로 향했다.

이후 무기상에서 동작 감지 센서를 이용한 무인 터렛을 하나, 뒷골목에서 미끼 하나를 구입했다.

뭐… 말이 미끼지, 실상은 사람이었다.

"I, I don't want die. (죽고 싶지 않아요.)"

고등학생쯤 되어 보이는 남자애였는데, 상황을 들어보니 까트를 운반하다 걸린 모양이었다.

마약에 대해 엄격한 중국 정부는 바로 사형을 때렸고, 교도소로 이송되던 사이 모종의 커넥션을 통해 칵톨레므 사냥용 미끼로 빠진 듯싶었다.

"지훈, 애 자꾸 뭐라고 지껄여. 어떡해?"

"좀 조용히 시켜 봐. 운전하는 데 정신 사납다."

뻑!

말 떨어지기 무섭게 칼콘이 미끼를 때렸다.

미끼가 우는 소리와 함께 피 섞인 어금니를 뱉어냈다.

"아니, 씨발. 왜 패냐. 말로 해도 되잖아, 새끼야."

"어차피 죽을 놈이잖아?"

동료고, 친구였지만 이럴 때는 정말 종족 차이를 심하게 느끼는 지훈이었다.

사실 지훈은 사냥에 사람을 쓴다는 게 달갑지 않았다.

보통 칵톨레므 사냥을 할 경우, 원거리에서 개폐가 가능한 우리에 사람을 묶어놓은 뒤… 칵톨레므가 미끼를 먹는 사이 우리를 폐쇄하고 원거리에서 쏴 죽인다.

물론 지훈은 칵톨레므 사냥이 주목표가 아니라 아티펙트를 찾아오는 게 목표였기에 저런 사냥은 할 생각이 없었다.

근데 왜 미끼를 샀을까?

바로 안전 때문이었다.

'더러워도 어쩔 수 없다. 그냥 가기엔 너무 위험해.'

칼톨레므가 1기만 붙어있으면 상관이 없었지만, 3기 이상이면 얘기가 달랐다.

누군가 목숨을 잃을 확률이 기하급수로 늘어난다.

그런 최악의 경우를 대비하기 위해 미끼를 산 것이었다.

위험 상황 시 미끼를 놓치듯 풀어준다면?

당연히 미끼는 달음박질을 칠 테고, 칼톨레므는 일제히 무리에서 떨어진 약한 개체를 쫓아갈 게 분명했다.

비록 미끼는 죽겠지만 그로 인해 일행은 안전하겠지.

참 씁쓸한 선택지가 아닐 수 없었다.

"우민우, 너 영어 좀 하지?"

"예, 예… 그냥 조금 해요."

"사냥용 미끼가 아니라 안전용으로 산 거니까, 별일 없으면 집에 보내준다고 잘 따라다니라고 말해."

민우는 말을 몇 번 더듬긴 했지만, 이내 지훈의 뜻을 정확하게 전달해 줬다.

미끼는 울먹거리며 연신 고개를 끄덕였다.

10분 쯤 더 이동하니 이상한 광경이 보였다.

"저게 뭐지? 칼톨레므인가."

가백의 물음에 슬쩍 고개를 돌렸다.

이족보행에, 기괴하게 틀어진 역관절 다리, 그리고 말뚝마냥 뾰족한 각뿔형태 대가리. 그리고 무엇보다 손에 돋아난 흉측한 검은 손톱이 인상적인 짐승.

칵톨레므였다.

여기까지는 문제가 없었으나, 그 주변에는 BOSA 연구원으로 보이는 사람들이 잔뜩 몰려 있었다.

'뭐 하는 거야?'

목적은 알 수 없었으나 칵톨레므의 머리에 이상한 헬멧이 씌워져 있는 걸 봤을 때 연구가 진행 중인 모양이었다.

딸칵, 딸칵.

한 연구원이 게임기 같은 물건을 조작거리자 칵톨레므의 색깔이 흐릿해지더니, 이내 시야에서 사라졌다.

정확하게는 주변 환경에 녹아들어 갔다고 봐야 옳았지만, 유심히 살피지 않으면 발견하지 못할 정도였다.

딸칵, 딸칵.

연구원이 다시 한 번 조작하자, 칵톨레므가 원상태로 돌아왔다. 그뿐만 아니라, 마치 게임 캐릭터 마냥 부자연스러운 움직임도 몇 번 보였다.

저게 뭔가 싶기도 잠시.

머리에 스쳐 지나가는 내용이 있었다.

'원격 조종?'

술 먹다 귀동냥으로 BOSA가 생물병기를 연구하고 있다고 듣긴 했지만, 실제로 보는 건 처음이었다.

신선한 모습에 '저거 괜찮겠네.' 하고 있자니, 머지않아 엘프 시위대와 마주쳤다.

약 10명 남짓했는데 다들 화가 난 모습이었다.

- 생태계 파괴하는 BOSA는 각성하라.

- 동물 학대하는 BOSA, 과연 옳은 일을 하고 있는가?

- 자연을 훼손하지 말고 복종하라.

- 섭리를 거스르는 자는 응징을 받을 것이다.

생태계 및 있는 그대로의 자연을 사랑하는 엘프로서는 저런 실험을 용납하지 못하는 모양이었다.

'지랄을 해라, 지랄을. 사람 잡아먹는 괴물이 동물이라고? 그렇게 동물 좋아하면 앞마당에 한 마리 키우지그래.'

그딴 짓 했다가는 당연히 사단이 난다.

아무리 동물 좋아하는 사람이라 할지라도, 사자나 호랑이와는 같이 살고 싶지 않은 것과 같은 이치였다.

"헌터 여러분! 더 이상 칵톨레므를 사냥하지 마십시오! 최근 정글의 분위기가 심상치 않습니다! 정글의 주인이 노했을 수 있습니다! 피바람이 불어올 것입니다!"

엘프 시위대 선봉이 소리를 질렀지만, 그 누구도 관심을 주지 않았다.

지훈 역시 동감이었기에 시위대를 무시하고 지나쳤다.

중국 측에서 칵톨레므 사냥을 규제하고 있지는 않은 상황이었기에, 아무런 제지 없이 개척지 밖으로 나올 수 있었다.

"이제부터 강도 튀어나올지 모르니까 조심들 해라."

운전석 옆에 뉘어 놨던 빈토레즈를 민우에게 건네줬다.

"이상한 놈이 다가온다 싶으면 일단 겨누고, 여차 싶으면 바로 쏴. 가벡 너도 민우가 사격하면 그냥 드르륵 갈겨."

"네, 형님."

"알겠다."

SUV가 비포장도로를 질주했다.

덜컹, 덜컹, 덜컹.

불편한 시간이 약 1시간.

운이 좋았는지 귀찮은 일 없이 도착할 수 있었다.

칼날 정글의 첫인상은 만드라고라가 있던 숲과 비슷했다.

하늘 높을 줄 모르고 치솟은 이름 모를 나무가 햇빛을 가려 내부가 어두웠고, 땅 주변에는 잎이 칼처럼 날카로운 칼날초가 잔뜩 자라 있다.

다행히 정글 초입은 유동 인구가 많은 까닭에 차가 다닐 수 있을 정도로 넓은 길이 뚫려있었다.

부르릉–

SUV가 칼날 정글로 들어갔다.

순식간에 그늘이 지는 모습이 마치 밤과 낮 그리고 상식과 비상식의 경계를 지나는 것 같이 기분이 이상했다.

꼭 본격적인 헌팅 시작이라는 신호 같았다.

철컥, 철컥!

지훈만 그랬던 건 아니었는지 일행 모두 정글에 들어서자 각자 무기를 쥐고 창밖을 주시했다.

자동차의 이동속도가 칵톡레므보다 빨랐기에 큰 위험은

없었지만, 그래도 혹시 모를 사태를 대비하기 위해서였다.

"GPS 반응 있냐?"

"아직 없어요. 아예 심층부까지 들어가 볼까요?"

고민됐다.

초입부야 들락날락하는 사람이 많아서 차가 다닐 수 있는 큰길이 있었지만, 심층부는 아니었다.

"일단 길 따라서 좀 더 가보고."

사람의 손길이 단 한 점도 닿아있지 않은 말 그대로의 야생 정글이라는 뜻이었다. 섣불리 들어갔다가는 칼톨레프 밥이 될 수도 있었다.

'아이 씨발 줄 거면 장거리 감지 가능한 물건 주던가, 이딴 물건 쥐여주고 뭘 하라는 건데?'

속으로 짜증이 솟았다.

받을 때는 몰랐지만, 까고 보니 지훈이 받은 물건은 근거리 (5KM 이내)만 감지 가능한 물건이었던 것.

아티펙트가 흩어진 사실을 파악한 걸 봤을 때 석중은 초장 거리 감지가 가능한 GPS를 가지고 있는 것 같았지만, 비싼 물건이라 내어주지 않은 모양이었다.

'빌어먹을 너구리 같은 노인네. 일 잘하다 꼭 이렇게 한 번 씩 엿을 처먹이네.'

속으로 분을 삭였다.

넓디넓은 칼날 정글에서 5KM짜리 GPS 감지기 들고 아 티펙트 찾기? 보물찾기는 개뿔 사막에서 오아시스 찾기에 가까웠다.

꽤 고생할 것 같은 예감이 들었다.

권능의 반지

119화. 폐품 줍기 (1)

NEO MODERN FANTASY STORY

진입 2시간째.

일행이 슬슬 경계로 지쳐갈 때쯤…

…삐빅! …삐빅!

민우의 GPS에서 작은 알림이 들렸다.

"형님, 여기서 서쪽으로 2KM 지점에 하나 떴어요."

슬쩍 들여다보니 감지 아이콘이 초록색.

D등급 아티펙트란 소리였다.

'서쪽으로 2KM… 차가 갈 수 있을까?'

안타깝게도 차가 다닐 수 있을법한 길은 없었다.

D등급 아티펙트 가격. 1,000만 원.

이동이 어려웠기에 그냥 넘어갈까 싶은 생각도 잠시. 어쩔 수 없이 찾으러 가기로 했다. 전부 찾기도 어려운 상황인지라, 최대한 많이 챙겨두려는 심보에서였다.

'거 빌어먹을 너구리 할배. 의리 지켜주다가 뼈 삭겠네. 들들 볶아서라도 돈을 더 받아야지, 쯧.'

"찾으러 가자, 다들 내려."

장비를 챙겨서 내리고 있자니 민우가 물었다.

"차는요?"

"그냥 내버려 두고 간다. 혼자서 지키고 있다가 칵톨레므한테 당하면 그게 더 큰 일이야."

칼날 정글에서는 무조건 2인 이상이 붙어있어야 했다.

기타 무시무시한 짐승들도 짐승이지만, 칵톨레므가 조용히 사각으로 돌아 뒤를 노리기 때문이었다.

까닭에 혼자서 불침번 혹은 경계를 서고 있다간, 목을 따이거나 뒤통수에 구멍이 날 수 있었다.

민우는 내키지 않는 표정을 지었다.

아마 공포영화에서 제일 먼저 죽는 엑스트라 A라도 되는 게 아닐까 싶은 염려가 엿보였다.

"안 죽어, 새끼야. 안 죽어. 걱정하지 마."

"에이, 누가 겁먹었다고 그러십니까, 형님."

"네가 겁을 먹은 것처럼 보입니다, 이 새끼야."

민우는 애써 아니라는 듯 미소를 지었으나, 다리는 여전히 떨리고 있었다.

저벅, 저벅, 저벅.

훅, 훅, 훅,

챙, 채쟁, 챙!

정글 및 산악 지형에 익숙한 가벡이 선두로 이동하며 칼날초들을 베어 넘겼다. 그의 손에는 업을 짊어지는 자가 들려 있었다.

"이 검 잘 드는군. 나한테 넘길 생각 없나?"

"빌려준 거니까 얌전하게 쓰고 잘 반납해라."

"쯧, 아쉽군."

가벡은 업을 짊어지는 자가 탐나는지, 쩝 소리를 냈다.

"근데 이게 그렇게 위험한 풀이에요?"

민우는 케이블 타이로 만든 사슬(?)로 미끼를 끌어오며 물었다.

"우리 같은 각성자는 아니지만, 너한테는 위험하지."

경고의 의미로 빈토레즈 탄창 하나를 칼날초에 긁었다.

끼기기긱!

칼에 대고 긁은 것 마냥 기괴한 소리였다.

칼날초의 잎 자체는 일반적인 식물과 비슷했으나 그 모서리만 기괴하게도 칼날처럼 날카로웠던 것.

까닭에 아무 생각 없이 정글을 헤집고 다녔다간, 온몸에 자상이 생겨 과다출혈로 죽는 게 보통이었다.

"어우… 왜 다들 그렇게 난리인지 알겠네요."

아마 민우는 대학 시절 '이런 풀이 있구나. 시험에 나올까?' 하는 심정으로 슥 하고 넘어갔을 풀이겠지.

실제로 보니 그 감흥이 색다르다 못해 섬뜩한 모양이다.

일행은 서서히 서쪽으로 나아갔다.

마음 같아서는 후다닥 달려서 물건만 슥 집고 돌아오고 싶었지만, 그랬다간 온몸에 출혈이 생길 게 분명했다.

출혈은 후각이 예민한 칵톨레므를 불러올 테고, 돌아올 무렵에는 등 뒤에 연예인 쫓아다니는 사생팬 마냥 드글드글 모여 있겠지.

그 외 혹시 모를 사태에 대비해서라도 이렇게 느리게 이동하는 게 안전에 좋았다.

후욱… 후욱…

저벅, 저벅, 저벅.

철컥, 철컥.

평소 같은 실없는 잡담은 오가지 않았다.

단지 거친 숨소리, 지친 발걸음, 움직임에 따라 총과 고정용 버클이 부딪치는 소리밖에 나질 않았다.

칵톨레므가 언제 어디서 따라붙을지 모르기 때문에 다들 신경을 곤두세웠기 때문이었다.

"커흑, 컥…."

뒤따라오던 미끼가 기침을 내뱉자, 무기가 네 개가 동시에 돌아섰다.

반사적인 행동이었다.

"아이, 쌍. 진짜…."

"지훈, 저거 꼭 데리고 가야 해?

"흠…."

날카롭게 서 있던 감각이 흐려지자 다들 짜증을 내뱉었다.

"참아. 나중에 혹시 모를 상황이 오면 저 녀석이 우리 대신 죽어줄 거다. 예비 목숨이라고 생각해 둬."

대신 죽어줄 희생양 취급하니 기분이 아려왔지만, 뭐 어쩌겠는가. 미친 세상에서 동정심 가지고 있다간 사소한 일에도 진행이 덜컥덜컥 막히기 마련이었다.

대충 25분 정도 이동하니 목적지에 도착할 수 있었다.

참혹한 광경이 펼쳐졌다.

"이게 뭔…."

멀찍이서도 옅게나마 썩는 냄새가 난다 싶어 뭔가 싶었거늘, 도착하니 반쯤 썩은 시체가 놓여있었다.

팔과 다리는 누가 뜯어갔는지 오체분시 된 것처럼 전부 사라져 있었고, 몸 중앙에는 이름 모를 꽃인지 버섯인지가 하나 피어있었다.

혹시 독이 있을지도 몰랐기에 민우를 쳐다봤다.

"아는 식물이냐?"

"잠시만요. 렌즈는 처음이라 잘 보이지가 않네요…."

민우는 보호경과 안경을 벗고 눈을 부비적거렸다.

"시체 버섯이네요. 꽃처럼 생겼는데, 포자 생식을 해서 버섯류로 분류돼요. 포자를 들이마시면 폐렴이 생길 수도 있긴 한데… 아마 각성자는 괜찮을 거예요."

괜찮다는 말에 성큼 다가가 살펴봤다.

시체 썩는 냄새가 불쾌했지만, 참을 수 있을 정도였다.

'팔과 다리가 너무 말끔하게 잘려있다.'

칼톨레프 손톱으로도 말끔하게 잘릴 수 있겠지만, 보통은 사지절단보다는 목이나 몸통을 노리는 놈이었다.

반면 이 사체는 머리, 목, 몸 그 어디에도 손톱자국이 남아 있지 않았다. 게다가 칼톨레프의 소행이라면 잡아먹기 위한 사냥이었을 텐데, 어디 뜯어 먹은 흔적도 없었다.

'사람 소행이면 장비가 없어야 하는데… 전부 있다.'

반대로 사람이 사람을 습격했을 경우 무조건 강도라는 얘 긴데, 그 가능성도 낮아 보였다.

시체에서 장비를 벗겨간 흔적이 없기 때문이었다.

'도대체 뭔데?'

혹 싸구련가 싶어서 들어보자, '콜드 스틸'이라는 상표가 보였다. 콜드 스틸은 일반 물품도 1,000만 기본으로 붙는 프리미엄 브랜드였는데, 이걸 놓고 간다고?

'사람 짓은 무조건 아니다.'

뭔가 찜찜한 냄새가 나기 시작했다.

칼톨레프도 아니고, 강도도 아니다.

근데 숙련된 헌터인 홍궈 일행이 모조리 당했다.

당장 그만두고 나갈까 싶은 생각이 스쳤으나, 넣어뒀다.

잔고도 잔고거니와, 여기까지 이동한 시간과 기름값이 아까워서라도 손익분기는 넘을 때까지는 벌어와야 했다.

"민우, 가벡. 아티펙트 찾아봐. 나랑 칼콘이 경계한다."

말이 떨어지자 가벡이 바로 시체를 뒤적거렸다.

"일단 갑옷, 투구 둘 다 비싼 물건이긴 한데, 아티펙트는 아냐. 다른 거 찾아봐. 벗겨가는 건 아티펙트 찾고 나서 나중에 하고."

"흠, 알겠다."

수색 중인 가벡과 민우를 드문드문 살피며 주변을 훑었다. 딱히 눈으로 보기에는 평화로워 보였다.

'아무것도 없나.'

그렇게 안심하려는 순간…

…사각, 사각 …사가각.

동료들이 내는 소음 사이로 이질적인 소리가 섞였다.

소리가 들린 쪽으로 고개를 돌리자, 버석거리는 소리가 순식간에 멈췄다.

'뭐지?'

쥐나 토끼 같은 작은 짐승이라도 지나갔던 걸까. 너무 예민해 봐야 피로만 가중될 것 같았기에 신경 끄기로 했다.

그렇게 약 10초.

…사각, 사각, 사칵.

다시 한 번 소리가 들렸다. 이번에도 집중하지 않으면 들리지 않을 정도로 작은 소리였다.

마치 귓속에 벌레가 기어다는 것 같은 기분이었다.

끈적하게 달라붙는 것 같은… 그런 기분 말이다.

– 칼콘, 무슨 소리 안 들리냐?

– 잘 모르겠는데? 왜 그래?

위험을 귀신같이 감지했던 전과 때문인지, 칼콘이 바싹 긴장하며 쇠사슬을 만지작거렸다.

– 저기 저쪽.

손짓으로 소리가 난 방향을 가리켰다.

다시 한 번 봐도 아무것도 없었다.

칼콘은 그 장소를 유심히 살펴봤다.

1초.

2초.

3초.

등을 맞대고 있던 칼콘이 부들부들 떨기 시작했다.

– 저, 저거 뭐야? 아까 봤을 때는 없었는데?

도대체 뭘 봤기에 저러는 걸까?

지훈의 눈에는 그저 어두운 그늘 사이로 나무 몇 개, 그리고 드문드문 나 있는 칼날초밖에 보이질 않았다.

– 뭔데?

– 몰라… 그냥 이상해. 이상한 게 보여. 아무것도 없는데, 뭔가 있는 것 같….

거기까지만 듣고 바로 마법을 영창했다.

칼콘이 뭔가 봤다면 분명 밤눈이 어두운 인간의 눈으로 볼 수 없는 아주 미세한 차이가 있을 거라는 생각에서였다.

"valgus(빛)."

손에 끼고 있던 습작 954번에 작게 떨림과 동시에, 마법 강화 효과를 담은 빛이 목표 지점으로 뿜어져 나갔다.

그리고.

아무것도 없던 공간에.

사람만 한 크기만큼 공간이 일그러져 있는 게 보였다.

은신한 칵톨레므였다.

녀석과의 거리 약 20M.

달려들었다면 바로 목이 달아났을 거리.

온몸의 털이 곤두섰다.

'씨발!'

빈토레즈를 돌리며 사격 준비를 했다.

칵톨레므도 발각됐다는 걸 깨달았는지 바로 달려들었다.

후웅 - 철컥!

타타타탓!

"끼이이이익!"

불쾌한 고음과 함께 칵톨레므가 달려들었다.

굉장히 빠른 속도!

가속을 발동할 새도 없었다.

단지 빈토레즈를 돌려 사격하려고 했지만…

총구가 도는 속도보다 칵톨레므가 더 빨랐다.

'느, 늦었다?'

눈앞에 C등급 짜리 흉기 4개가 날아온다!

죽음을 앞둔 순간.

더 이상 공격을 생각했다간 발포보다 앞서 목이 잘린다.

공격을 포기하고 회피하기 위해 몸을 무너뜨렸다.

몸을 숙이며 다음 수를 읽기 시작했다.

고공 점프로 이탈할까? 들이받을까?

이대로 구르며 사격할까?

개머리판으로 후려칠까?

1초도 안 될 시간 속에 여러 선택지가 마치 얽히고설킨 실타래처럼 뇌 속을 헤집기도 잠시.

앞에 큼지막한 뭔가가 나타났다.

칼콘의 방패였다.

그 모습을 보고 안심할 수 있었다.

카가가가각!

칵톨레므의 손톱이 칼콘의 가시 방패를 좀먹었지만, 엄청나게 두꺼웠던 까닭에 채 1cm도 뚫지 못했다.

이후 칼콘은 방패를 휘둘러 칵톨레므를 때려버렸다.

빽!

피를 흘리며 날아가는 칵톨레므!

이에 지훈은 바로 앉아 쏴 자세로 사격했다.

표표표!

우악스러운 9x39mm짜리 ONT 탄두가 하늘을 날았다.

얇은 가죽을 가지고 있던 만큼 전혀 튕겨내지 못하고 온몸이 찢겨 나가는 칵톨레므!

"끼익… 끽. 깨긱…."

칵톨레므는 바닥에 엎어져 질질 기어 다녔다.

녀석의 몸이 마치 빛이 굴절되는 양 연신 일렁거렸다.

가까이 다가가 빈토레즈로 마무리를 했다.

풀썩.

– 민첩이 상승했습니다. D등급 (21) = 〉D등급 (22)

"미친… 말로만 들었지, 뭐 이딴 새끼가 다 있어?"

은신에 능하다고만 들었지, 소리까지 거의 완벽한 수준으로 줄일 수 있을 줄은 꿈에도 몰랐다.

이런 녀석이 24시간, 48시간 내내 3마리~5마리까지 쫓아 다닌다고 생각하니 온몸에 소름이 돋았다.

"이 녀석 덩치가 작네. 보니까 성체도 아닌 것 같아."

아마 성체였다면 더욱 좋은 솜씨로 숨어들어와 날카로운 일격을 날렸으리라.

현재 C등급 갑옷을 입고 있어서 몸 공격은 문제가 없었지만, 목이나 머리를 맞으면 즉사할 수도 있었다.

만약 방금도 칼콘이 막지 않았다면 엄청난 위험에 처했을지 몰랐다.

"앞으로 더 조심해야겠네. 그리고 고맙다, 칼콘."

"뭐가 고마워, 당연한 건데. 지훈이 내 목숨을 두 번이나 살려줬잖아. 노예로 삼지 않은 것만으로도 내가 고맙지."

칼콘의 말에 그나마 긴장이 날아갔다.

녀석의 등을 툭툭 두드리며 피식 웃었다.

칵톨레므 때문에 일어난 소란도 잠시.

약 5분 정도 지나자 민우가 아티펙트를 발견했다.

아티펙트는 사지가 죄다 잘려나간 녀석의 것이 분명해 보이는 팔에 꼭 쥐어져 있는 상태였다.

"권총이네요? 거기다 이거 마법 물품인가 본데요?"

총기류 아티펙트는 대부분 마법 공정을 거치기 때문에, 등급에 비해 굉장히 비싼 물건이었다.

아마 비싸게 쳐주면 억 언저리쯤은 나올 물건이리라.

"어디 보자… 베레타 권총이네. 미친 할배, 도대체 이딴 귀한 물건 어디서 쑥쑥 구해오는 거야?"

말로만 각성자 부릴 돈 없다고 하지, 아마 마음만 먹으면 F~D등급 각성자로 이뤄진 사설 병력도 갖출 수 있을 정도는 될 게 분명했다.

단지 주변 눈치가 보여서 그러지 않는 것뿐이겠지.

'또라이 같은 양반. 파면 팔수록 신기하네.'

일단 물건을 챙기되, 민우에게 MP5 대신 D등급 베레타 권총을 쥐여줬다. 마침 같은 9mm 총기라 호환도 됐다.

"그… 석중 할배 물건인데 막 써도 돼요?"

석중할배가 신경 쓰이는지 민우가 물었다.

아마 저번 충돌을 아직 마음에 담아두는 듯했다.

"여기서 죽으면 가져다주지도 못해. 그냥 써."

예비 탄창이 없어서 재장전이 힘들긴 하겠지만, 그래도 위력 하나는 절륜하니 MP5보다는 나을 게 분명했다.

"자… 그럼 다시 차로 돌아가서 다음 물건 찾자. 빨리 끝내야 집에 가지 않겠냐."

물론 칵톨레프의 손과 발을 잘라가는 것도 잊지 않았다.

돌아가는 중 '왜 시체가 썩을 때까지 다른 짐승들이 입을
대지 않았지?' 라는 궁금증이 솟았으나, 떨쳐버렸다.

권능의 반지

120화. 폐품 줍기(2)

언제 어디서 튀어나올지 모른다는 생각과 달리, 첫 대면 이후 칵톨레므는 긴 시간 동안 잠잠했다.

상위 포식자인 만큼 개체 수가 적기 때문이었다.

"계속 경계해야 하나요? 이거 엄청 피곤한데⋯."

지루한 시간이 계속되자 민우가 불만을 토해냈다.

당연한 얘기였다.

경계를 하기 위해선 최소 1~2Kg 짜리 장비를 들고 언제 어디서 뭐가 튀어나오던 반응할 수 있게끔 온몸의 정신을 집중하며 걸어야 했다.

그냥 걷는 것과 다르게 무게 중심이 앞으로 쏠리니 팔을 시작으로 등, 허리, 허벅지, 종아리, 발 그 어느 하나 부담 안

가는 곳이 없다.

"편하게 걸어. 그냥 뒤지면 되지 뭐가 문제야. 아니면 나나 칼콘이 대신 죽어줄 수도 있잖아. 그럼 아싸리 좋겠다 버리고 가면 되겠다. 그렇지?"

"아… 형님, 진짜. 비꼬지 마세요."

민우가 투덜거렸지만 이내 잠잠해졌다.

그도 그렇게 녀석도 칵톨레므를 눈앞에서 봤기 때문에 얼마나 위험한지 알기 때문이었다.

지근거리까지 접근했는데도 알아채지 못했다.

그 말은 지금 10M~20M 거리를 두고 칵톨레므가 따라오고 있다고 한들 알아챌 방도가 없다는 얘기였다.

불안함, 초조함.

저 두 감정은 사람을 지치게 만들었고, 지치고 힘들어진 육체는 편안함을 찾게 만들었다.

없을지도 모르잖아.

편하게 있을까?

조금 정도는 쉬어도 되겠지.

내가 괜히 혼자서 날카로운 거 아닌가?

괜찮을 거야.

만약 칵톨레므가 붙어 있다면, 저렇게 긴장 풀릴 때가 습격에 제일 적합한 순간이리라.

'더럽게 힘드네, 씨발.'

불안은 사람을 늘어지게 하는 동시에, 제일 위험하게 만드는 요인이었다. 언제 끊어질지 모르는 고무줄을 쉬지 않고 쭉 늘어뜨리고 있는 기분이 약 15분.

SUV에 도착했다.

그나마 차에 탈 때는 쉴 수 있어서 다행이었다.

차가 없었다면 다들 지쳐서 바닥에 쓰러져 있거나, 칵톨레므 배 속에 있을 게 분명했다.

"다음 아티펙트 얼마나 남았냐?"

"이제 200M요."

"조금만 더 힘내보자."

이번에도 오체분시 된 시체가 보였다.

저번과 다른 게 있다면 머리가 떨어져 있다는 것 정도?

시체는 깔끔했고, 짐승이나 사람이 건든 흔적은 없었다.

"음… 거리로 보니까 저 시체 안에 있는 것 같아요."

민우가 얼굴을 찡그렸다.

반쯤 썩은 시체를 뒤져야 한다는 걸 깨달았기 때문이다.

"가서 찾아봐. 이번에도 나하고 칼콘이 경계하지."

빈토레즈를 한 손으로 들고 나머지 한 손으로는 빛 마법을 영창했다.

우웅―

마치 라이트 돌리는 경계병 마냥, 빛을 여기저기 비춰가며 칵톨레므를 확인했다.

…사각, 사각, 사각.

얼마나 지났을까?

귀가 간질거리는 느낌과 함께 소리가 들렸다.

고민할 것 없이 바로 소리가 난 방향으로 발포했다.

기습을 당하는 경험은 한 번으로 충분했기 때문이었다.

만약 사람이나 미아라면?

그딴 거 무슨 상관이란 말인가.

어차피 여기서 길 잃었으면 얼마 못 가서 죽을 목숨이고, 강도면 어차피 죽여야 했다.

일단 공격하고 보는 게 신상에 이로웠다.

표표!

바람 갈리는 소리와 함께 탄환이 뿜어져 나왔다.

총소리에 민우와 가벽이 움찔거리며 수색을 중단, 총구가 향한 방향을 쳐다봤다.

그곳엔 사람 허리까지는 거뜬히 올 법한 사마귀가 쓰러져 있었다.

"사마귀?"

표, 표, 표.

김이 새버렸지만, 그렇다고 경계를 늦출 수도 없는 상황.

빠르게 확인사살을 하고는 다시 주변을 훑었다.

"마저 찾아. 빠르게 찾고 이탈한다."

"예, 형님."

2번째 아티펙트는 망토였다.

프리(free)가 아닌 플리(Flee) 무브먼트라고 적혀있는 짝퉁 브랜드로, D등급 아티펙트였다.

꼴에 짝퉁도 아티펙트라고, 성능에는 하자가 전혀 없었다.

'끝 부분이 뜯어져 있지만, 수선하면 쓸 수 있겠군.'

"챙겨. 이탈한다."

아티펙트를 챙겨 귀환했다.

✥

차에 도착하자마자 천장에 동작 감지 터렛을 올려놨다.

쉬는 사이 습격당할 걸 우려해서였다.

"씨발. 이래서 칵톨레므 사냥 잘 안 다니는 거였구만."

중국 개척지 주변에 그나마 가성비 좋은 사냥감이 칵톨
레므라 그렇지, 실상은 굉장히 사냥하기 어려운 짐승이었
다.

한 마리를 사냥하기 위해 기본적으로 사람 목숨 던져가며
잡아야 하는 것은 물론, 이동 중 항시 경계해야 하므로 사람
미치기도 딱 좋은 환경이었다.

이에 국제 헌팅 협회(IHA, 이하)는 칵톨레므 사냥 장비로
아군 식별이 가능한 모바일 터렛을 2개 이상 보유할 것을 권
장했지만, 그딴 비싼 물건 살 돈 있으면 애초에 칵톨레므 사
냥을 올 리가 없었다.

차라리 그 터렛 들고 다른 사냥감을 사냥하고 말지.

"비겁한 짐승이군. 아주 비겁해."

가벡은 기습을 하는 칵톨레므가 마음에 들지 않는지, 얼굴

을 잔뜩 찌푸렸다.

"알겠으니까 밥이나 먹어라. 신경 곤두세우고 있으니까 허기가 엄청나게 빨리 지네."

식사는 각자 챙겨 온 도시락으로 했다.

민우는 볶음밥을 퍼먹었고, 칼콘은 개사료를, 가벡은 통째로 구운 닭고기를 씹어먹었다.

이에 지훈도 짐에서 주섬주섬 식사를 꺼냈다.

"그건 뭐야?"

"고기만두."

"나 하나만 먹어봐도 돼?"

"안 돼, 새끼야. 네꺼 먹어."

식사하며 약 30분 정도 쉬었다. 주변에 칵톨레므가 있지는 않았는지 터렛이 발포되는 일은 없었다.

미끼가 일행이 쉬는 틈을 타 도망가려 했다.

이에 민우가 리모콘으로 터렛을 끄지 않는 이상은 불가능하다는 얘기를 들려주자, 미끼는 서글프게 울먹였다.

"밥 먹는데 시끄럽군."

가벡의 말에 칼콘이 주먹을 들어 보였다.

미끼가 이를 꽉 물고 울음을 참았다.

"새끼들아, 사람이 짐승도 아니고. 그만해라."

그 모습에 동정심이 일어 먹던 만두를 몇 개 건넸다.

허겁지겁 먹어치우는 모습에서 묘한 동정심이 일었다.

아마 포탈이 열리지 않았다면, 좋은 집에서 태어났다면, 학교에서 공부나 하고 있을 나이였겠지.

'쯧, 불쌍한 새끼.'

미끼는 만두를 허겁지겁 먹고는 조심스럽게 '더 없나요?' 하는 눈빛을 보내왔다. 이에 짐을 뒤적거려 초코바를 하나 더 건네줬다.

과자 까먹는 모습을 조용히 지켜보다 고개를 돌렸다.

아무리 동정해 봐야 상황상 놓아줄 수 없는 상태.

괜한 감정소모를 했다간 본인만 피곤해진다는 걸 알았기에, 딱 여기까지만 하기로 했다.

식용으로 키우는 닭에게 이름을 붙이지 않듯, 도구로 구입한 인간에게 과한 동정심을 가질 필요는 없기 때문이었다.

'쯧, 괜한 생각을….'

이블 포인트 때문일까?

과거였다면 아무런 생각 없이 질질 끌고 다니다 버릴 터였지만, 근래에 따라 이런 생각이 잦아졌다.

죽이지 말까?

도와주고 갈까?

좋게 해결할 수 없을까?

꼭 이런 방법을 써야 하는 걸까?

생각이 깊어지려고 하자 머리를 휘저어 털어버렸다.

본디 맹수는 피포식자에게 공감하지 않는 법이었다. 식사 때마다 죄책감을 느꼈다가는 굶어 죽을 수밖에 없지 않던가.

이렇듯 미친 세상에서는 몸뿐만 아니라 마음도 단단히 무장해야만 살 수 있었다.

마음을 정리하고 앉아있으니, 미끼가 툭툭 두드렸다.

"Give me more food, please. (음식 좀 더 주세요.)"

지훈은 미끼를 멍하니 지켜보다가 말했다.

"Shut up, motherfucker. I'm not your feeder (닥쳐, 개새끼야. 내가 네 밥 챙겨주는 사람이냐?)"

"I'm so hungry, sir. please…. (배가 고파요. 제발….)"

아마 곧 죽을 놈이라 생각했는지, 상점에 있을 때부터 아무것도 먹지 못한 모양이었다.

기껏해야 날벌레나 파리 구더기나 주워 먹었겠지.

사정은 딱했으나 무시하기로 했다.

이 세상은 미쳤고,

미친 사람이 아니면 살아남을 수 없기 때문이다.

음식 대신 주먹을 줬다.

퍽 소리와 함께 미끼가 쓰러져 엉엉 울었다.

칼콘은 그 모습을 보고 깔깔댔지만, 지훈은 마음이 무겁게 내려앉는 것을 느꼈다.

– 이블 포인트가 1 상승했습니다. 현재 포인트는 60입니다. 악성향까지 16포인트 남았습니다.

'아무리 생각해도 나는 호인은 못 될랑갑다.'

조용히 울리는 알람을 배경으로 담배에 불을 붙였다.

맛이 썼지만, 묵묵히 빨았다.

가끔은 어쩔 수 없는 일도 있다는 걸 알기 때문이었다.

⊕

3번째 아티펙트는 나무 위에 매달려 있었다.

"도대체 뭐 한다고 저기까지 올라갔을까요?"

나무에는 각성자가 급히 올라가려고 했던 흔적과 함께, 짐승의 손톱자국이 마치 크레이터처럼 남아있었다.

"도망갔군."

정답이었다.

아마 칵톨레프 포함 위험한 짐승의 공격을 피하고자 나무를 탄 것 같았지만, 잘못된 선택이었다.

그 증거로 거대한 나무 위에 시체가 걸려 있었다.

효수라도 된 것 마냥, 팔다리가 하나씩 잘린 체 언제 찢어질지 모르는 옷에 매달린 상태였다.

생명 연장의 꿈이 처참히 짓밟힌 모습. 퍽 불쌍해 보였으나, 어찌 됐든 죽은 놈은 죽은 거고, 챙길 놈은 챙겨야 했다.

"자… 그럼 저거 어쩔래?"

문제는 저 위에 있는 시체를 어떻게 끌어 내리냐였다.

머리를 맞대본 결과 가벡이 나무를 타기로 했다.

훅, 훅.

비적비적.

꽈악– 꽉.

가벡은 능숙한 솜씨로 칼날초의 잎을 제거한 뒤, 줄기를 엮어 약 1M 정도 되는 줄을 만들었다.

이후 그 줄을 나무를 감싸게끔 만든 뒤, 양 손바닥에 감고 줄을 버팀목 삼아 올라가기 시작했다.

스윽, 스윽, 스윽.

그 모습이 마치 애벌레가 꿈틀거리며 나무 위로 올라가는 것 같았다.

"확실히 산악지형 출신이라 그런가 잘 타네."

"지훈은 나무 탈 줄 몰라?"

"글쎄다… 담 넘는 건 좀 한다마는, 나무는 모르겠다."

나무도 뒷집 감나무쯤 돼야 올라갈 엄두가 나는 법. 초심자가 건물 높이만큼 자란 나무를 타기는 어려웠다.

휘이이익 – 퍼억!

10분쯤 기다리자 나무 위에서 시체가 떨어졌다.

"아티펙트 여기 있냐?"

"GPS 상으로는요."

"찾아봐."

민우가 토할 것 같다는 표정으로 시체를 뒤적이다 이내 소방도끼로 보이는 물건을 집었다.

"그거라고? 정확해?"

D등급 아티펙트라면 거의 헌팅용. 일상 제품으로 보이는 소방도끼가 D등급이라는 말이 나오자 궁금증이 솟았다.

"맞는 것 같은데요?"

민우가 도끼를 휙 집어 던지자 GPS 감지기에 찍혀있던 초록색 점이 개미 똥만큼 움직였다.

맞았다는 뜻이다.

저 물건의 정체는 바로 소방서에서 보호를 위해 강화 격벽이 필요한 건물(군부대, 벙커, 안전가옥, 연구시설, 은행 등)에 돌입 시 사용하는 도끼였다.

보통 시중에는 나돌아다닐 수 없는 물건이다.

속사정을 까보면 대충 이러했다…

은퇴한 소방대원이 퇴직금이 잘렸다는 얘기에 화가 나, 퇴직금 대신 소방도끼를 챙겨버린 것.

그 물건이 흐르고 흘러 석중 손아귀까지 들어오고, 석중이 홍귀 일행에게 빌려줬으며, 결과적으로 사용자가 사망해서 지훈이 되찾게 됐다.

"독특한 모양이네. 공포영화 소품으로 쓰면 딱 맞겠네. 챙겨라, 돌아가자."

소방도끼를 획득한 후 다시 차량으로 귀환했다.

[획득 아티펙트 – D등급 3개(권총, 망토, 도끼)]
[남은 아티펙트 – D등급 2개, C등급 2개]

권능의 반지

121화. 야오과이?

NEO MODERN FANTASY STORY

저녁 전까지 아티펙트를 수집했다.

D등급 아티펙트를 1개 더 찾을 수 있었고, 수색 도중 칵톨레므를 1개 제거, 휴식 중 1기 추가로 더 제거했다.

'도대체 뭘 했길래 이렇게 뿔뿔이 흩어져 있는 거지?'

현재까지 일이 착착 진행되고 있음에도, 왠지 모를 불안감이 떠나질 않았다.

제 발로 도살장에 기어 들고가고 있는 느낌이랄까?

이 정도 사냥했으면 다른 헌팅 팀과 만났을 법했음에도 이상하게 단 한 번도 마주친 적이 없었다.

단지 멀리서 풀오토로 긁는 소리만 났을 따름이다.

페커리 같은 대형종을 사냥할 때 제외하고는, 풀오토로

긁는 일이 적다는 걸 봤을 때… 분명 뭔가 이상한 게 돌아다니는 다는 뜻이었다.

'잘하는 건지 모르겠다.'

고위험 고소득 임무를 선호한다고 해도 정도껏 이다.

FS 유적이야 칼콘을 되살리기 위해 맡았다고 쳐도, 이번 임무는 단순 돈이 목적인 임무.

원한다면 언제든지 그만둘 수 있었다.

석중에게 한 소리 듣긴 하겠지만 감수할 수 있었다.

'여기서 멈출까?'

솔깃했다.

경계하며 이동하는 것도 굉장히 피곤했고, 끈적끈적하게 달라붙는 불안감도 한몫했다.

적당히 벌었으면 그만둬도 되겠다 싶어 얼마나 벌었는지 살짝 가늠해봤다.

[중간 정산]
의뢰 대금 – D등급 아티펙트 3개 (1,000만 원)
칵톨레프 3마리 손(발)톱 판매대금 – (1억 2,000만 원)

획득 – 인당 3,250만 원.

짰다.

짜도 너무 짰다.

머릿수가 늘어난 만큼 개인의 몫도 줄어든 것은 물론이오, 이동에 들어간 기름값 및 뇌물, 정보료, 주괴 가공 비용, 터렛 및 미끼 구입비, 기회비용 등을 따져보면 엄청난 적자라고 봐야 옳았다.

'환장하겠네.'

한숨만 푹푹 나왔다.

이대로 돌아가기에는 좀 아까웠다.

칵톨레므는 마리당 4,000만 원을 벌 수 있는 질 좋은 사냥감이었다. 운반도 쉬워서 손발만 툭 잘라다 가져가면 돼서 20마리든 30마리든 잡을 수 있었다.

게다가 지금은 주변에는 경쟁자도 없지 않던가?

'한 마리 잡으면 인당 1,300만 원. 조금만 더 있자. 어차피 식량도 넉넉하고, 뭐 이상한 거 만났다 싶으면 미끼 던지고 도망치면 된다.'

조금 더 위험을 감수하기로 마음먹었다.

생각 정리가 끝나니 그제야 잡담을 하는 동료들의 얘기가 귀에 들어오기 시작했다.

"이제 노을인데 벌써 쉬어? 너무 빠른데."

"칼콘 말이 맞다. 이 정도 어둠 가지고 뭘 그러지?"

가벡과 칼콘은 벌써 쉬냐며 킁킁 소리를 냈다.

"그거야 가벡이랑 칼콘은 밤눈이 밝으니까 그렇지. 인간은 어두우면 시야가 좁아진다고. 게다가 야행성 동물들은 위험한 거 많아서 안 돼."

물끄러미 듣고 있자니 셋의 눈동자가 이쪽으로 향했다.

의견을 묻는 듯했다.

"뭔가 끈적한 기분이 들어. 밤 사냥은 너무 위험하다. 그냥 쉴 수 있을 때 푹 쉬고, 내일 아침에 나갈 거야."

칼콘과 가벡이 아쉽다는 듯 쩝 소리를 냈다.

"터렛 확인했나?"

"넵. 천장 위에 잘 고정해 뒀습니다. 뭐 나타나면 바로 총알 뱉어낼 거에요."

"일단 꺼봐. 쉬기 전에 위장 먼저 하자."

"위장이요?"

"어."

여태껏 위장은 하지 않았기에 민우가 되물었다.

장갑차라면 상관없었지만, 아무래도 일반 SUV였기에 살짝 불안함 감이 있었던 것.

결국 터렛을 끄고, 가까운 초목들과 낙엽 그리고 칼날초로 차량을 덮었다. 최근까지 전쟁을 하다 온 가벡이 훌륭한 솜씨를 발휘했다.

작업은 30분 만에 끝났다. 멀리서 보면 거대한 바위 위에 풀이 덮여있는 것처럼 보일 것이다.

이후 차 안으로 들어가 식사를 한 뒤, 가벼운 잡담 후 긴 휴식에 들어갔다.

"미끼는 어떡해요?"

"내가 알아서 할게."

칼콘을 케이블 타이를 제 왼손에 쓱 묶더니 미끼를 죽부인마냥 끌어안았다. 미끼가 희번덕거리며 저항했지만, 우악스러운 칼콘의 손에서 벗어날 수는 없었다.

'저 정도면 충분하겠지. 어차피 저놈도 여기서 도망가 봐야 2시간도 안 돼서 죽을 걸 잘 알 거다.'

배부른 호랑이를 피하고 배고픈 늑대를 마주하는 꼴이다.

그렇다면 아예 배부른 호랑이를 끼고 조금이라도 생명을 연장하는 쪽이 훨씬 더 현명한 선택이겠지.

물론 저쪽이 그 정도 가늠도 못 하는 바보라도 상관없었다. 그때는 제압하면 됐다.

"자, 그럼 자자."

불침번은 민우, 가벡, 칼콘, 지훈 순으로 서기로 했다.

얼마나 잤을까?

꿈도 꾸지 않고 잘 자던 중 날카로운 소리가 들렸다.

타타탕!

명백한 지근거리 사격음!

천장 위에 터렛이 발동됐다는 얘기다.

벌떡 일어났다.

"씨발 뭐야!"

바로 가속 이능을 발동하고는, 품에 안고 있던 빈토레즈를 돌격자세로 잡고 차문을 열었다.

이후 빛 마법을 사용, 문밖을 살폈지만 아무것도 없었다.

'반대쪽?'

반대쪽을 살피자, 민우와 가벡이 창문을 열어 총을 겨누고 있었다. 가속 이능을 해제하며 물었다.

"뭐 좀 있냐?"

"저는… 잘 안 보이네요."

"시체가 있다. 대충 보니까 휴머노이드 같은데, 관절을 보니 인간은 아닌 것 같군."

가벡의 말에 바로 터렛을 끄고 차량에서 내렸다.

"경계 서. 시체는 내가 확인한다."

가까이 다가가니, 30대 후반으로 보이는 동양인 남자가 바닥에 쓰러져 피를 흘리고 있었다.

"끄으어…"

어깨, 가슴, 배 순으로 총알이 잔뜩 박혀있었다.

'응급처치로 살 수 있는 수준이 아니다. 곧 죽는다.'

"이봐, 정신 차려."

남자를 툭툭 두드리니 남자가 중국어로 중얼거렸다.

뭐라고 말하는지 알 수 없었다.

단순 저주의 말이나, 고통 없이 죽여달라는 일반적인 내용일 가능성이 컸지만… 왠지 모르게 내용이 궁금해졌다.

"미끼 데려와 봐. 통역하게."

미끼가 남자에게 다가가서 중국어로 묻자, 남자는 몇 마디 내뱉고는 눈을 감았다.

"What did he say? (뭐래?)"

"he said he saw the yaogoai. (야오과이를 봤대요.)"

야오과이라니?

아무리 머리를 뒤져봐도 모르는 짐승이었다.

"what is that? (그게 뭔데?)"

미끼는 계속 야오과이, 야오과이 하고 반복했다.

저게 뭘까 싶길 잠시.

민우가 끼어들었다.

"야오과이… 그거 설마 요괴 아니에요? 아마 요괴를 중국어로 읽으면 야오괴이 쯤 될 것 같은데."

미끼가 '요괴'와 '야오괴이'라는 단어에 고개를 끄덕였다.

정답이라는 뜻이다. 하지만 때로는 정답이 질문보다 훨씬 더 아리송할 때도 있는 법이었다.

"요괴라고? 그게 무슨 뜬금없는 소리야?"

"글쎄요. 괴물이나 몬스터를 뜻하는 걸까요? 우리보고 괴물이라고 했을 수도 있구요."

남자 입장에서는 길 가다 총 맞은 꼴이니 저런 저주의 말을 해도 납득할 수 있었다.

지훈 역시 보통이었다면 그러려니 하고 넘어갔겠지만, 이상하게 자꾸 마음 한구석이 불편했다.

'어째서 밤에 혼자 돌아다닌 거지?'

나이트 비전을 낀 상태도 아니었다.

그 말은 곧 뭔가에 습격당해서 도망쳤다는 건데, 불침번이었던 칼콘은 주변에서 전투음이 들리지는 않았다고 했다.

"지훈, 빨리 시체 처리하고 들어가자. 추워."

칼콘은 별일 아니라는 듯 말했다.

"아냐, 시체 내버려 둬. 어차피 칵톨레므가 와봐야 터렛 탄환 남아 있으면 세 마리까지는 괜찮다."

네 마리 이상부터는 기다리며 함정을 팔 테지만, 밤새 네 마리나 따라붙을 가능성은 적었다.

시체는 그 자리에 두고 다시 차 안으로 들어왔다.

잠자리 부스럭거리는 소리와, 칼콘이 초코바 까먹는 소리만 나는 가운데… 깊은 생각에 잠겼다.

'기분이 이상해. 내일까지만 수색하고 바로 이탈해야겠다."

내일.

그게 감수할 수 있는 마지노선이었다.

피로가 심했는지 불안했어도 잠은 잘 왔다.

오전 6시에 일어나 MRE로 끼니를 해결한 뒤 식수를 이용해 가볍게 고양이 세수를 했다.

다음에는 터렛을 끄고 위장을 제거, 새벽녘 옅은 햇빛에 의지해 차를 몰고 이동했다.

운전대는 가벡이 잡았다.

덜컹, 덜컹… 덜컹.

불안한 마음과는 달리 딱히 별다른 일은 없었다.

오전 10시쯤에 D등급 아티펙트를 하나 더 찾았고,

다음 폐품을 위해 이동하던 중 사슴을 차로 쳤다.

"…야 이 빌어먹을 새끼야. 이 정도면 보험 처리 안 되니까, 다음부터는 일단 멈춰."

오후 1시쯤에는 민우가 활력초라는 풀을 뜯었고,

풀 뜯던 와중에 칼톨레므를 2마리 더 잡았다,

"근데 이름이 왜 활력초냐?"

"각성효과가 있어요."

"마약류?"

"아뇨, 카페인 비슷한 효과에요. 집중도를 높여준다고 해서 수험생, 고시생 자녀를 둔 부모들한테 잘 팔려요."

"얼만데?"

"아마 이 정도면 천만 원은 나갈 것 같네요."

"적당히 캐고 가자."

오후 2시쯤에는 C등급 아티펙트를 찾을 수 있었다.

정글 중층부에서 찾을 수 있었는데, 아니나 다를까 오체분시가 돼 있었다.

"딱 봐도 이게 C등급 아티펙트네요."

칼톨레므 손톱이 조잡하게 고정된 건틀렛이었다.

보기에는 싸구려 같아도 위력 하나는 절륜하리라.

물론 상대방에게 접근할 수 있고, 근접전 및 격투에 자신이 있다는 전제가 돼야겠지만 말이다.

"챙겨라. 이제 2개 남았으니까, 돌아가서 15분 쉬자."

이제 남은 아티펙트는 D등급, C등급 각 1개.

칵톨레므는 5마리를 잡았다.

'이제 어쩔까?'

시계를 살펴보니 3시였다.

늪에서 시체를 건져내느라 시간을 많이 소비했던 것.

지금 돌아가면 딱 해가 질 무렵에 정글에서 나올 수 있겠지만, 왠지 모르게 욕심이 나기 시작했다.

'언제 어디서 강한 녀석들을 만날지 모른다. 더 좋은 장비를 마련해 놔야 해.'

유적에서 봤던 최상위 관리자부터 저번에 만났던 '그 녀석'의 부하 그리고 정체불명의 흑인 발현계 이능력자까지.

저런 녀석들을 상대하기 위해선 더 강력한 힘, 더 좋은 장비가 필요했다. 그리고 그 장비를 얻기 위해서는…

돈이 필요했다.

그것도 꽤 많이.

'조금만 더 있다 가자. 야간 운전이야 칼콘한테 맡기면 될 테고, 칵톨레므는 차량 이동 속도를 쫓아오지 못한다.'

불안한 마음이 걸리긴 했지만, 욕심을 이기지는 못했다.

결국 지훈은 조금만 더 정글에 남기로 했다.

원인 모를 이유로 경쟁자가 없어진 지금이 사냥이자, 폐품 수집을 하기 딱 좋은 때라고 생각했기 때문이었다.

차를 운전하기를 다시 30분.

심층부부터는 헌터들이 다니질 않았기에 차량으로 이동할

수 있는 큰 길이 없었다.

"흠… 어쩔까요?"

차가 없다는 건 마음 놓고 쉴 수도 없고, 물건을 운반하기도 힘들다는 얘기였다.

'쩝, 아쉽지만 어쩔 수 없나.'

욕심은 여기까지만 부리기로 했다.

아무리 돈이 좋다고 한들, 칼날 정글에서 차 없이 이동하는 건 무리였다.

잠깐 내려서 수색하고 돌아오면 모를까, 장거리를 걸어서 이동하면 뒤에 칵톨레프가 따라붙기 때문이었다.

"차 돌려라, 가자."

"그러지."

가벡이 거친 솜씨로 후진, 이후 차를 돌리려다가…

끼이익, 뻑!

실수로 전방에 있던 나무를 살짝 들이받았다.

뒷목부터 꼬리뼈까지 찌르르하고 아려왔다.

"이 새끼야, 운전 좀 제대로… 에휴, 됐다. 나와 새끼야."

1억짜리 수표를 통 닦아 버린 놈이었다.

그런 놈에게 고급 운전 기술을 기대한다는 것 자체가 코미디였기에, 그냥 포기하고 운전대를 잡았다.

그리고 차를 돌려서 이탈하려는 순간…!

뻑… 뻑… 뻑…!

"어? 형님, C등급 하나 잡혔어요."

GPS에 C등급 아티펙트가 하나 감지됐다.

그 얘기를 듣자 입에 미소가 드리웠다. 그렇지 않아도 끼니 대신 요기만 한 것처럼 살짝 부족하다고 느끼던 참이었다.

"가자. 저게 마지막이다."

일행 모두 장비를 챙겨 GPS 지점으로 이동하기 시작했다.

약 20분 후.

일행이 모종의 사건에 맞닥뜨리기 직전.

칵톨레므 무리가 일행의 차량에 도착했다.

약 10기 정도 되는 무리.

그 중 덩치가 제일 큰 녀석이 고개를 갸웃거렸다.

"끼긱, 끼기긱?"

"끽! 끼에익-"

제일 작은 녀석이 지훈 일행이 향한 곳을 가리켰다.

칵톨레므 무리는 차량을 무시하고 그 방향으로 이동했다.

아니, 정확하게는 이동하려고 했다.

나무에 남아있는 거대한 손톱자국을 보기 전까지만.

차마 일행이 발견하지 못한 흔적이었다.

"끼에에에엑! ·끼엑! 께게·"

큰 칵톨레므가 기겁을 하며 물러나는 것을 신호로, 순식간에 무리가 해산됐다. 이후 도망치는 칵톨레므들의 등 뒤로 거대한 포효가 들려왔다.

　그워워워워 –

　지훈 일행이 향했던 방향이었다.

권능의 반지

122화. 원흉

삐— 삐— 삐—

후욱, 후욱…

숨 막힐 듯한 고요 속.

오로지 GPS 감지기 소리와, 거친 숨소리만 났다.

"뭐 이리 조용해?"

칼콘이 불안한 듯 중얼거렸다.

마치 성냥불로 짙은 암흑을 쫓으려는 듯, 작은 묘목이 태풍에 거센 춤을 추듯 애처로워 보이는 목소리였다.

"이상해. 새가 우는 소리도, 날벌레 날개짓 소리도, 쥐새끼 움직이는 소리도 전혀 들리질 않아."

"칼콘 말이 옳다. 이 장소는 뭔가 잘못됐다."

맞는 말이었다.

이미 저 둘만 아니라, 둔감하다 못해 귀머거리에 가까운 민우도 불안한 듯 주변을 두리번거렸다. 반면 지훈은 끈적끈적한 기분만 계속됐을 뿐 별다른 변화가 없었다.

"민우, 얼마나 남았냐?"

"약 1.5KM요…."

심층부는 심층부답게 칼날초가 많지 않았다.

아마 빠른 걸음으로 10분 정도면 도착할 수 있으리라.

"저거만 찾아서 바로 나가자. 얼마 걸리지 않을 거다."

지훈의 결정에 칼콘이 입을 다물었지만, 가벡은 슬쩍 불만을 내비쳤다.

"내 경험상… 지금 우리는 앞마당에 있는 것 같군."

"앞마당이라니? 그게 뭐야?"

민우가 물었다.

"주인의 영역을 말하는 거다."

문득 엘프들이 부르짖던 내용이 떠올랐다.

－ 최근 정글의 분위기가 심상치 않습니다! 정글의 주인이 노했을 수 있습니다! 피바람이 불어올 것입니다!

'…그딴 게 진짜 있었다고?'

단지 샤머니즘을 토대로 한 미신이라 생각했었다.

"만약 그 영역 안으로 들어가면 어떻게 되지?"

가벡은 귀를 긁적거렸다.

"주인 성격에 따라 다르다. 무시할 수도, 쫓아낼 수도, 잡아먹을 수도 있지."

"말이 꼭 만나본 것처럼 얘기하는군?"

만나봤느냐는 물음에 가벡이 픽 웃었다.

"가시 산맥에는 주인이 없지. 누구 때문이라고 생각하나?"

직접 잡았다는 말일까?

아니다.

E등급 각성자가 홀로 잡았다면 그건 '주인'이라고 부르기도 민망한 산짐승 정도밖에 되지 않았을 거다.

"개소리 집어치우고 제대로 설명해."

"그가쉬, 겐포, 칼룅 세 부족 연합 통 200명이 총, 창, 활, 검으로 무장하고 덤볐다."

가시 산맥의 주인은 고슴도치였다.

결과적으로 200명 중 160명이 죽었고, 생존자 중 부상자가 반 이상이었다. 가벡 역시 그 부상자 중 하나였다.

"지형으로 봤을 때 이곳의 주인도 엄청난 놈이겠군."

말이 끝나마 마자 다들 불안해하기 시작했다.

"그럼 위험한 거 아냐? 당장 나가자."

"형님… 이건 좀 아닌 것 같은데요."

칼콘과 민우가 이쪽을 쳐다봤다.

"걱정하지 마라. 영역이 넓어서 누가 어디서 뭘 하는지는 주인도 전부 다 알지는 못한다. 가서 물건만 가지고 나온다면 아무런 문제도 없을 거다."

"나도 가벡 말에 동의한다. 가벡 말대로라면 칵톨레므나 기타 짐승들도 여기에 들어오지 않는다는 말이니까 조용히 갔다가 물건만 들고 오면 된다."

일행의 의견을 묻기 위해 슥 훑었다.

민우는 반대하는 듯싶었지만, 우물쭈물했고,

칼콘은 내키지 않는 표정이었지만 동의했으며,

가벡은 오히려 주인과 싸워보고 싶어 했다.

다수결에 의해 빠르게 물건만 챙겨오기로 결정됐다.

민우는 뭔가 항변을 하려 했지만, 그래 봐야 시간만 소모되고 건질 게 없다는 걸 알았기에 입을 다물었다.

"가자."

어느 정도 다가가자 눈앞에 커다란 굴이 보였다.

높이 약 4M, 너비 3M쯤 되는 타원형 동굴이었다.

"여기라고?"

"GPS 상으로는 이쪽 맞는 것 같아요. 아니면 굴 위쪽에 있을 수도 있구요."

자연 동굴인지, 몬스터가 만든 것인지 알 수 없었다.

만약 후자라면 곤란한 일이 생길지도 몰랐다.

'칵톨레므가 굴 생활을 하던가?'

헌팅 전에 알아 온 정보로는 그런 내용이 없었다.

혹여 칵톨레므 서식처라고 해도 상관없었다.

일방통행인지라 빛을 비추며 전진하다 적이 나타나면 풀오토로 드르륵 갈기면 됐기 때문이다.

"가자. 굴 위쪽에 있으면 우회해야 한다."

2열 종대로 모여 전진했다.

전위에는 근접전에 강한 칼콘과 가벡이,

후위에는 후방 지원이 가능한 지훈과 민우가 섰다.

저벅-, 저-저벅-, 저벅-, 저-저저-벅-.

여덟 발소리가 굴 안에 울려 퍼졌다.

만약 안에 생명체가 있다면 반응할 만큼 큰 소음. 하지만 몇 분이 지나도 아무것도 나타나지 않았다.

"아무것도 없거나, 자리를 비운 거 아냐?"

경계를 슬쩍 늦추며 전진하길 다시 몇 분.

문득 거친 숨소리가 빠른 템포로 들려왔다.

후윽- 후윽- 후윽- 후윽.

소리가 들리자마자 다들 걸음을 멈췄다.

수신호로 명령했다.

- 일렬. 선두 칼콘. 그 뒤로 나, 가벡, 민우.

칼콘이 방패로 길을 막은 뒤 오른손을 반쯤 가로로 굽혔다. 총을 올려놓으라는 소리였다.

칼콘의 팔오금에 빈토레즈를 거치하고 아주 느린 속도로 전진했다.

마치 촉수가 퍼져나가듯, 날카롭게 날이 서린 감각이 굴 안 구석구석을 훑었다.

전방은 눈으로, 좌, 우는 귀로, 후방은 수없이 많은 전투로

갈고 닦인 오감으로 뭐가 어디서 튀어나와도 반응할 수 있게 끔 만들었다.

칵톨레므를 경계하며 걷는 것과는 차원이 다른 수준.

일 초가 길게 늘어지는 듯한 착각 속에서 아주 긴 1분.

그리고 일행 앞에 나타난 것은…

타– 앙!

티잉!

팅!

휘청!

전등 불빛을 동반한 총성이었다.

방패가 관통됨과 동시에 정체불명의 탄환이 칼콘의 갑옷에 부딪혀 깨졌다.

"끄!"

고통에 겨운 칼콘의 신음!

하지만 방패를 놓치지는 않았다.

'사람!?'

총을 쐈다는 얘기는 안에 있는 게 사람이라는 얘기다.

게다가 2Cm가 넘는 D등급 금속 덩어리를 뚫을 정도의 탄환이라면, 최소 VGC(벤전스) 탄환이라는 뜻!

고등급 혹은 부유한 헌터일 가능성이 높았다.

"엄폐 제대로 해!"

'이능 발동, 가속!'

왼손에 낀 AMP 반지가 짐승처럼 떨기 시작, 이후 심장이

시동 걸린 엔진처럼 미친 듯이 펌프질을 치고, 온몸의 혈액이 고삐 풀린 황소 마냥 날뛰기 시작했다!

'일격에 끝내야 한다. 벤전스 탄환 사용자라면 방어구도 제대로 갖췄을 터. 무조건 머리나 목을 맞춰야 해.'

옆으로 구르며 집중 이능을 발동했다.

다시 한 번 AMP가 부르르 떨며 세상이 느려졌다.

타앗- 데굴.

몸을 우측으로 튕김과 동시에 목 뒤, 어깨, 팔순으로 충격을 완화하며 굴렀다.

영화 속 슬로우 모션마냥 세상이 느린 속도로 세상이 한 바퀴 돌았다.

이후 자세를 바로잡으며 발포하려는 순간…

목표와 눈이 마주쳤다.

"하…?"

"이런…!?"

방아쇠 한 번에 생과 사가 오가는 순간!

목표와 지훈의 동공이 동시에 크게 부풀어 올랐다.

"잠…."

목표는 크게 소리를 질렀고,

지훈은 방아쇠를 당기려던 손가락을 거뒀다.

'이능 해제. 가속, 집중.'

"…깐! 쏘지 마! 흐이익!"

"사격 중지! 아군이다!"

목표의 목소리와 지훈의 목소리가 동시에 동굴에 울렸다.

칼콘을 포함, 일행 모두 병찐 표정을 지었다.

"뭐야, 아는 사람이야?"

칼콘은 구멍이 뚫린 방패를 보며 짜증을 냈다.

"이 새끼가 홍권승. 홍궈다."

홍궈라는 이름이 나오자 다들 의외라는 표정을 지었다.

팀원이 모조리 오체분시 되어있어서 당연히 시체가 되어 있을 거라고 생각했기 때문이다.

"이봐, 괜찮나?"

홍궈는 손전등을 돌려 지훈을 비췄다.

"나, 나… 너 알아! 안다고! 미, 미친 사냥개잖아!"

"그래. 나다. 도대체 무슨 일이 있었던 거지?"

질문했지만 만족스러운 답은 얻을 수 없었다.

"나 안다고! 알아! 그러니까 쏘지 마! 쏘지 말라고!"

침까지 흘려가며 버럭버럭 소리를 지르는 모습.

정신이 나간 게 분명했다.

일행과 떨어져서, 언제 뭐가 다가올지 모르는 상태로 온몸의 감각을 극대화 시킨 체 잠도 제대로 자지 못하고 2주 이상 경계한 결과였다.

아마 지훈도 혼자 떨어졌다면 저런 상태가 됐으리라.

"진정해 홍궈. 난 너를 죽이러 온 게 아니야."

"쏘지 마, 쏘지 마! 쏘지 말라고!"

홍궈가 총을 들며 위협했다.

순간 온몸이 싸늘하게 굳었다.

안에 들어있는 총알은 VGC.

몸에 맞으면 살겠지만 다리나 머리는 아니었다.

"구하러 왔다! 총 내려, 미친 새끼야!"

"쏘지 마! 쏘지 말라고!"

이미 총 따윈 내린 지 오래였거늘, 홍궈는 계속 쏘지 말라는 말만 반복했다.

결국 보다못한 칼콘이 달려들었다.

쿵, 쿵, 쿵, 쿵!

이에 홍궈가 인식하고 바로 사격!

타앙―

티잉, 티잉―

이번에도 방패는 뚫렸지만, 갑옷은 아니었다.

그렇게 칼콘은 한 대 맞아주고는 쇠사슬로…

뻐억!

홍궈의 머리를 후려쳤다.

쇠사슬 연결부위에 살이 몇 조각 뜯겨나감과 동시에 홍궈가 바닥에 처박혔다.

"미친놈은 매가 약이지."

칼콘이 씩씩거리며 홍궈를 내려다봤다.

홍궈는 얼굴에서 피를 쏟아내며 연신 '죽이지 마… 제발 나를 죽이지 마….' 하는 말만 중얼거렸다.

약 5분 후.

충격요법이 제대로 적용했는지, 홍궈가 조금이나마 정신을 차렸다.

"후우… 후우… 그러니까 너희가 나를 구하러 왔다고?"

"정확하게는 네 아티펙트를 구하러 왔지."

홍궈의 목숨 따위 죽든 살든 알 바 아니었다. 단지 얼굴을 아는 사람이라 공격 하지 않은 것뿐이다.

"프히히… 그딴 거 상관없어. 어차피 우린 다 죽을 거야."

"무슨 소리지? 칵톨레므라면 이미 오는 길에 잔뜩 잡았다."

칵톨레므라는 말에 홍궈가 웃음을 터트렸다.

"그딴 거 나도 열 마리, 스무 마리 잡을 수 있어. 하지만 문제는 그게 아니라고… 우린… 전부 죽을 거야. 죽을 거라고!"

아직 정신이 제대로 돌아오지 않은 걸까?

정신병자를 데리고 돌아다닐 수 없었기에, 정신 차리지 않으면 죽일 기세로 몇 대 때렸다.

뻐-억. 뻑.

"정신 차려, 새끼야. 버리고 가는 수가 있다."

"너… 여기가 어딘 줄은 알아?"

"칼날 정글이잖아."

"그래… 그거 말고, 지금 이 위치가 어딘지 아냐고."

정확하게 얘기하자면, 지금 홍궈에 지훈 일행이 있는 곳은 칼날 정글의 최중심부.

정글 주인의 서식지였다.

"이러고 있을 시간 없다. 아티펙트를 내놓던가, 따라오던가 알아서 선택해라. 조용히 따라온다면 밖으로 꺼내는 주지. 물론 그에 합당한 보수를 받겠지만 말이다.

하지만 홍궈는 나가기를 거절했다.

"싫어… 나는, 나는 나가지 않아. 여기 있을 거야. 나가면 죽을 거라고!"

그냥 죽여버리고 장비를 챙길까 싶은 생각도 잠시.

이블 포인트가 마음에 걸려 그냥 아티펙트만 받아가기로 마음먹었다.

"아티펙트 내놔. 가져간다."

"그딴 C등급 아티펙트… 가져가. 어차피 그 녀석에게는 소용없었어…."

홍궈가 제 옆에 있던 가방을 건네줬다.

가방 안에는 멋진 세공이 들어간 단검이 들어있었다.

'이게 마지막이군.'

D등급 아티펙트가 하나 남아있긴 했지만, 그 정도는 포기해도 됐다.

이제 더 이상은 이 불길한 정글에 남아있고 싶지 않았다.

단검을 챙기고 있자니 문득 가벡이 물었다.

"네 가방에는 뭐가 들어있지?"

홍궈가 매고 있는 가방을 묻는 거였다.

"아, 아무것도 없어… 아무것도 없다고."

홍궈가 꼭 겁먹은 새끼 고양이처럼 움츠렸다.

"아티펙트 챙겼으면 됐다. 뺏지 마라."

더 이상 홍궈를 자극하면 등에 총알이 박힐 수도 있었기에, 가벡을 제지했다.

"아니. 저건 꼭 확인해 봐야 한다. 저기서 냄새가 난다."

뭔지 물어봐도 가벡은 대답하지 않았다.

결국 가벡은 홍궈에게서 반강제로 가방을 뺏었고, 그 내용물을 확인했다.

지지지직—

지퍼 열리는 소리와 함께 등장한 건…

"끼에에— 끼엑—"

새끼 원숭이 비스므레하게 생긴 독특한 짐승이었다.

녀석은 가벡을 보며 끼엑 — 끼엑 — 하고 귀여운 울음만 내뱉었다. 반면 가벡은 온몸의 털을 곤두세웠다.

"빌어먹을…"

"왜 그래?"

조용히 욕을 지껄이는 가벡에게 칼콘이 다가갔고, 칼콘 역시 비슷한 반응을 보였다.

"지훈… 이거 내가 봤을 때… 정글 주인의 새끼 같은데?"

지훈이 악귀 같은 얼굴로 홍궈를 쳐다봤다. 홍궈가 책임을 회피하듯 고개를 돌렸다.

"이, 이건 단순히 헌팅이었어… 돈을 벌고 싶었다고… 너희도 돈 벌기 위해서 칵톨레프를 죽였잖아! 나는 BOSA에 이

걸 팔면 나는 부자가 될 거야… 저리 꺼져. 이건 내꺼야!"

"이 미친 새끼가…!"

뻑!

있는 힘껏 때렸다.

등급에 비해 저항이 낮았던 걸까.

홍궈의 볼살이 그대로 뜯겨 나갔다.

"헌팅도 상황 봐가면서 해야지, 맨몸으로 벌집을 건드리면 주변 사람들은 어쩌란 말이냐!"

뻑, 뻐억!

근육이 날아가고 뼈가 드러나도 상관하지 않았다.

지금 중요한 건 이 빌어먹을 놈 때문에 일행 전체가 위험에 빠졌다는 거였다.

있는 힘껏 홍궈를 때리고는, 재킷에 피를 닦았다.

이후 들고 있던 빈토레즈로 홍궈를 조준해서…

"잠깐. 죽일 건가?"

가벡이 끼어들었다.

고개를 끄덕였다.

반면 홍궈는 아무런 반응 없이 헤실헤실 웃기만 했다.

"주인이 온화한 성격이라면 거래에 사용할 수 있을 거다."

그 말을 듣고는 총을 거뒀다.

어차피 죽을 놈이라면, 지금 당장 죽이는 것보다 거래 도구로 쓰는 편이 훨씬 좋았기 때문이다.

"새끼는 어쩔 거야? 두고 갈 거야?"

"들고 간다. 여기에 둘 바에는 만났을 때 집어 던지는 게 훨씬 더 낫다."

만약 새끼가 어딨는지 찾을 수 있다면, 애초에 홍귀가 시체가 됐어야 했다. 그 말은 곧 새끼를 감지할 수 없다는 뜻.

주인의 새끼가 들어있는 가방을 등에 짊어졌다.

"가자. 여기 있다간 진짜 죽을지도 모른다."

일행은 빠른 걸음으로 굴에서 나오기 시작했다.

그렇게 굴에서 다 나왔을 무렵…

그워워워워.

멀찍이서 거대한 울음소리가 들렸다.

등골이 서늘해지기 시작했다.

"얼마나 멀리서 울어 재낀 건지는 모르겠지만, 일단 잡히는 순간 뒤지는 건 확실하다. 달려!"

권능의 반지

123화. 뒤처지면 죽는다!

NEO MODERN FANTASY STORY

그워워워워!

온 정글에 날카로운 울음소리가 울려 퍼진다.

나무들은 마치 겁먹은 양 몸을 떨었고, 칼날초들도 소리의 주인을 두려워해 그 잎을 접었다.

식물들뿐만이 아니었다.

"끼개개객! 끽!"

사냥감을 쫓아다니던 칵톨레므 역시 공포에 질려 고개를 바닥에 처박았다.

일렁- 일렁-

은신했던 칵톨레므의 몸이 반짝거리며 그 모습을 드러냈다. 겁에 질린 까닭에 은신을 유지하는 것도 잊어버린 까닭이다.

"5시 쪽에 칵톨레므! 쏴!"

타타타타탕 ―

칵톨레므가 쫓아다니던 사냥감, 아니 이제는 사냥감이 아닌 사냥꾼이 된 인간들의 총구에서 탄환이 쏟아져 내렸다.

풀썩.

화망에 노출된 칵톨레므가 풀썩 쓰러졌다.

"푸하하, 저 새끼 봤어? 갑자기 비명 지르면서 바닥에 고개를 처박았어. 멍청한 놈 같으니."

헌터 하나가 피식 웃으며 칵톨레므의 손발을 잘라냈다.

그사이 다른 헌터들이 경계하며 잡담을 나눴다.

"근데 방금 그 소리 뭐야?"

"그냥 짐승 소리 같던데. 왜?"

다른 헌터가 별거 아니라는 듯 되물었다.

그도 그럴 게 유명한 사냥터에선 다른 헌터들의 총성 혹은 짐승들의 울부짖음 소리를 듣는 게 부지기수였기 때문이다.

"여기는 칼날 정글이잖아. 다들 소리 잘 안 내지 않아?"

맞는 말이었다.

칵톨레므가 상위 포식자로 군림하고 있었기에, 생태계 자체가 고요한 짐승들만 살아남을 수 있는 형태였다.

이에 칵톨레므 포함 칼날 정글에 있는 짐승 대부분은 될 수 있으면 큰 소음을 내지 않았다.

근데 엄청난 소리를 내뿜으며 울부짖는다?

둘 중 하나였다.

겁을 상실해서 미쳐버렸던가,

겁을 먹을 필요가 없을 정도로 강하던가.

시시덕거리는 헌터들과 달리, 길잡이는 얼굴이 하얗게 질려버렸다. 중국 개척지에 사는 조선족이었는데, 뭔가 깨달은 것 같았다.

"서, 설마…."

"왜 그러쇼? 뭐 짚이는 저라고 있나?"

반면 다른 헌터들은 아무것도 모른 체 피식 웃기만 했다.

"지, 지금 당장 도망가야 합니다!"

도망가야 한다는 말에 헌터들의 얼굴이 구겨졌다.

"무슨 소리야? 이제 시작했는데 어딜 가?"

"이러고 있다가 다 죽습니다! 빨리 움직여야 합니다!"

조선족은 거의 발광하듯 소리쳤다.

헌터가 짜증을 부리기 시작했다.

"씨발 놈아, 길 안내 잘할 수 있다며. 왜 들어온 지 5시간도 안 돼서 지랄이야. 겁 먹었냐? 쫄려?"

"그게 아입니다. 여 정글에는 요괴가 산단 말입니다!"

요괴.

동화에서나 나올 법한 말에 헌터들이 웃음을 터트렸다.

"그래, 요괴? 칵톨레므가 요괴같이 생기긴 했지. 우리도 잔뜩 잡았잖아. 앙?"

"그, 그게 아닙니다! 설명하기 어렵습니다. 당장 달음박질을 쳐야 합니다!"

듣다 못한 헌터가 길잡이를 개머리판으로 때렸다.

"이보쇼, 동포 양반. 우리가 맘만 먹으면 당신 여기다 버리고 가거나, 칵톨레프 미끼로 쓸 수도 있어. 그러니까 제발 닥치고 맡은 일 잘하자. 응?"

조선족은 부어오른 볼을 만지며 중얼거렸다.

"이러면 안 되는데, 이러면 안 되는데. 요괴가 오고 있는데, 다 죽는데…."

헌터가 그런 조선족을 보며 한숨을 내뱉었다.

"애 맛이 간 것 같은데요?"

"내버려 둬. 쟤도 그냥 미끼로 쓰자고."

"예, 알겠습니다. 수갑 채울…."

…쿠웅— 쿠웅— 쿠웅— 쿠웅…

헌터가 수갑을 만지작거리다 멈칫거렸다.

뭔가 달려오는 소리와 함께 땅이 흔들렸기 때문이다.

"어…? 형님 무슨 소리 나지 않아요?"

났다.

그것도 아주 크게 났다.

소리가 가까워지자 조선족은 비명을 지르며 도망쳤다.

칼날초에 옷이 찢기고, 전신에 자상이 남아도 신경 쓰지 않는 것 같았다.

헌터들은 그런 조선족을 쫓을지, 정체불명의 괴물을 잡기 위해 매복할지 고민했다.

"그냥 보내. 어차피 선금 안 줬으니까 상관없어. 다들 엄폐. 소리는 9시 방향이다!"

헌터들은 매복을 위해 자리를 잡았다.

전체 인원은 다섯.

소총 세 자루에 기관총, 저격총까지 있는 분대였다.

대형 몬스터도 순식간에 쓰러뜨릴 수 있는 화력이었다!

'뭐가 나오던 쏴 죽여 주마!'

헌터 대장의 얼굴에 자신감이 가득했다.

하지만 그것도 잠시.

쿠웅, 쿠웅, 쿠웅! 우지끈!

약 6M는 족히 되는 짐승이 나타나자 얼굴이 굳었다.

"하…!? 사격 개시! 풀 오토로 긁어!"

타타타타타탕!

타타타타….

순식간에 100발이 넘는 총알이 짐승을 때린다.

고기 다지는 소리가 계속 이어졌지만, 짐승은 꿈쩍도 하지 않은 체 서 있었다.

너무 많은 탄환에 쓰러지지도 못하고 죽은 걸까?

아니었다.

– 아니야, 너희가 아니야. 여기에도 없어.

단지 공격에 앞서 무언가를 찾듯 관찰하고 있는 거였다.

– 그렇다면 모조리 죽여도 상관없겠구나.

짐승이 분노를 담아 그르렁거리는 사이.

헌터들은 넋이 나가 있었다.

"OTN탄이… 박히질 않아?"

이후 한 헌터가 급히 RPG를 조립해서 발사했지만,

슈우우웅 – 쾅!

짐승은 여전히 생채기 하나 나지 않았다.

"그워워워워워!"

엄청난 울부짖음!

피포식자의 몸을 마비시키고, 본능적인 공포를 불러일으키는 포식자 특유의 맹성이었다!

"끄어어… 억… 안 돼….."

머리로는 알고 있어도 몸이 움직이질 않았다.

그렇게 헌터들은 짐승, 아니 정글의 주인이 동료를 하나씩 찢어 죽이는 걸 보고만 있어야 했다.

정글의 주인은 모두 찢어 죽은 뒤 다시 한 번 울부짖었다.

"그워워워워!"

– 내 아이를 훔쳐 달아난 마지막 한 놈. 어디에 숨어있든 상관없다. 반드시, 반드시 찾아내서 죽여버리겠다!

바로 어제까지만 해도 목표들이 도망칠까 싶어서 울부짖지 않았거늘, 이제 그럴 필요가 없었다.

놓쳤다면 이미 정글 밖에 있을 테고, 그렇지 않으면 정글 안에 있다는 얘기였다.

- 내 정글에 있는 모든 먹이들에게 고한다. 내 아이, 그리고 내 아이를 훔쳐간 녀석을 찾는 녀석은 내가 직접 보호해 주겠다. 평생 안전하게 해주겠다! 찾아라. 찾아서 산채로 내 앞에 데려와라!

굉장히 끔찍한 광경.

상황으로 보니 정글의 주인은 약 사나흘 전부터 계속 새끼를 찾아다니고 있는 듯싶었다.

만약 지훈 일행이 운이 나빴다면?

아마 저 헌터들과 비슷한 꼴이 됐으리라.

✦

그워워워! 워워워!

거대한 울음소리가 연달아 들렸다.

"헉… 더 가까워진 것 헉… 같은데요."

민우가 숨을 몰아쉬며 말했다.

굳이 민우가 아니더라도, 가벡, 칼콘, 지훈 전부 다 그 사실을 알았지만 대답하지 않았다. 그 시간에 조금이라도 더 뛰는 게 나았기 때문이었다.

타타타탓!

'얼마나 남았지?'

달리는 도중 시간을 확인했다.

현재 5분 뛰었으니 대충 10분 더 가면 됐다.

"민우, 10분은 더 달려야 돼. 괜찮아!?"

지훈이야 가속 이능을 쓰고 달리면 됐지만, 그랬다가는 나머지 일행이 따라올 수가 없었다.

특히 그중에서도 민우가 이동속도가 제일 느렸기 때문에 적잖이 신경이 쓰였다. 겨우 5분 달렸는데도 벌써 헉헉거렸기 때문이다.

"주, 죽을 것 같… 헉, 헉…."

"MP5버려! 힘들면 방탄복도 버려라!"

비싼 물건을 버리라는 말에 민우가 기겁을 했다.

"아니 목숨 걸고 일해서… 후으! 번 돈으로… 헉… 산 장비인데… 어떻게 버… 헉!"

아무리 마법 부여 중 수준이 낮은 경량화라 할지라도, 마법자 붙은 순간 가격이 엄청나게 비싼 물건이었다.

그걸 버린다고?

쉬이 놓지 못하는 게 정상이었다.

"새끼야. 여기서 뒤처지면 죽어! 10분은 더 가야 하는데 버틸 수 있겠냐고!"

"으아아아…! 씨발!"

10분이라는 말에 민우가 MP5를 집어 던졌다.

차마 방탄복까지는 버리지 못한 모양이었다.

무게가 가벼워졌기 때문일까?

뒤처졌던 민우가 조금씩 가까워졌다.

질퍽, 질퍽, 질퍽, 질퍽.

습기를 잔뜩 머금은 땅이 질척거리며 일행의 발을 붙잡았다. 그렇게 얼마나 달렸을까?

철푸덕!

미끼가 바닥에 쓰러졌다!

상품으로 팔리기 위해 감옥에 갇혀있던 때부터 지금까지 먹은 거라곤 변변치 못한 벌레 몇 마리와 만두 하나가 다였다.

애초에 각성자 및 주기적으로 운동을 시작한 민우를 뒤따라 간다는 것 자체가 불가능했다.

"Don't go. Don't go. Help me! (가지 마요, 가지 마요. 도와주세요!)"

미끼가 어미 잃은 새끼처럼 울부짖었다.

하지만 일행 중 그 누구도 멈추지 않았다.

민우가 넘어져도 챙겨줄까 말까 하는 상황에 생판 모르는 남을 챙길 수는 없는 노릇이기 때문이었다.

단지 인간의 마지막 존엄성은 지켜주기로 했다.

'이능 발동, 집중.'

선두에서 달리던 걸 슬쩍 몸을 이탈했다.

그 사이 바로 뒤를 쫓던 칼콘과 가벡이 앞질렀다.

– 지훈, 지금 뭐하는…!

깜짝 놀라는 칼콘에게 손짓으로 괜찮다고 말하고는…

빈토레즈로 미끼의 머리를 겨냥해 방아쇠를 당겼다.

표!

즉사였다.

아마 살아있었다면 산채로 짐승에게 뜯어먹히며 고통에 온몸을 떨며 죽어갔으리라.

'될 수 있으면 살려서 내보내고 싶었는데, 쯧.'

다시 몸을 돌려 대열 맨 뒤로 합류했다.

혹여라도 민우가 쓰러지면 빈토레즈를 버려서라도 짊어지고 갈 생각이었다.

'우민우, 제발 쓰러지지 마라!'

타타타탓!

다시 5분.

일행은 여전히 빠른 속도로 질주했다.

오는 길에 칼날초들을 정리하고, 주인의 영역이라는 특성 때문에 칵톨레므를 마주치지 않았기 때문에 가능했다.

하지만 그것도 잠시.

누군가 피부를 바늘로 찌르는 느낌과 함께…

달려가는 방향 우측에서 기묘한 일렁임이 보였다.

칵톨레므였다.

'시발, 여기에 왜 칵톨레므가…!'

욕지거리도 잠시였다.

칼콘의 목이 날아갈 위기였기에 바로 경고했다.

"칼콘! 속도 줄여! 우측에 적 출현!"

비명 같은 경고가 뿜어져 나왔다.

서로 신뢰가 없었다면 무시했을 정도로 터무니없는 경고.

하지만 오랜 시간 동안 함께했던 팀워크가 그 터무니없는 내용을 한 치의 의심 없이 실행하게 만들었다.

"으랏!"

칼콘이 진행방향 우측 허공이 쇠사슬을 휘둘렀다.

아무것도 모르는 사람이 보기엔 헛짓으로 보였지만…

휘리릭! 철컥!

잠시 후 쇠사슬이 걸리며 칼톨레므가 모습을 드러냈다.

칼콘이 바로 오른손을 당겼다.

후욱!

쇠사슬이 풀리며 칼톨레므가 빙글 돌아 바닥에 엎어졌다.

아무래도 C등급 손톱을 가지고 있고, 은신에 능한 칼톨레므라지만, 신체 능력은 일반 짐승과 똑같았다.

각성한 오크의 힘을 이길 수 있을 리가 없다.

철푸덕!

이후 뒤따라오던 가벡이 칼톨레므를 확인, 들고 있던 오류 기기 파괴용 곤봉으로 바닥을 쓸듯 휘둘렀다.

고기 터지는 소리와 함께 칼톨레므 머리가 박살 났다.

눈앞에 4,000만 원짜리 시체가 있었지만, 챙기고 있을 여유 따윈 없었다.

더 이상 시간을 지체했다간 죽는다.

최대한 빨리 차를 타고 도망가야 했다.

"이제 뭐가 어디서 튀어나올지 모른다! 조심해!"

속도를 조금 늦춰서 달리기도 잠시…

쿵, 쿵, 쿵!

이번엔 11시 방향 100M에서 커다란 곰이 튀어나왔다.

"이런 씨-이-발, 진짜. 바빠 죽겠는데!"

〈6권에서 계속〉